民国词学史著集成

第四卷

梁启勋《词学》
梁启勋《词概论》（《中国韵文概论》）
吴梅《词学通论》

孙克强 和希林◎主编

南開大學出版社

图书在版编目(CIP)数据

民国词学史著集成. 第四卷 / 孙克强，和希林主编.
一天津:南开大学出版社，2016.12
ISBN 978-7-310-05281-3

Ⅰ. ①民… Ⅱ. ①孙… ②和… Ⅲ. ①词学一诗歌史
一中国一民国 Ⅳ. ①I207.23

中国版本图书馆 CIP 数据核字(2016)第 287709 号

南开大学出版社出版发行
出版人:刘立松
地址:天津市南开区卫津路 94 号　邮政编码:300071
营销部电话:(022)23508339　23500755
营销部传真:(022)23508542　邮购部电话:(022)23502200
*
天津市蓟县宏图印务有限公司印刷
全国各地新华书店经销
*
2016 年 12 月第 1 版　2016 年 12 月第 1 次印刷
210×148 毫米　32 开本　16 印张　4 插页　461 千字
定价:88.00 元

如遇图书印装质量问题,请与本社营销部联系调换,电话:(022)23507125

總　序

清末民初詞學界出現了新的局面。在以晚清四大家王鵬運、朱祖謀、鄭文焯、況周頤為代表的傳統詞學(亦稱體制內詞學、舊派詞學)之外出現了新派詞學(亦稱體制外詞學)。新派詞學以王國維、胡適、胡雲翼為代表,與傳統詞學強調『尊體』和『意格音律』不同,新派在觀念上借鑒了西方的文藝學思想,以情感表現和藝術審美為標準,對詞學的諸多問題展開了全新的闡述。同時引進了西方的著述方式:專題學術論文和章節結構的著作。傳統的詞學批評理論以詞話為主要形式,感悟式、點評式、片段式以及文言為其特點;民國時期的詞學論著則以內容的系統性、結構的章節佈局和語言的白話表述為其主要特徵。當然也有一些論著遺存有傳統詞話的某些語言習慣。民國詞學論著的作者,既有新派大師王國維、胡適的追隨者,也有舊派領袖晚清四大家的弟子、再傳弟子。他們雖然觀點不盡相同,但同樣運用這種新興的著述形式,他們共同推動了民國詞學的發展。民國詞學論著的蓬勃興起是民國詞學興盛的重要原因。

民國的詞學論著主要有三種類型:概論類、史著類和文獻類。這種分類僅是舉其主要內容而言,實際情況則是各類著作亦不免有內容交錯的現象。

概論類詞學著作主要內容是介紹詞學基礎知識，通常冠以『指南』『常識』『概論』『講義』之名。這類著作無論是淺顯的入門知識，還是精深的系統理論，皆表明著者已經從傳統詞學中片段的詩詞之辨、詞曲之辨，提升到系統的詞體特徵認識和研究，是文體學意識的體現。史著類是詞學論著的大宗，既有詞通史，也有斷代詞史，還有性別詞史。唐宋詞成為後世的典範，對唐宋詞史的梳理和認識成為詞學研究者關注的焦點，如詞史的分期、各期的主要特徵、詞派的流變等。值得注意的是詞學史上的南北宋之爭，在民國時期又一次達到了高潮，有尊南者，有尚北者，亦有不分軒輊者，精義紛呈。南北宋之爭的論題又與新派、舊派基本立場的分歧對立相聯繫，一般來說，新派多持尚北貶南的觀點。史著類中清代詞史亦值得關注，詞學研究者開始總結清詞的流變和得失，清詞中興之說已經發佈，進而加以討論，影響深遠直至今日。文獻類著作主要是指一些詞人小傳、評傳之類，著者廣泛搜集歷代詞人的文獻資料，加以剪裁編排，清晰眉目，為進一步的研究打下基礎。

『民國詞學史著集成』有兩點應予說明：其一，收錄了一些中國文學史類著作中的詞學史部分。民國時期的中國文學史著作主要有兩種結構方式：一種是以時代為經，文體為緯，此種寫法的文學史，詞史內容分散於各個時代和時期。另一種則是以文體為綱，注重文體的發展演變，如鄭賓於的《中國文學流變史》的下冊單獨成冊，題名《詞（新體詩）的歷史》，篇幅近五百頁，可以說是一部獨立的詞史；又如鄭振鐸的《中國文學史》（中世卷第三篇上），單獨刊行，從名稱上看是唐五代兩宋斷代文學史，其實是一部獨立的唐宋詞史。

『民國詞學史著集成』視這樣的文學史著作中的詞史部分，為特殊的詞史予以收錄。其二，『民國詞學史著集成』收入五部詞曲合論的史著，著者將詞曲同源作為立論的基礎，合而論之，本套叢書亦整體收錄。至於詩詞合論的史著，援例亦應收入，如劉麟生的《中國詩詞概論》等，因該著已收入南開大學出版社出版的『民國詩歌史著集成』，故『民國詞學史著集成』不再收錄。

『民國詞學史著集成』收錄的詞學史著，大體依照以下方式編排：參照發表時間、內容分類、著者以及著述方式等各種因素，分別編輯成冊。每種著作之前均有簡明的提要，介紹著者、論著內容及版本情況。

在『民國詞學史著集成』中，許多著作在詞學史上影響甚大，如吳梅的《詞學通論》等，多次重印、再版，已經成為詞學研究的經典；也有一些塵封多年，本套叢書加以發掘披露，如孫人和的《詞學通論》等。這些文獻的影印出版，對詞學研究具有重要的參考價值。近些年，民國詞學研究趨熱，期待『民國詞學史著集成』能夠為學界提供使用文獻資料的方便，從而進一步推動民國詞學的研究。

孫克強　和希林

2016年10月

總目

第一卷

第二卷

第三卷

第四卷

第五卷

第六卷

第十一卷

第十二卷

第十三卷

本卷目錄

梁啟勳《詞學》

梁啟勳（1876–1965），字仲策，廣東新會人，梁啟超二弟。書齋名『曼殊室』，取梵語『妙吉祥』之意。1893年，隨兄到廣州萬木草堂學習，成為康有為弟子。1902年入上海震旦學院讀書，後畢業于美國哥倫比亞大學。先後執教于青島大學、交通大學、北京鐵道管理學院。1951年被聘為中央文史研究館館員。梁啟勳著有《稼軒詞疏證》《中國韻文概論》《曼殊室隨筆》《詞學詮衡》等。

《詞學》分上、下兩編，上編分十二節：緒論、詞旨起源、調名、小令與長調、短句、平仄、發音、換頭煞尾、慢近引犯、暗韻、襯音、宮調；下編分八章：概論、斂抑之蘊藉法、烘托之蘊藉法、曼聲之迴蕩、促節之迴蕩、融合情景、描寫物態、描寫女性。葉恭綽在《廣篋中詞》中說：『仲策著《稼軒詞疏證》及《詞學》二書，識超義卓，考證精詳，足稱佳著。』《詞學》民國二十一年（1932）由京城書局初版，1985年中國書店根據京城書局本影印。本書據中國書店本影印。

詞學

梁启勋著

例言

一　聲音之道．以大別言之．一曰語言．一曰歌曲。舉凡意志與情感之表示．綏由於此。其發於自然者謂之天籟．漸進而具格律者即稱藝術。是故藝術化之一語．實含有規矩準繩之意義焉。詩詞歌曲．表示情感之工具也。茲數者．各自有其格律．故亦各自成爲一種藝術。至若作品之感人深淺．則視作者之技術爲何如。技術之優劣．又視所用之工具爲何如。所謂工欲善其事．必先利其器。事即技術而器即工具也。又曰能與人規矩．不能使人巧。規矩即格律而巧即技術也．可見技術雖屬於天才．唯規矩則必須先知．然後有巧不巧之可言。詞爲文學藝術之一種．就表示情感方面言之容或可稱爲一種良工具。此書之作。上編乃與人規矩。下編乃示人如何而後可以謂之巧。

二　凡屬純文學最不能以科學論。因文學家之人生觀多異乎尋常。故其所造之意境亦別有天地。然而意境爲一事。藝術又別爲一事。是書之作。全部皆用嚴整之科學方法。於每一標題之下。無處而非用歸納法或比較法以求得其公例。

三　詞由詩變。其特異處即在長短句錯雜成章。故句讀實爲詞之根本大法。是書於斷句一節三致意。探其本也。不此之求。則將如李清照所謂句讀不葺之詩矣。

四　長短句錯雜之法。每章不同。各自有其格律。故符號實爲不可少之一事。符號者何。即調名是已。詞之調名似有意義而實無意義。作用不過符號。本書於調名一節。搜索頗費工夫。命名之始。大別可分爲九。（一）用古人詩句中語。如玉樓春。滿庭芳等是。此類最多。（二）以地理。如六州歌頭。八聲甘州。揚州慢等是。（三）以宮室。如沁園春。擷芳詞。等是。（四）以人名。如蘭陵王。虞美人等是。（五）以風俗。如菩薩蠻。蘇幕遮等是。（六）以宮調。如角招。徵招等是。（七）本意。如別怨。望梅等是。（八）寓意。如六醜。暗香。疏影等是。（九）用本詞中之一句。如憶王孫。如夢令等是。

五　平仄亦詞之大法。四聲乃一平三仄。即所謂平。上。去。入是也。河北方言只三聲。而吾粵則九聲。但詞之格律。最少亦須用五聲。

即陽平．陰平．上．去．入．是已。書中之平仄與發音二節．舉例頗勞斟酌。

六　詞之歌譜既失傳．襯音一節．原是余一人之理想。後證以王伯良曲律及苕漁溪隱叢話之所記載．乃知此理想亦竟爲事實矣。

七　宮調最爲複雜。且叙述於歌譜失傳之後．倍覺困難。本編只於羣書中徵集諸說．用最簡明之方法以詮次之．俾讀者能於最低限度中獲一明瞭之印象而已。

八　下編技術之分類．不過畧舉其大致。細工分析．當不止此。每類所舉之例證．幾經選擇．力求避免武斷之嫌。但是否能一一恰當。仍不敢自信。

九　余最不以詩文詞曲之選本爲然。書中固屢言以矣。是書上下二編。計引用古人作品以爲例者凡一百六十六首。非矛盾也。余之所以惡乎選本者。殆惡其祇以主觀作標準。任意去取。不付理由耳。余所列舉之百六十六首。則皆以客觀的精神。在一標題之下。搜求名作以爲例證。既非主觀。則選之一字。自可以不任受。

十　是書以辛未十二月二日始屬稿。十六而規模粗具。半載以還。隨時修補。一日之間。工作在十八小時以上者有之。兼旬而不理會者亦有之。稿凡三易。至壬申五月二十日而書以成。自謂祇摭拾羣書以備忘。若云箸述。則吾豈敢。壬申十一月十六日新會梁啓勳識。

詞學 上編

目錄

詞學 上編

新會梁啓勳初稿

（一）總論

詞學二字頗生硬、過去雖有此名辭、未見通顯、計詞之傳於世者。今尚得八百三十餘調、一千六百七十餘體。然而音譜失傳、徒供讀品、今但視作文學中之一種以研究之、則詞學二字亦尚可通。自元曲勃興、詞聲漸失、然倚聲之作、尚代有傳人。作品雖不能付歌喉、但作者若有一字不師古、輒羣起而非之、是以千餘年間、繩墨因依、竟無敢以一字背古人、其控制力之偉大、直是一種神秘性、斯亦可驚也已。學問遞嬗、遂成進化。韻文亦學問之一種、自不能外此公例。詞學將從此遂成殭石耶．抑猶有生機而可以發皇光大也．是在來者。模倣乃創造之媒．但模倣云者．須先周知其內容．是即此書之微意矣。

有韻之文皆可歌．自三百篇以迄元明雜劇．罔不如是。其間遞嬗變化．略可區分爲詩．樂府．詞．曲之四大別。此外如騷．賦．七．騈等又當別爲一譚．釋之如下．

〔詩〕蘇李贈答．世稱爲五言之祖．至漢魏間而規模完備。七言詩亦起於漢魏間．至初唐而大成。然而篇幅之大小．悉隨人意．絕無制限。自沈宋等成立律絕體．始有八句四句一首之格律．即所謂近體詩是也。盛唐以後．律詩之格局．日趨於謹嚴。聲病對排．層層束縛。此由古體之縱橫而變爲拘謹者也。

〔樂府〕樂府之名起於漢．有郊廟．燕射．鼓吹．橫吹．相和．清商．舞曲．琴曲．等名目。舉凡四五七言之詩歌．統名之曰樂府．即所謂古樂府是也。盛唐以後．漸將長短句雜用之法擴而充之．號曰新樂府。句法有長短．但無一定之排比。篇幅之大小亦無定律。格調可任意爲之．無所謂調名。中唐以後．則多以首句名其篇。如白香山之賣炭翁．陰山道．時妝女．杏爲梁．等是也。所謂新樂府者．殆由近體詩之謹嚴解放而爲浪漫者也。分行．引．歌．謠．吟．詠．怨．歎．八類。

〔詞〕詞亦稱樂府．但與新樂府迥不相同．蓋由新樂府之浪漫復變而爲謹嚴者也。句有長短．但次序有一定之安排．不能移易。

篇幅亦有大小．字數嚴定．不容增減。四聲尤重．誤則拗嗓．韻叶句逗．條規井然。苟非精於音律者不能易一字。格律之肅穆如此．故每調須特立一名以爲別。在同一調名之下．句法短長之次第．每首字數之多少．無不相同。

〔曲〕曲則復由詞之謹嚴而變爲解放。句有長短．篇幅亦有大小。但同是一調．而句法每多不同。一句中字數之多少．可任意增減．有相差至十餘字者．只要無礙於按拍．句之長短．可隨意也。大抵北曲多促節．故字多而疾．南曲多靡慢．故字少而徐。曲可四聲通叶．（北曲只有三聲）不若詩詞之板滯．然彼又自有其格律。恐律呂之謹嚴處．或將尤過於詞。且移宮換羽．可以變化無窮．此則韻文之大進化矣。

詞起於唐。歷五代至宋而集其大成。南宋稱極盛。然而極盛亦即衰落之起點。南宋諸賢。自覺循軌以進。難邁前人。刻意欲覓新途徑。而不能闢新意境。循至末葉。徒事堆砌。已成弩末。即不有南北音調之不同。元曲亦將代之而興矣。

曲之異乎詞。在於有伸縮力。即襯字是已。用襯字則於規矩謹嚴之中。又可以有彈力性。試畧舉其方。

關漢卿之謝天香

（正宮）【端正好】我往常在風塵。爲歌妓。不過多見了幾個筵席。回家來仍作個自由鬼。今日倒落在無底磨牢籠裏。

馬致遠之任風子

（正宮）【端正好】添酒力晚風涼．助殺氣秋雲暮。尙兀自脚趔趄醉眼糢糊。他化的我一方之地都食素。單則俺殺生的無緣度。

王實甫之西廂記

（正宮）【端正好】碧雲天．黃花地。西風緊北雁南飛。曉來誰染霜林醉。總是離人淚。

以上三折．調名相同．宮調亦相同。而句之長短．字之多少．則無一相同。但試把襯字除去．則又同矣。曲之彈力性．非唯可增．抑亦可減。試舉西廂記驚艷一折．便知其概。

(仙呂)【賞花時】夫子京師祿命終。子母孤孀途路窮。旅櫬在梵王宮。盼不到博陵舊塚。血淚灑杜鵑紅。

(仙呂)【賞花時】可正是人値殘春蒲郡東。門掩重關蕭寺中。花落水流紅。閑愁萬種。口無語怨東風。

第一折煞韻「血淚灑杜鵑紅」第二折則作「無語怨東風」何等活動。然而襯字亦不能濫用。王伯良謂細調板緩。多用二三襯字尚無妨。緊調板急。若用多字便躲閃不迭。

王伯良曲律曰。上古之關雎鹿鳴。漢之朱鷺石流。晉之子夜莫愁。六朝之玉樹金釵。唐之霓裳水調。已日趨穠艷。然祇是五七言詩句。不得縱橫如意。宋詞句有長短。聲有次第矣。亦尚限邊幅。未暢人情。至金元之南北曲．則洋洋灑灑．蔑以加矣。又曰．詩限於律與絕．即不盡於意．欲爲一字之益而不可得。詞限於調．即不盡於吻．欲爲一語之益而不可得。若曲則調可累用．字可襯增。詩與詞不得以諧語方言入．而曲則唯吾意之所欲至．口之所欲宣．縱橫出入．無之而無不之也云。此與余所謂層層解放之說同。至謂詩限於律與絕．詞限於調之說．頗欠明達。詩之古體．何嘗不可以縱橫出入．豈得謂欲爲一字之益而不可得。又如趙德麟西廂本事詞之〔蝶戀花〕．何嘗非累用十二闋．豈得謂欲爲一語之益而不可得。至如用襯字入方言．則眞可稱爲文學上之大解放矣。有韻之文皆可歌．誠是矣。但歌舞二字．雖成一名詞．然而歌舞合一則直至元明之間．乃得完成．斯亦奇矣。毛奇齡之西河詞話曰．古者歌舞不相合．歌者不舞．舞者不歌。即舞曲中詞．亦不必與舞者搬演照應。自唐人作拓枝詞．蓮花鏇歌．則舞者所執．與歌者所措詞．稍稍相應．然無事實也。宋末有安定郡王趙令畤者．始作商調鼓子詞．譜西廂傳奇．（案即上文所引之趙德麟蝶戀花詞十二闋）則純以事實譜入詞曲間．然猶無演白也。至金章宗朝．有董解元者．不知何許人．作西廂搊彈詞．則有白有曲．專以一人搊彈幷念唱之。嗣後金作清樂．仿遼時大樂之製．有所謂連廂詞者．則帶唱帶演．以司唱一人．琵琶一人．笙一人．笛一人．列坐唱詞。而復以男名末泥．女名旦兒者．幷雜色人等．入勾攔扮演．隨唱詞作舉止。如「柰了菩薩」．則末泥祇揖。「只將花笑撚」．則旦兒撚花類。北人至今謂之連廂．曰打連廂。唱連廂．又曰連廂搬演。大抵連四廂舞人而演其曲．故云。然猶舞者不唱．唱者不舞．與古人舞法無以異也。至元人造曲．則歌舞合作一人。使勾欄舞者自司歌唱．而第設笙笛琵琶以和其曲。每入場以四折爲度．謂之雜劇。其有連數雜劇而通譜一事者．名爲院本。西廂記即合五劇而譜一事者也。然其時司唱猶屬一人．仿連廂之法．不能遽變。雜色入場．第有白無唱．謂之賓白。賓與主對．以說白在賓．而唱者自有主也。至元末明初．改北曲爲南曲．則雜色人皆唱．不分賓主矣。

此段紀述．舉數千年歌舞之變化及南北曲之異同．予吾儕以一極明瞭之解釋。然而歌舞合一．成熟乃如是之晚。眞意想所不及矣。

彙苑詳注云．曲者詞之變。金元所用北樂．緩急之間．詞不能按．中原人士乃更爲新聲以悅之。馬東籬輩．咸富有才情．兼善音律遂擅一代之長。大江以北．漸染北語．隨時採入．而沈約四聲．遂闕其一。東南之士．稍稍復變新體．號爲南曲．高則誠遂淹前後。大抵北主勁切雄麗．南主淸峭柔遠。

讀此得知由詞遞變入曲之主因．及曲之所以發生於元代之故。蓋以南北語言不同．高低疾徐之間．詞不能按故也。而南曲之所以產生．亦於斯可見。蓋以北語無入聲．不適於南腔故耳。此實韻文變化之一大關鍵矣。

曲之類別。金元之世分三種。即小令。套數。雜劇。是也。後又有所謂傳奇。並此而四。其區別略如下。

小令　只用一曲。與宋詞略同。

套數　合一宮調中諸曲爲一套。與雜劇之一折略同。

雜劇　每劇四折。每折易一宮調。

傳奇　亦名院本。有長至四十齣者。乃連綴數雜劇而成。

衡曲麈譚曰。傳奇之曲與散套異。傳奇有答白可以轉換。而清曲則一綫到底。傳奇有介頭可以變調。而清曲則一韻到底云云。彼之所謂清曲。殆指套數雜劇而言。讀此則傳奇之所以異於雜劇者可概見矣。

至於南北曲之大別．則明魏良輔曲律言之甚詳。其言曰．北主勁切雄壯．南主清峭柔婉。北曲字多而調促．促處見筋．故調情多而聲情少。南曲字少而調緩．緩處見眼．故調情少而聲情多。此言可謂簡而核。試錄馬致遠之黃粱夢一折．便知北曲字多南曲字少之說。

【叨叨令】我這裏穩丕丕土坑上迷颩沒騰的坐。那婆婆將粗剌剌陳米喜收希和的播。蹇驢兒柳陰下舒着足乞留惡濫的臥。那漢子去脖項上婆娑沒索的摸。你則早醒來了也麼哥。你則早醒來了也麼哥。可正是窗前彈指時光過。

此調之正文祇是

土坑上坐。陳米播。蹇驢臥。脖項上摸。醒來了也麼哥。醒來了也麼哥。窗前彈指時光過。

此因元曲以得用襯字故．故輒以許多俗語．或自然土音．作形容辭。「蹇驢臥」一句只三字．乃增加成十六字．比正文加五倍有奇。南曲則無此。南曲所用之襯字．罕見有超過正文一倍者。

南曲雖發生在北曲之後．然金元雜劇．實淵源於南戲。徐文長南詞叙錄曰。南戲始於宋光宗朝永嘉人所作。趙貞女王魁二種實首之。故劉後村有「死後是非誰管得．滿村聽唱蔡中郎。」之句云。然則高則誠之琵琶記．實取宋人之劇本而演之耳。或云南戲已濫觴於宣和間。其盛行則自南渡。號曰永嘉雜劇。

（二）　詞之起源

詞起於唐。於燉煌石室。發見有所謂雲謠曲子者十八闋。但無作者名。至於花間尊前兩集。則作者之名氏具焉。花間集乃後蜀趙崇祚輯。有歐陽炯序文。尊前集不知何人輯。但無宋人詞。彊村等定爲宋初人輯。兩集所收。皆自唐以迄五代。見於花間集者則有溫庭筠牛嶠韋莊等。皆晚唐人。見於尊前集者則有唐玄宗李白。韋應物等。皆盛唐人。白居易劉禹錫等。乃中唐人。杜牧韋莊溫庭筠。韓偓等。則晚唐人。自餘皆五代。花間所收凡五百首。尊前所收凡三百首。此選本之最古者矣。至於專集。最先者當推溫庭筠之金荃集。次則爲馮延巳之陽春集。和凝之紅葉集。李珣之瓊瑤集等。下逮兩宋。則詞人莫不有專集矣。

大中以後。詩學寖衰。而貞觀之十部樂。上承淸商曲之遺音。旁及西涼龜玆之樂與吳歌楚調。蓋自永嘉以後。下及梁陳。咸都建業。吳聲歌曲。爲世所尙。開皇仁壽閒。南北樂府。同入於隋。大業中定中原淸樂及西涼樂等爲九部樂。入唐則定爲十部樂。讌樂分爲坐部伎與立部伎。其歌曲有所謂〔破陣樂〕〔聖壽樂〕等舞曲則分爲健舞與軟舞。其曲調有所謂〔涼州〕〔甘州〕〔蘭陵王〕〔烏夜啼〕〔拓枝〕等。皆後世詞調之名。可想見其歌拍舞容已屬倚聲矣。是則詞之所以繼樂府而興。其痕跡固歷歷可尋也。

南詞敘錄云。古之樂府。皆叶宮調。唐之律詩絕句。悉可絃詠。後復變爲長短句。如李白之〔憶秦娥〕〔清平樂〕．白樂天之〔長相思〕等．已開其端。五代轉繁．考之尊前花間諸集可見。逮宋則又引而伸之．至一腔數十百字。徽宗朝．周柳諸子．以此貫彼．號曰側犯．二犯．三犯．四犯．展轉波蕩．非復唐人之舊。又張炎詞源云。北宋徽宗崇寧間．立大晟府．命周美成諸人討論古音．審定古調。淪落以後．少得存者。然由此八十四調之聲稍傳。（案所謂八十四調者．乃以宮商角徵羽．變宮變徵之七聲．乘黃鍾大呂等十二律而得八十四。）當時美成諸人又復增演慢曲．引．近．犯．或移宮換羽爲三犯四犯之曲．而曲遂繁云。是則詞起於唐而盛於宋．可無疑義。有清初葉以政府之力修欽定詞譜一書．則洋洋大觀．視宋之大晟府．內容已遠過之。計所收凡八百二十六調．二千三百又六體。又康熙二十六年．陽羨萬紅友．撰詞律二十卷．年代略先於欽定詞譜。計所收凡六百六十調．一千一百八十體。咸同間．德清徐誠庵．補萬氏之所未備．箸詞律拾遺八卷。所收凡一百六十五調．四百九十五體。同光間．杜筱舫箸詞律補遺一卷．於萬氏原書暨徐氏拾遺之外．復收得五十調。合計槪爲八百三十調．一千六百七十五體。調之總數．與欽定詞譜略相同．而體則較少。此蓋由於詞譜之妄自割裂．且將調同名異者列爲數體故也。

唐書藝文志有敎坊記一卷．崔令欽箸。書中所列曲調之名．凡三百三十有五．其中如南歌子．浪淘沙．蘭陵王．入陣樂．等皆在焉。唐書藝文志列此書於樂類。而書中所列舉者則謂之曲調。然而南歌子．浪淘沙等．皆今日詞調之名。可證今之詞即古之曲．亦即古之樂矣。張玉田謂大晟府審定之古調．淪落以後．少得存者。又可見南宋時新譜之調雖多．然古調之湮沒者已不少矣。王伯良曰。唐之絕句．唐之曲也．而其法宋人不傳。宋之詞．宋之曲也．而其法元人不傳。以至金元人之北曲也．而其法今復不能悉傳。是何以故哉。國家經一番變遷則兵燹流離．性命之不保．遑習此太平娛樂事哉。今日之南曲．他日其法之傳否．又不知作何底止也云。慨乎其言之矣。

（三）調名

王伯良曲律云。詞調之名大抵多取古人詩句中語。如〔滿庭芳〕出自吳融滿庭芳草易黃昏。〔點絳唇〕出自江淹明珠點絳唇〔鷓鴣天〕出自鄭嵎家在鷓鴣天。〔西江月〕出自衛萬只今唯有西江月．曾照吳王宮裏人。〔浣溪沙〕則取杜陵詩意。〔青玉案〕則取張衡四愁詩語。其他或以時序．或以人事．或以地理．或以寄託云。

又如〔蘭陵王〕一調．案隋唐嘉話．齊文襄長子長恭．封蘭陵王。與周師戰．勇冠三軍。武士共歌謠之曰蘭陵王入陣曲。爲此調名所自始。又〔六醜〕一調．乃周邦彥所作。上問其命名之意。對曰．此詞犯六調、皆聲之美者、然極難歌。高陽氏有子六人、才而醜、故以比之。又〔六州歌頭〕一調、程大昌演繁露曰、本鼓吹曲、聲調悲壯。所謂六州者、即伊、涼、甘、石、氏、渭是也。〔八聲甘州〕西域志載龜茲國製伊州、甘州、涼州等曲、傳入中國。八聲者、歌時之節奏也。唐書禮樂志曰、甘州曲乃唐教坊曲名。天寶間樂曲、多以邊地爲名、甘州其一也。

都元敬南濠詩話曰、〔玉樓春〕取白樂天詩玉樓宴罷醉和春。〔丁香結〕取古詩丁香結恨深。〔霜葉飛〕取杜詩清霜洞庭葉、故欲別時飛。〔清都宴〕取沈隱侯朝上閶闔宮夜宴清都闕。〔風流子〕出劉良文選註。〔荔枝香〕出唐書。貴妃生日、命小部奏新曲、適進荔枝者至。因以名所奏。〔解語花〕出天寶遺事。〔解連環〕出莊子連環可解也。〔華胥引〕出列子黃帝晝寢夢遊華胥之國。升庵詞品曰。〔菩薩蠻〕西域婦髻也。蓋以其金冠纓絡。蠻婦而似菩薩也。〔蘇幕遮〕西域婦帽也。蓋以周緣覆肩。帽簷而似幕也。陳元龍片玉詞集註曰。〔瑞龍吟〕揮犀云。盧藏用夜聞龍吟。聽其聲清越。乃眞瑞龍吟也。〔瑣窗寒〕文選鮑昭詩。玉鉤隔瑣窗。〔風流子〕劉良注文選曰。風言其風美之聲。流於天下。子者男子之通稱也。梁范靜妻詩曰。託意風流子。離情背自私。〔渡江雲〕杜甫詩。風入渡江雲。〔應天長〕老子天長地久。樂天詩天長地久無終畢。〔荔枝香〕唐禮樂志。帝幸驪山。楊貴妃生日。命小部張樂長生殿。因奏新曲，未有名，會南方進荔枝，因名曰荔枝香。楊貴妃外傳亦云。〔還京樂〕唐禮樂志，明皇自潞州入平內難，半夜斬長樂門關，領兵入宮翦逆，後撰半夜樂。此曲名還京樂。〔掃花游〕舒亶詩，呼童且掃花邊地，便作羣仙醉倒傍。〔解連環〕莊子曰，南方無窮而有窮，今日適越而昔來，連環可解也。〔丹鳳吟〕丹穴出鳳，故名丹鳳。〔西平樂〕後漢注，平樂觀名，在城之西。〔浪淘沙〕劉禹錫有浪淘沙辭，濯錦江邊兩岸花，春風吹浪正淘沙，女郎剪下鴛鴦錦，將向中流定晚霞。〔憶舊游〕李白有憶舊游贈馬少府，此地別夫子，今來思舊游。〔驀山溪〕李賀馬詩，何日驀青山。〔少年游〕鮑照行樂詩，春風太多情，村村花柳好，少年宜游春，莫使顏色槁。〔漁家傲〕楚大夫往見莊子、持竿不顧、是漁家傲也。〔南鄉子〕晉國高士全隱於南鄉、因以爲氏。〔望江南〕樂府雜錄、望江南始自李德裕鎮浙西、日爲亡妓謝秋娘所撰。本名謝秋娘、後以爲望江南。〔浣溪沙〕杜甫詩、移船先生廟、洗藥浣紗溪。〔點絳唇〕鮑昭蕪城賦、東都妙姬、南安佳人。蕙心紈質、玉貌絳唇。〔滿庭芳〕柳子厚贈江華長老詩、滿庭芳草積。〔法曲獻仙音〕唐志、玄宗知音律、又酷愛法曲。又云、夢仙子十輩、御卿雲而下、列於庭、各執樂器獻仙音。〔齊天樂〕蓋取與天齊壽之義。〔蕙蘭芳引〕劉禹錫詩、窮巷秋風起、先摧蕙蘭芳。〔塞垣春〕後漢鮮卑傳云、漢起塞垣、所以別內外、異殊俗也。塞垣謂邊塞之長城。〔丁香結〕古詩、芳草牽愁遠、丁香結恨深。〔解蹀躞〕古詩・白馬黃金鞍・蹀躞柳城前。蹀躞緩行貌。〔夜游宮〕或曰・唐明皇與虢國夫人正月十五夜游宮中觀燈。〔解語花〕開元天寶遺事。帝與妃共賞太液池千葉蓮・指妃謂左右曰・何如此解語花。〔大酺〕西漢文帝令天下大酺。〔玉燭新〕爾雅云・四時調和・謂之玉燭。〔水龍吟〕李賀詩・雌龍怨吟寒水光。〔六醜〕晉志云・漢儀・后親蠶桑・著十二笄步搖・衣青・乘神蓋雲母安車・駕六醜馬・注曰醜類。〔蘭陵王〕紺珠集。北齊蘭陵王長恭白皙而美風姿。乃著假面對敵・數立功。齊人作舞效之・曰代面舞。〔西河〕唐大曆初・嘗有樂工自撰歌・即古曲長命西河女也。加減節奏・頗有新聲。〔三部樂〕南史・羊侃嘗宴賓客三百餘人・奏三部樂・至夕・侍婢俱執金花燭。〔菩薩蠻〕唐大中初、女蠻國貢獻、其人皆危髻金冠、瓔絡被體、故謂之菩薩蠻。〔綺寮怨〕文選魏都賦云、皦日籠光於綺寮。說文曰、綺、文繒也。寮、小窗也。言綺窗之人、有所思而怨感耳。〔蝶戀花〕梁簡文帝紹古歌云、翻階蛺蝶戀花情。〔月中行〕青瑣早行詩云、主人燈下別、嬴馬月中行。又劉賓客晚泊詩、無人能詠史、獨自月中行。〔定風波〕周武王渡孟津、波湧逆流而上。瞋目而麾曰、余任天下、誰敢害吾意者。於是風霽波罷。義當出此。

杜筱舫詞律校勘記云。〔囉貢曲〕唐范攄、雲溪友議云。金陵有囉貢樓、乃陳後主所建。囉貢曲、劉采春所唱。〔醉妝詞〕孫光憲北夢瑣言云、蜀王衍、嘗裹小巾、其尖如錐。宮人皆衣道服、簪蓮花冠。施胭脂夾臉。號醉妝。因作醉妝詞。〔桂殿秋〕唐李德裕送神迎神曲。有桂殿夜涼吹玉笙句。取爲詞名。〔拋毬樂〕唐晉癸籤云。酒筵中拋毬爲令。其所唱之詞也。〔鹽角兒〕碧雞漫志云。始教坊家人市鹽。於紙角中得一曲譜。翻之。遂以爲名。〔憶故人〕能改齋漫錄云。此詞乃晉卿駙馬自度曲。因憶故人作也。〔怨三三〕秦氏玉笙云。古詞有狂喚醉裏三三句。因以爲名。〔擷芳詞〕汴京禁中有擷芳園。此調出自政和間禁中。〔鞓紅〕牡丹名。放翁桃源憶故人詞。一朶鞓紅凝露。東坡西江月詞。蓬萊殿後鞓紅。〔十拍子〕徐誠庵云。此調本唐教坊樂。一唱十拍。因以爲名。〔三妹娟〕以古樂府三婦豔得名。〔霓裳中第一序〕歷代詩餘云。本唐之道調法曲。凡十二編。中分之以按拍作舞。故曰中序第一。〔沁園春〕取漢沁水公主園以名調。

以上諸說。根據間有異同。並錄之以作參考。此外用本詞中之一句以作調名者亦不少。舉所知以列於後。

〔花非花〕始於白居易之花非花。霧非霧。〔章臺柳〕始於韓翃之章臺柳。昔日依依今在否。〔憶王孫〕始於秦觀之萋萋芳草憶王孫。〔一葉落〕後唐莊宗。一葉落。搴珠箔。〔如夢令〕後唐莊宗如夢如夢。殘月落花煙重。〔蝴蝶兒〕張泌。蝴蝶兒。晚春時。〔戀情深〕毛文錫。寶帳欲開慵起。戀情深。〔好時光〕唐玄宗。彼此當年少。莫負好時光。〔憶秦娥〕李白。簫聲咽。秦娥夢斷秦樓月。〔珠簾卷〕歐陽修。珠簾卷暮雲愁。〔雙鸂鶒〕朱敦儒拂破秋江煙碧。一對雙飛鸂鶒。〔陽臺夢〕後唐莊宗楚天雲雨卻相和又入陽臺夢。〔被花惱〕楊守齋自度曲又還是年時被花惱。〔西溪子〕毛文錫昨日西溪遊。〔紗窗恨〕毛文錫月照紗窗恨依依。〔訴衷情〕毛文錫何時解佩倚雲屏訴衷情。〔巫山一段雲〕毛文錫雨霽巫山上雲輕映碧天。〔玉樓春〕顧夐月照玉樓春漏促。不過略舉以爲例似此當復不少更有以題爲調名者即所謂本意是也略舉如下。

〔望梅花〕始於和凝之詠梅。〔別怨〕乃惜別詞始自趙長卿之驕馬頻嘶。〔女冠子〕詠女道士。〔河瀆神〕送神迎神曲。〔虞美人〕詠虞姬。〔昭君怨〕詠明妃。

諸如此類·不勝枚舉。此外最可考者莫如宋人之自度曲。如姜白石之〔一萼紅〕乃詠長沙官梅而作。〔琵琶仙〕乃吳興載酒而作。〔揚州慢〕乃夜過維揚之作。〔長亭怨慢〕乃因桓大司馬昔年種柳·依依漢南·數語而作。〔淡黃柳〕乃詠合肥城南官柳而作。〔石湖仙〕乃壽范石湖之作。〔暗香〕與〔疏影〕乃載雪詣石湖詠梅之作。〔惜紅衣〕乃詠吳興荷花之作。等是也。

復有即宮調以命名者。如〔四犯令〕〔角招〕〔徵招〕〔側犯〕〔尾犯〕〔六么令〕〔玲瓏四犯〕〔花犯〕〔倒犯〕〔八六子〕〔法曲第二〕〔霓裳中第一序〕等是也。

由此觀之。可見命名之始。各有所本。迨格調既立。則變而爲符號。名之原義。非所計矣。若詩之四。五。七。言只是單調。可無須此。蓋事物之日趨於複雜者。則符號之需要。自然發生。凡百學問。罔不如是。不僅詞曲爲然矣。即文字之所以成立。亦由斯道耳。

詞有同調而異名者。如〔金縷曲〕之即賀新郎之類。不勝枚舉。甚至一調而有十二名者。如〔念奴嬌〕又名百字令。百字謠。大江東去。酹江月。大江西上曲。壺中天。淮甸春。無俗念。大江乘。賽天香。湘月。是也。大抵多因此調有一首名作。遂掇采其中之一語以立新名。如大江東去。酹江月。皆東坡赤壁詞句也。又有竊取其意者。如白石之〔暗香〕〔疏影〕原是詠梅之自度曲。張玉田用之以詠荷花。遂易其名曰〔紅情〕〔綠意〕。文士之矜奇立異。最爲可厭。符號之可貴。原是化繁爲簡。取其便耳。似此等文人結習。則又化簡爲繁。符號之作用。根本推翻矣。

詞有異調而同名者。如〔長相思〕之有長短兩調是也。短調三十六字。長調則一百零三字。此類亦復不少。幸而格律既立。按句之長短。字之平仄。尙可追索本名。然而枉費精神。已是不少。起源則未之知也。

曲調亦源出於詞。後乃漫衍而成獨立。南詞敍錄曰。元曲用宋詞調者。有尾犯序。滿庭芳。滿江紅。鷓鴣天。謁金門。風入松。卜算子。一剪梅。賀新郎。高陽臺。憶秦娥。餘皆與古人異矣云。但王靜安宋元

戲曲史則曰。元曲三百三十五調。出自唐宋詞者七十五調。如

醉花陰　喜遷鶯　賀聖朝　晝夜樂

人月圓　拋球樂　侍香金童　女冠子（以上黃鐘宮）

滾繡毬　菩薩蠻（以上正宮）　歸塞北（即望江南）　雁過南樓（即清商怨）

念奴嬌　青杏兒（即青杏子）　還京樂（以上大石）　點絳唇

天下樂　鵲踏枝　金盞兒（即金盞子）　憶王孫

瑞鶴仙　後庭花　太常引（以上仙呂）　粉蝶兒

醉春風　醉高歌　上小樓　滿庭芳

剔銀燈　柳青娘　朝天子（以上中呂）　烏夜啼

感皇恩　賀新郎（以上南呂）　駐馬聽　夜行船

月上海棠　風入松　萬花放三臺　滴滴金
太清歌　擣練子　快活年（即快活年近拍）　豆葉黃
川撥棹（即撥棹子）　也不羅（即野落索亦即一落索）　行香子　碧玉簫
驟雨打荷花　減字木蘭花　青玉案　魚游春水（以上雙調）
金蕉葉　小桃紅　三臺印　耍三臺
梅花引　看花回　南鄉子　唐多令（以上越調）
集賢賓　逍遙樂　望遠行　玉抱肚
秦樓月（以上商調）　黃鶯兒　踏莎行　垂釣絲
應天長（以上商角調）　哨遍　瑤臺月（以上般涉調）

以上共七十一調。案宗元戲曲史。其文曰七十五。細數之實得七十四。又百字令即念奴嬌、彼既錄念奴嬌、又錄百字令。柳外樓即憶王孫、彼既錄柳外樓又錄憶王孫。金盞兒即金盞子、彼既錄金盞子、又錄金盞兒。故實得七十一調。

案此與南詞叙錄大異。南詞叙錄所列舉者僅十一調、而此十一調中有八調爲宋元戲曲史所無。姑兩存之以待考。

王伯良曲律曰。曲之調名、今俗曰牌名。始於漢之朱鷺、石流、陳之折楊柳、梅花落、雞鳴高樹巔、玉樹後庭花等篇。於是在詞而爲金荃、蘭畹、花間、草堂諸調。在曲而爲金元劇戲諸調。然詞之與曲實分兩途。間有采入南北二曲者。北則於金之小令。如醉落魄、點絳唇、類。長調如滿江紅、沁園春、類。皆仍其調而易其聲於元之小令、如青玉案。搗練子類。長調如瑞鶴仙。賀新郎。滿庭芳。念奴嬌類。或稍易字句。或只用其名而盡變其調。南則小令如卜算子。生查子。憶秦娥。臨江仙類。長調如鵲橋仙。喜遷鶯。稱人心。意難忘類。只用作引曲。過曲如八聲甘州。桂枝香類。亦只用其名而盡變其調。至南之於北。則如金之玉抱肚。豆葉黃。剔銀燈。繡帶兒類。如元之普天樂。石榴花。醉太平。節節高類。名雖同而調與聲則南北迥異。其名則出自宋之詩餘。及金乃變宋而爲曲。元又變金而爲北曲與南曲。皆各立一種名色。視古樂府。不知更幾滄桑矣。

讀此則徐文長南詞叙錄。王靜安宋元戲曲史所列舉之異同。得而論次之矣。宋元戲曲史所列舉之七十一調。其中之一大部分

即王伯良所謂仍其調而易其聲者是已。如宋詞之

烏夜啼 （辛稼軒）

江頭三月清明。柳風輕。巴峽誰知還是。洛陽城。 春寂寂。嬌滴滴。笑盈盈。一段烏絲闌上。記多情。

元曲中之烏夜啼則迥異。錄漢宮秋雜劇一折如下。

烏夜啼 （馬東籬）

今日嫁單于宰相休生受。早則俺漢明妃有國難投。他那裏黃雲不出青山岫。投至兩處凝眸。盼得一雁橫秋。單注着寡人今歲攬閑愁。王嬙這運添消瘦。翠羽冠。香羅綬。都做了錦蒙頭煖帽。珠絡縫貂裘。

此曲即將襯字除出，亦無一句與宋詞同。此所謂用其名而盡變其調者是矣。至如

風入松　（俞國寶）

一春長費買花錢。日日醉湖邊。玉驄慣識西湖路，驕嘶過沽酒壚前紅杏香中簫鼓，綠楊影裏鞦韆。

此南宋俞國寶詞之上半闋也。試錄馬東籬秋思一折如下。

風入松　（馬東籬）

眼前紅日又西斜。疾似下坡車。晚來清鏡添白髮，上牀與鞋履相辭。莫笑鳩巢計拙，葫蘆提就裝呆。

此一首元曲之與宋詞，除平仄稍異外，詞句無一不相同。即南詞

叙錄所謂元曲而用宋詞調者是矣。可證宋元戲曲史之所列舉.多半乃王伯良曲律所謂名存而調變者。至於舍尾犯序.滿江紅.鷓鴣天.謁金門.卜算子.一翦梅.高陽臺.憶秦娥.八調而不錄.則顯然是宋元戲曲史之罣漏矣

徐文長南詞叙錄曰.詞調兩半篇乃合一闋。今南曲健便.多用前半篇.故曰一隻、猶物之雙者止其一半.不全舉也。案北曲亦然.且有只用下半闋而舍其上者。前錄之〔風入松〕.則只是上半闋、前詞之下半曰.

暖風十里麗人天。花壓鬢雲偏。畫船載取春歸去.餘情付、湖水湖煙。明日重扶殘醉.來尋陌上花鈿。

（四）小令與長調

詞有小令、中調、長調之分。舊說五十八字以下爲小令。九十字以下爲中調。過此則爲長調。如此區分。未免太過拘執。如詞律所收〔七娘子〕有五十八字者。有六十字者。將名之曰小令乎。抑中調乎。又如〔雪獅兒〕有八十九字者。有九十二字者。將名之曰中調乎。抑長調乎。余以爲但統分小令與慢調二種可矣。正不必膠柱鼓瑟也。

五代之詞皆小令。故小令實爲詞之正格。字少而句簡。用以寫一時之感觸。或一物之狀態。最爲自然。是以五代北宋之詞。品格高尚。態度雍容。無矯揉造作之痕。亦無劍拔弩張之氣。意旣盡而語亦完。無事堆砌。此其所以輕清飄舉。絕無煙火氣也。南宋諸賢之不逮。原因雖甚複雜。但重長調而薄小令。亦重要之一因矣。徐文長曰。晚唐五代。塡詞最高。宋人不及。何也。詞須淺近。晚唐詩文最淺。鄰於詞調。故臻上品。宋人開口便學杜詩。格高氣粗。出語便自生硬。終是不合格。其間若淮海耆卿叔原輩。一二語入唐者有之。通篇則無有云。王靜安曰。詩之三百篇。十九首。詞之五代北宋。皆無題也。非無題也。詩詞中之意。不能以題盡之也。自花庵草堂每調立題。幷古人無題之詞。亦爲作題。如觀一幅佳山水。而即曰此某山某水可乎。又曰。詩有題而詩亡。詞有題而詞亡云云。彼之重小令而尊五代。吾甚贊同。至謂詩有題而詩亡。詞有題而詞亡。未免太極端矣。且古詩之無題。是無是失。誰敢定之。吾見歷代詩餘選錄共九千餘首。證以本集。詞題多被刪去。或化繁爲簡。其他選本亦多如是。可見展轉鈔錄。題目實有化有爲無之可能。

調之最長者莫過於「鶯啼序」共四疊。二百四十字。似此只可謂之文。不得謂之詞矣。五代北宋。無此怪狀。詞之可愛。在其能以極自然而輕巧玲瓏之筆墨。表示情感。或描寫景物耳。長篇大論。何取乎詞。至於人間詞話。幷中調而痛詆之。則或未免矯枉過直。調之最短者則爲「蒼梧謠」。僅十六字。故又名「十六字令」。雖有所謂「竹枝」之十四字調。然實只爲兩句七言詩。不成詞體。未得謂之詞。

竹枝　（皇甫松）

芙蓉並蒂竹枝一心蓮。女兒花侵槅子竹枝眼應穿。女兒

此乃巴蜀之里歌。一人歌之而竹枝與女兒。則又是一人應聲也。

至若〔蒼梧謠〕則成詞體矣。

蒼梧謠　（蔡伸）

天。休使蟾圓照客眠。人何在。桂影自嬋娟。

萬紅友謂詞上承於詩。下沿爲曲。如〔菩薩蠻〕〔憶秦娥〕〔望江南〕〔長相思〕等本是唐人之詩。故此數闋實爲詞之鼻祖云。見詞律發凡

彭駿孫詞統源流曰。唐人長短句。皆小令耳。後演而漸繁。同一名

而有小令及中調長調之分。係之以犯。近。慢等名以爲別。如南北劇之曰犯。曰賺。曰破。之類。

（五）斷句

詞之斷句，分韻，協句，讀，協讀，亦作叶，逗，從其簡也。首韻曰韻，如〔金縷曲〕於第一句起韻。〔水調歌頭〕乃第二句起韻。〔滿庭芳〕則第三句起韻等是也。其下與韻相叶者謂之叶。可斷而非韻處曰句。似斷而非斷處曰逗。試分別論之。

一曰〔韻〕詞林正韻云，詞韻與詩韻有別，然其源即出於詩韻。乃取詩韻而分合之耳。詩韻自南齊永明時，謝朓，王融，劉繪，范雲等。分平上去入爲四聲。汝南周彥倫作四聲切韻，梁沈約繼之，作四聲譜。是即四聲之始。切韻之後，唐天寶中有所謂唐韻。宋祥符以後，又有所謂廣韻，韻略，集韻。名雖屢易而書之體例未易。至元初更有所謂古今韻會．韻府羣玉．是即今之通行韻本。考之於古．鮮有合焉者矣。即以詞論．灰．咍．本爲二韻．灰可以入支．微．咍可以入皆．來。元．魂．痕．本爲三韻．元可以入寒．删。魂．痕可以入眞．文。即佳．泰．卦．三韻．於詞有半通之例。其字皆以切音分類．各有經界。

又曰．詞韻與曲韻不同。製曲用韻．可以平上去通叶。且無入聲。凡入聲之清音轉上．正濁轉平．次濁轉去．隨音轉叶．以諧三聲。蓋中原音韻諸書．支思與齊微分二部。寒．山．桓．歡．先．天．分三部。家麻．車遮．分二部。鹽．咸．廉．纖．分二部。於曲則然．於詞則不然。況四聲缺入．而詞則明明有必須用入韻之調．斷不能缺。故曲韻不可爲詞韻也云云。案此乃指北曲而言．若南曲則有入聲矣。要而論之．韻乃詩歌之大法。如網之有綱。最重要之部分也。

詞之起韻。大多數在第一句。在二三四句者亦所常有。最特異者莫如仄韻之〔鳳歸雲〕。前起於二十七字方用韻。後起於三十字方叶韻。錄柳耆卿一首如下。

鳳歸雲

戀帝里。金谷園林。平康巷陌。觸處繁華。連日疏狂。未嘗輕負、寸心雙眼。況佳人盡、天外行雲。堂上飛燕。向玳筵、一一皆妙選。長是因酒沈迷。被花縈絆。　更可惜、淑景亭臺。暑天枕簟。風月夜涼。雪霰朝飛。一歲風光。盡堪隨分、俊遊清宴。算浮生事、瞬息光陰。錙銖名宦。正歡笑、試恁暫分散。卻是恨雨愁雲。地遙天遠。

二曰〔協〕叶有三種。依原韻順押。謂之正叶。轉韻而不出四聲範圍者。謂之通叶。出原韻範圍以外者。謂之互叶。

互叶如

薩菩蠻（李白）

平林漠漠煙如織。寒山一帶傷心碧。暝色入高樓。有人樓上愁。

玉階空佇立。宿鳥歸飛急。何處是歸程。長亭更短亭。

清平樂（李後主）

別來春半。觸目愁腸斷。砌下落梅如雪亂。拂了一身還滿。雁來音信無憑。路遙歸夢難成。離恨卻如春草。更行更遠還生。

釵頭鳳（曾覿）

華燈鬧。銀蟾照。萬家羅幕香風透。金樽側。花顏色。醉裏人人向人情極。惜惜惜。　春寒峭。腰肢小。鬢雲斜嚲蛾兒裊。清宵寂。香閨隔。好夢難尋。雨蹤雲蹟。憶憶憶。

更漏子（毛熙震）

秋色清。河影澹。深戶燭寒光暗。綃幌碧。錦衾紅。博山香炷融。更漏咽。蛩鳴切。滿院霜華如雪。新月上。薄雲收。映簾懸玉鈎。

減字木蘭花（秦觀）

天涯舊恨。獨自淒涼人不問。欲見回腸。斷盡金爐小篆香。　黛眉長歛。任是春風吹不展。困倚危樓。過盡飛鴻字字愁。

虞美人（葉少蘊）

落花已作風前舞。又送黃昏雨。曉來庭院半殘紅。唯有遊絲千丈裊晴空。殷勤花下重携手。更盡杯中酒。美人不用歛歌眉。我亦多情無奈酒闌時。

通叶如

西江月（東坡）

三過平山堂下，半生彈指聲中。十年不見老仙翁。壁上龍蛇飛動×欲弔文章太守，仍歌楊柳春風。休言萬事轉頭空。未轉頭時是夢く

換巢鸞鳳（梅溪）

人若梅嬌。正愁橫斷塢，夢繞溪橋。倚風融漢粉，坐月怨秦簫，相

思因甚到纖腰。定知我今·無魂可銷。佳期晚·謾幾度·淚痕相照×人悄×天渺渺×花外語香·時透郎懷×抱暗握荑苗·乍嘗櫻顆·猶恨侵階芳草×天念王昌忒多情·換巢鸞鳳教偕老×溫柔鄉·醉芙蓉·一帳春曉×

渡江雲　（玉田）

山空天入海·倚樓望極·風急暮潮初。一簾鳩外雨·幾處閒田·隔水動春鋤。新煙禁柳·想如今·綠到西湖。猶記得·當年深隱·門掩兩三株。　愁余。荒洲古溆·斷梗疏萍·更漂流何處×空自覺·圍羞帶減。影怯燈孤。長疑即見桃花面·甚近來·翻致無書。書縱遠·如何夢也都無。

絳都春（西麓）

秋千倦倚．正海棠半坼．不耐春寒。殢雨弄晴．飛梭庭院．繡簾間。梅妝欲試芳情懶×翠顰愁入眉彎。霧蟬香冷．霞綃淚揾．恨襲湘蘭。悄悄池臺步晚．任紅熏杏靨．碧沁苔痕。燕子未來．東風無語．又黃昏。琴心不度春雲遠×斷腸難託啼鵑。夜深猶倚．垂楊二十四闌。

大聖樂（竹山）

笙月涼邊．翠翹雙舞．壽仙曲破。更聽得．豔拍流星．謾唱壽詞初子．羣唱蓮歌ㄑ主翁樓中披鶴氅．展一笑．微微紅透渦×襟懷好．縱炎官駐繖．長是春和×　千年鼻祖事業．記曾趁．雷聲飛快梭×但

也曾三徑．撫松採菊．隨分吟哦×富貴浮雲．榮華風過．淡處還他滋味多×休辭飲．有碧荷貯酒．深似金荷×

少年心（山谷）

對景惹起愁悶。染相思·病成方寸。是阿誰先有意．阿誰薄倖。斗頓恁·少喜多嗔×　合下休傳音問。你有我·我無你分。似合歡桃核．眞堪人恨。心兒裏·有兩個人人×

江城梅花引（洪皓）

天涯除館憶江梅。幾枝開。使南來。還帶餘杭春信到燕臺。準擬寒英聊寄遠．隔山水．應銷落．赴愬誰。　空恁遐想笑摘蕊×斷回腸．思故里×謾彈綠綺×引三弄·不覺魂飛。更聽胡笳哀怨淚沾衣。

亂插繁華須異日。待孤諷。怕東風。一夜吹。

醜奴兒慢　（潘元質）

愁春未醒。還是清和天氣。對濃綠陰中庭院燕語鶯啼數點新荷。翠鈿輕泛水平池×一簾風絮。才晴又雨。梅子黃時×　忍記那回。玉人嬌困。初試單衣×共攜手。紅窗描繡。畫扇題詩×怎有而今。半牀明月兩天涯×章臺何處。多應爲我。蹙損雙眉×

曲玉管　（柳耆卿）

隴首雲飛。江邊日晚。煙波滿目憑闌久。一望關河蕭索。千里清秋×忍凝眸×　杳杳神京。盈盈仙子。別來錦字終難偶。斷雁無憑。冉冉飛下汀洲×思悠悠×　暗想當初。有多少幽歡佳會。豈知聚

散難期，翻成雨恨雲愁阻追游每登山臨水，惹起平生心事一場消黯，永日無言，卻下層樓

此其大略也。詞中似此者不勝枚舉。由此可見所謂互叶者，乃轉一韻脚而互相爲叶，與初韻不相侔。通叶則平韻與仄韻相通，但不出原韻四聲之範圍。如〔西江月〕之以動叶中，〔換巢鸞鳳〕之以照叶橋是也。此則開曲韻之先聲矣。

三曰〔句〕句無甚竅妙，即可斷而非韻處是已。然雖可斷，但必須至韻，意義乃得停頓，與文之句微有不同。

四曰〔逗〕逗與按拍有極重大之關係，最宜注意，不容輕略。實詞之關鍵矣。

七言句有三四者。如

【唐多令】二十年重過南樓。……舊江山渾是新愁。（劉龍洲）

算凄涼未到梧桐。……數歸期猶是初冬。（陳西麓）

帶斜陽一片征鴻。……斷腸人無奈秋濃。（陳西麓）

【桂枝香】念往昔豪華競逐。（王介甫）

念壯節漂零未穩。（朱希真）

料此去清遊未歇。（張叔夏）

更別有雕闌翠屋。（周公謹）

有四三者。如

【鷓鴣天】醉拍春衫惜舊香。（晏小山）

枝上流鶯和淚聞。（秦淮海）

【玉樓春】日照玉樓花似錦。（歐陽炯）

有無一理誰差別。（辛稼軒）

【蝶戀花】誰道閒情拋棄久。（歐陽永叔）

醉別西樓醒不記。（晏小山）

七言句有二五者．如「踏莎行」之第四句是也。萬紅友徐誠庵輩皆未注意及此。以余所見．凡屬名作．十之八九皆然。試列舉如左。

當時輕別意中人．（晏殊）

春風不解禁楊花．（晏殊）

離愁漸遠漸無窮．（宋祁）

可堪孤館閉春寒。（秦觀）

夜長爭得薄情知。（姜夔）

榴心空疊舞裙紅。（吳文英）

是誰秋到便淒涼。（辛棄疾）

過牆一陣海棠風。（辛棄疾）

幾番幽夢欲回時。（王沂孫）

十年二十四橋春。（周密）

由此觀之。則此句之必須二二五。殆成定律矣。

五言句有二二三者。如

【水調歌頭】明月幾時有。把酒問青天。（蘇東坡）

秋雨×一何碧．山色×倚晴空。（方巨山）

【錦堂春】燭殘漏滴頻欹枕．起坐×不能平。……醉鄉路穩宜頻到．此外×不堪行。（李後主）

年年春事關心事．腸斷×欲棲鴉。……重門不鎖相思夢．隨意×繞天涯。（趙令時）

有「三」者。如

【一落索】蜀江．春色濃如霧。擁雙旌歸去。（陳鳳儀）

誰道秋來煙景素。任遊人×不顧。（黃山谷）

【疏影】浸清漪×倒映．千樹殘雪。（周密）

怕飛去×慢綰．留仙裙褶。（周密）

恐他年流落．與子同賦。（彭元遜）

有一四者。如

【木蘭花慢】正征塵滿野．問誰與．作堅城。（黃機）

傍池闌倚遍．問山影．是誰偸。（蔣捷）

恰芳菲夢醒．漾殘月．轉湘簾。（周密）

【燕歸梁】樓外春風桃李陰。記一笑千金。（石孝友）

獨臥秋窗桂木香。怕雨點飄涼。（史達祖）

楚夢吹成樹外雲。乍雁影斜分。（史達祖）

【惜紅衣】高樹晚蟬．說西風消息。（姜夔）

不解送情．倚銀屏斜瞥。（張炎）

煙樹曉鶯。訴經年愁獨。（李萊老）

【漢宮春】花姥來時。帶天香國艷。羞掩名姝。……洛苑舊移仙譜。向吳娃深館。曾奉君娛。（吳文英）

聞說瓢泉。占煙霏空翠。中著精廬。……選勝臥龍東畔。望蓬萊對起。巖壑屏如。（丘宗卿）

四字句有中二字必須相聯者。如

【水龍吟】細看來不是。楊花點點。是離人淚。（蘇東坡）

望章臺路杳。金鞍遊蕩。有盈盈淚。（章質夫）

倩何人喚取。紅巾翠袖。揾英雄淚。（辛稼軒）

且臨風高唱。逍遙舊曲。爲先生醉。（張野夫）

「八聲甘州」爭知我．倚闌干處．正恁凝愁。（柳耆卿）

連呼酒．上琴臺去．秋與雲平。（吳君特）

潮回處．引西風恨．又渡江來。（趙希邁）

空懷感．有斜陽處．卻怕登樓。（張叔夏）

此不過略舉以爲例．凡名作無不如是。雖有例外．亦不過十之一二。如稼軒之「木蘭花慢」起句曰「老來情味減．又一首曰「漢中開漢業．則非一領四。玉田之「八聲甘州」煞韻曰「爭似得．桃根桃葉．明月妝樓。」桃根桃葉中二字則不相聯。又一首曰「空山遠．白雲休贈．只贈梅花。」雲休二字．亦不相聯。白石之「水龍吟」煞韻曰「甚謝郎也恨．飄零解道．月明千里。」明千二字．亦不相聯。然此不過偶爾。終以嚴謹爲佳。想按拍時。此二字當是直落。〔夜合花〕之上下兩半闋結韻各三句。其第一句晁无咎一首作「記清平調」及「縱歸來晚。」萬紅友以爲中二字例須相聯。然細按之。則殊不爾。周草窗一首則作「梨花雲煖」「枕屏金絡」中二字兩不相聯。但此猶得謂偶然例外。更有同在一首中而上下闋各不相若者。如史梅溪之「共淒涼處」「夢回人世。」高竹屋之「隔花陰淺」「一庭芳草。」吳夢窗之「共追遊處」「故人樓上。」若例須相聯。豈有同在一首中而上下闋自生參差之理。萬氏之說。恐未必然。梅溪一首。已鈔錄於下編描寫物態節內。可參照。

（六） 平仄

王伯良曲律曰。今之平仄韻書所謂四聲也．而實本始於反切。古無定韻．詩樂皆以叶成．觀三百篇可知。自西域梵教入而始有反切。自沈約類譜作而始有平仄。又曰．四聲者．平上去入也。平分陰陽．而仄分上去入。乖其法則曰拗嗓。蓋平聲含蓄．上聲促而未舒．去聲往而不返．入聲逼側而難轉。又曰．入可以調劑平上去三聲．如藥中之甘草。每遇平上去三聲字面不妥．無可奈何之時．得一入聲．便可通融過去云。其言甚眞切而有味。曲律又云．北曲以清越爲陰平．沈重爲陽平。每於提起處用陽．抑下處用陰。南曲則反是。以清越爲揚．沈重爲抑．此南北腔之大別也。又曰陰宜搭上，陽宜搭去。如琵琶記長空萬里以下之幾處換頭，曰「孤影」曰「光瑩」曰「愁聽」。孤乃陰平，須搭上聲之影。愁是陽平，宜搭去聲之聽。獨光字唱來似（狂，）則以搭去之故。若易光爲陽，或易瑩爲上則叶矣云。此數語可以發人深省。能使不知音者亦得一明瞭之印象。

詞律又云，四聲之中，雖曰一平對三仄。然上，入，可作平，去則不可。故詞句中之去聲字，最宜留意。結句尤爲喫緊，在詞曲謂之煞句，亦曰煞尾。如稼軒「永遇樂」之結韻「尙能飯否」。陸淞「瑞鶴仙」之結韻「怎生意穩」。必要用仄平去上。又「解連環」之結韻，如白石之「照伊自睡」。照與自必須用去聲。中句亦時有此，但煞韻尤要耳。

淸嘉道間，吳縣戈順卿載，所著之詞林正韻，分平上去三聲爲十四部，入聲爲五部，共十九部。且嚴詩韻，詞韻，曲韻，之別。可謂有功詞學。

詞有必須用入聲韻之調。如〔滿江紅〕〔念奴嬌〕等，作者多用入聲韻。雖不盡然，然亦十之七八矣。入與平通，故姜白石有改塡平聲之〔滿江紅〕，陳西麓有改塡平聲之〔念奴嬌〕。

滿江紅　（白石）

仙姥來時，正一望千頃翠瀾。旌旗共，亂雲俱下，依約前山。命駕羣龍金作軛，相從諸娣玉爲冠。向夜深，風定悄無人，聞珮環。

神奇處，君試看。奠淮右，阻江南。遣六丁雷電，別守東關。郤笑英雄無好手，一篙春水走曹瞞。又怎知，人在小紅樓，簾影間。

金奴嬌　（西麓）

凝雲沍曉，正醲花纔積，荻絮初殘。華表翩躚何處鶴，愛吟人正孤山。凍解苔鋪，水融莎甃，誰凭玉句闌。茸衫氈帽，冷香吹上吟鞭。將次柳際瓊消，梅邊粉瘦，添做十分寒。閑踏輕澌來薦菊，半潭新漲微瀾。水北峯巒，城陰樓觀，留向月中看。嫩雲深處，好風飛下晴湍。

西麓又將〔絳都春〕〔永遇樂〕由入改平，〔渡江雲〕由平改入，皆其創格。〔絳都春〕已見通叶條下，茲不錄。

永過樂

玉腕籠寒．翠闌凭曉．鶯調新簧。暗水穿苔．遊絲度柳．人靜芳晝長。雲南歸雁．樓西飛燕．去來慣認炎涼。王孫遠．青青草色．幾回望斷柔腸。　薔薇舊約．樽前一笑．等閑孤負年光。鬥草庭空．拋梭架冷．簾外風絮香。傷春情緒．惜花時候．日斜尚未成妝。聞嬉笑．誰家女伴．又還採桑。

渡江雲

風流三徑遠．此君淡泊．誰與伴清足。歲寒人自得．傍石鋤雲．閑裏種蒼玉．瑯玕翠立．愛細雨疏煙初沐。春晝長清風不斷．洗紅塵凡俗。　高獨。虛心共許．淡節相期．幾人間棋局。堪愛處．月明琴院、雪晴書屋。心盟更許春松結、笑四時、梅襻蘭菊。庭砌遶、東風漸添新綠。

此足爲平入、互通之證。徐文長曰、曲有本平韻而亦可作入韻者。高陽臺、黄鶯兒、畫眉序、蝦蟇序、之類是也。有本入韻而不可作平者、四邊靜是也。其他平韻不可作入者甚多云。可見亦不能一概論矣。

徐誠庵云、宋詞用韻、只重五音、土音每與古韻通叶。去上聲之辨、亦時有出入。且常以上入作平。獨於應用去上二聲相連處則定律甚嚴。如周草窗之〔一枝春〕用去上聲者凡八處曰乍數、喚起、倘淺、自把、夜煖、試與、媚粉、醉語、此定格也。凡仄聲調後結四字一句而尾兩字皆仄者必用去上。如入聲韻則用去入上聲韻則用去上名作皆然。更有王碧山〔花犯〕一首用去上十二處曰素靨紺縷歲晚自倚記我浪裏臥穩挂晚鳳冷乍起喚取翠被爲最多矣。蓋去聲勁而縱上聲柔而和交濟方有節奏。周美成方千里等所塡之〔花犯〕罔不如是。乃此調之定格必宜恪守云錄此二詞如左。

一枝春（草窗）

淡碧春姿柳眠醒似怯朝來疎雨。芳塵乍數喚起探花情緒。東風尙淺甚先有翠嬌紅嫵。應自把羅綺圍春占得畫屏春聚。留連繡叢深處。愛歌雲裊裊低隨香縷。瓊窗夜煖試與細評新譜。妝眉媚粉料，無奈，弄翠佯妒。還只怕，簾外籠鸚，笑人醉語。

花犯（碧山）

古嬋娟，蒼鬟素靨，盈盈瞰流水。斷魂千里。歎紺縷飄零，難繫離思。故山歲晚誰堪寄。琅玕聊自倚。謾寄我，綠蓑衝雪，孤舟寒浪裏。　三花兩蕊破蒙茸，依依似有恨，明珠輕委。雲臥穩，藍衣正，護春憔悴。羅浮夢，半蟾挂曉，幺鳳冷，山中人乍起。又喚取，玉奴歸去。餘香空翠被。

周止庵云。紅友極辨上去，是已。但上入亦宜辨。入可代去，上不可代去。入之作平者無論矣。其作上者可代平，作去者斷不可代平。平去是兩端，上由平而之去，入由去而之平。上聲韻韻上應用仄字者。去爲妙。去入韻則上爲妙。平聲韻韻上應用仄字者。去爲妙。入次之。疊則聱牙。鄰則無力。雙聲疊韻字。要著意布置。有宜雙不宜疊。宜疊不宜雙處。重字則旣雙且疊。尤宜斟酌。李易安之淒淒慘慘戚戚。三疊韻。六雙聲。是鍛鍊出來。非偶然拈得也。

徐誠庵云。萬紅友嚴去上聲之分。是矣。不知入聲亦間有定律。如〔憶舊遊〕之煞韻一句。第四字必用入聲云。試引而證之。

東風竟日×吹露桃　（美成）

殘陽草色×歸思賒　（夢窗）

重尋當日×千樹桃　（方千里）

瀟湘近日×風捲湖　（劉應幾）

黄昏细雨×人闭门　（刘将孙）

千山未必×无杜鹃　（玉田）

愁痕沁碧×江上峰　（草窗）

涓涓露湮×花气生　（碧山）

阳关西出×无故人　玉田）

萧萧汉柏×愁茂陵　（玉田）

遥知路隔×杨柳门　（玉田）

清声谩忆×何处箫　（玉田）

由此观之·则此句之第四字必用入声·殆定格矣。又如

法曲献仙音　（吴文英）

落葉×霞翻．敗窗風咽×皁色淒涼深院。瘦不×關秋．淚緣生別×情銷鬢霜千點。恨翠冷．搔頭燕．那能語恩怨。紫簫遠。記桃枝．向隨春渡．愁未洗．鉛水又將恨染．粉縞澀離箱．忍重拈．燈夜裁翦。望極藍橋．綵雲飛．羅扇歌斷。料鸚籠玉鎖．夢裏隔花時見。

葉．咽．不．別．四字必用入聲．名作皆然．此徐誠庵之說也。

（七）發音

張玉田詞源．述其先人所塡之「瑞鶴仙」中有句曰「粉蝶兒撲定花心不去」．按諸歌譜．唯「撲」字不叶。改作「守」字乃叶。又云一首中有句曰．「瑣窗深」．「深」字不叶．改爲「幽」字又不叶．再改爲「明」字乃叶。撲守皆入聲．深幽明皆平聲．胡乃若此。是知五音有脣．齒．喉．舌．鼻．之別．所以分輕淸重濁也。

詞林正韻分發音爲六種

一曰穿鼻　東．冬．江．陽．庚．靑．蒸．等韻是也。

二曰展輔　支．微．齊．灰．等韻是也。

三曰斂脣　魚．虞．蕭．肴．豪．尤．等韻是也。

四曰抵齶　眞。文。元。寒。刪。先。等韻是也。

五曰直喉　歌。麻。等韻是也。

六曰閉口　侵。覃。鹽。咸。等韻是也。

（佳）則爲半展輔半抵齶之韻。

詞林正韻謂入聲之字。最難分別。就詞韻而論。莫若以屋沃叶東冬覺藥叶江陽質物叶眞文勿月曷黠屑葉叶寒刪陌職叶庚青緝叶侵合洽叶咸鹽。凡所云云。粵音最爲順利。幾於婦孺皆知。又閉口之音。中原所缺。唯粵則存。如侵。咸。覃。鹽。四韻。中原諸省。須强記乃識爲閉口音。唯粵語讀此諸韻。則天然閉口。且無論何字。皆能調出八聲。非僅四聲已也。此言語學者之所以稱粵音爲最備也。徐誠庵謂宋人用韻．只重五音．可以古韻與土音同叶。斯言也．殆指發音之不同。南宋有林外者．題「洞仙歌」一闋於垂虹橋柱．不書名姓．人疑仙作．傳入禁中。孝宗笑曰．以「鎖」字叶「老」字．則鎖當作埽．乃閩音也。蓋原詞上半闋煞韻．「天地裏唯有江山不老」。下半闋中一句曰「林屋洞門無鎖」。後訪之．林果閩人。姜白石號爲宗工．然其「疏影」之「但暗憶江南江北」。北字與屋沃同押．殆宋人之常。亦發音之差異故也。趙長卿「淡煙輕霧濛濛」之「水龍吟」．以了少峭叶晝透等韻。萬紅友謂趙係宋南豐人．鄉音最別云。玆將此三詞錄於後。

洞仙歌（林　外）

飛梁壓水．虹影清光曉。橘里漁村半煙草。嘆今來古往．物換人非．天地裏．唯有江山不老。　雨中風帽．四海誰知我×一劍橫空幾番過×按玉龍嘶未斷．歸去也．林屋洞門無鎖×認雲屏煙障是吾廬．任滿地蒼苔年年不掃。

疏影（姜　夔）

苔枝綴玉。有翠禽小小．枝上同宿。客裏相逢．籬角黄昏．無言自倚修竹。昭君不慣胡沙遠．但暗憶·江南江北×想珮環月夜歸來．化作此花幽獨。　猶記深宫舊事．那人正睡裏．飛近蛾綠。莫似東風．不管盈盈．早與安排金屋。還教一片隨波去．又卻怨·玉龍哀曲。等恁時重覓幽香。已入小窗橫幅。

水龍吟　（趙長卿）

淡煙輕霧濛濛。望中乍歇凝晴晝。纔驚一霎催花。還又隨風過了。清帶梨梢。暈含桃臉。添香多少。向海棠點點。香紅染徧。分明是。胭脂透。　無奈芳心滴碎。阻遊人。踏青攜手。檐頭綫斷。空中絲亂。纔晴卻又。簾幕閒垂處。輕風送。一番寒峭正留君不住。瀟瀟更下黃昏後。

此詞結韻少一字。且作兩句。上半闋第二韻。下半闋第三韻亦異。乃水龍吟之別體。

（八）　換頭煞尾

周止庵曰。吞吐之妙。全在換頭煞尾。古人名換頭爲過片。或藕斷絲連。或異軍突起。皆須令讀者耳目震動。方成佳製。換頭須和婉。煞尾必峭勁云。余以爲若東坡之〔念奴嬌〕換頭「遥想公瑾當年。」夢窗之〔八聲甘州〕煞尾「連呼酒。上琴臺去。秋與雲平。」可作模範。

戈順卿詞林正韻曰。詞之爲道。最忌落腔。落腔即落韻也。用韻之喫緊處。則在乎起煞。蓋一調有一調之起。有一調之煞。

張玉田曰。作慢詞看是甚題目。先擇曲名。然後命意。命意既了。思量頭如何起。尾如何煞。方始選韻。而後述曲。最是過片不要斷了曲意。要須承上接下。如白石之「齊天樂」「曲曲屏山．夜涼獨自甚情緒。西窗又吹暗雨．」此則曲之意脈不斷矣。陸輔之云．製詞須布製停匀．血脉貫穿。過片不可斷意。如常山之蛇．救首救尾。

周止庵謂柳耆卿詞以平叙見長。或發端．或結尾．或換頭．以一二語鉤勒提掇．有千鈞之力云。讀此則起煞及換頭之重要可知。

沈伯時樂府指迷曰結句須要放開．有餘不盡之意。以景結情最好。如清眞之「斷腸院落．一簾風絮」「掩重關．徧城鐘鼓」之類是也。或以情結景亦好。須使輕如清露。如清眞之「天便教人．霎時厮見何妨。」又「夢魂凝想鴛侶」之類．便無意思。亦是詞家之病、卻不可學也云。

張玉田詞源曰、詩難於詠物、詞爲尤難。體認稍眞、則拘而不暢。模寫差遠、則晦而不明。要須收縱聯密、用事合題。一段意思、全在結句。斯爲妙絕云。讀此可知結句之重要矣。

彭駿孫詞統源流曰、塡詞結句、或以動蕩見奇、或以迷離稱雋。著一實語、敗矣。康伯可「正是銷魂時候也、撩亂飛花。」晏叔原「紫騮認得舊遊蹤、嘶過畫橋東畔路。」秦少游「落花無語對斜暉。此恨誰知。」深得此法。

（九）慢近引犯

張玉田曰．詞之音譜．有法曲有五十四大曲．有慢曲。如望瀛．獻仙音．乃法曲。其源來自唐。六么．降黃龍．乃大曲。唐時鮮有聞。殆起於北宋。慢．近．引．名曰小唱．長不過百餘字。須得聲字清圓．抑揚高下云。案望瀛亦曰瀛府．屬黃鍾宮．即無射宮聲．唐開元時曲也。六么．瀛府．法曲．伊州等．皆以音調分。如今之崑腔．弋腔．秦腔．京腔之類。

『慢』王伯良曲律云．登場首曲．北曰楔子．南曰引子。引子曰慢詞。此慢之意義也。

『近』曲律又云．慢詞歌罷．於科白之先．更有一小令．名曰過曲。過曲曰近詞。

「引」徐誠庵云。凡調之有引字者。乃引而伸之之義。字數必多於原詞。如〔千秋歲〕七十一字。〔千秋歲引〕則八十二字矣。

「犯」姜白石曰。凡曲言犯者。謂以宮犯商。商犯宮之類。如道調宮上字住。雙調亦上字住。所住字同。故道調曲中犯雙調。或於雙調曲中犯道調。其他準此。唐人樂書云。犯有正。旁。偏。側。宮犯宮爲正宮。犯商爲旁宮。犯角爲偏宮。犯羽爲側宮。白石以此說爲不然。謂十二宮所住之字各不同。不容相犯。十二宮特可以犯商角羽耳云。案律呂四犯。張玉田詞源言之較詳。見下文宮調條。吳夢窗云。十二宮住字不同。唯道調與雙調俱上字住可犯。徐誠庵謂夢窗所謂上字可犯之(上)字。非平上去入之上。乃工尺上之（上）也。此即以宮犯商角之說矣。案夾鍾之商聲曰雙調。仲呂之宮聲曰道調。

歷代詩餘云．犯乃歌時假借別調作腔．故有側犯．尾犯．花犯．玲瓏四犯．等名。所謂四犯者．蓋合四調而成也。

詞律云．詞中曰犯者有二義。一曰犯宮調。如以宮犯商角之類是也。一曰犯他調句法。如［江月晃重山］之類是也。

犯宮調者如

四犯翦梅花（劉改之）

水殿風涼．賜環歸．正是夢熊華旦。（解連環）疊雪羅輕．稱雲章題扇。（醉逢萊）西清侍宴。望黃傘．日華龍輦。（雪獅兒）金券三王．玉堂四世．帝恩偏眷。（醉蓬萊）臨安記，龍飛鳳舞，信神明有後，竹梧陰滿。（解連環）笑折花看，裛荷香紅淺。（醉蓬萊）功名歲晚，帶河與礪山長遠。（雪獅兒）麟甫杯行，狨韉坐穩，內家宣勸。（醉蓬萊）

萬紅友以此詞前後起句與〔解連環〕全不相似爲疑。徐誠庵引秦氏玉笙釋之云，此調兩用〔醉蓬萊〕合〔解連環〕〔雪獅兒〕，故曰四犯。所謂翦梅花者，梅花五瓣，四則翦去其一。犯者，謂犯宮調，不必字句悉相同也云。案下文宮調條可與此說相發明。

犯他調句法者如

江月晃重山（陸游）

芳草洲前道路，夕陽樓上闌干。（西江月）碧雲何處望歸鞍。（西江月小重山）

從軍客。虓月不思還。（小重山）洞裏仙人種玉。江邊楚客滋蘭。（西江月）鷺鷥沙煖鶺鴒寒。（西江月小重山）菱花晚。不奈鬢毛斑。（小重山）

詞律謂此調用〔西江月〕〔小重山〕串合而成。故名實曲中用犯之噣矢云。案此調每半闋各五句。一二是〔西江月〕。四五是〔小重山〕。第三句亦〔西江月〕亦〔小重山〕。故能借此以作過度爲之注出如右。試並錄此兩調於左便知其法。

西江月　（稼軒）

千丈懸崖削翠。一川落日鎔金。白鷗來往本無心。選甚風波一任。別浦魚肥堪膾。前村美酒重斟。千年往事已沈沈。閑管興亡則甚。

小重山（白石）

人繞湘皋月墜時。斜橫花樹小浸愁漪。一春幽事有誰知。東風冷香遠茜裙歸。鷗去昔遊非。遙憐花可可夢依依。九疑雲杳斷魂啼。相思血都沁綠筠枝。

〔江月晃重山〕之「碧雲何處望歸鞍」二句恰與西江月之「白鷗來往本無心」及〔小重山〕之「一春幽事有誰知」句法平仄適相合故得以〔西江月〕起借此一句以度入〔小重山〕下半闋「鴛鴦沙煖鶺鴒寒」與「千年往事已沈沈」及「九疑雲杳斷魂啼」亦然詞律似未察此意故猶以〔西江月〕之半闋乃四句而〔小重山〕之半闋則六句長短不均爲疑。

更有杜文瀾之詞律補遺收虞集一首

南鄉一翦梅

南阜小亭臺。薄有山花取次開。寄語多情熊少府．晴也須來。雨也須來。　隨意且銜杯。莫惜春衣坐綠苔。若待明朝風雨過．人在天涯。春在天涯。

杜氏謂舊譜以此調與〔江月晃重山〕詞皆爲犯調。不知宋詞名犯者．取宮調相犯之義。如仙呂調犯商調爲羽犯商之類．從未有以兩調相犯爲犯者。南北曲如此者甚多云。案此與萬紅友之說微有異同．或此乃曲之犯歟．未可知也。此調之前三句乃南鄉子．第四五句乃一翦梅。下半闋同。

（十）暗韻

詞有暗韻。即詞律所謂藏短韻於句中者是也。如〔滿庭芳〕過片第二字〔霜葉飛〕起句之第四字是。而以〔木蘭花慢〕爲尤多。

【滿庭芳】多情行樂處。珠鈿翠蓋。玉轡紅纓。（秦淮海）

思量能幾許。憂愁風雨。一半相妨。（蘇東坡）

年年如社燕。飄流翰海。來寄修椽。（周淸眞）

情與纓叶。量與妨叶。年與椽叶。此即所謂暗韻者矣。然亦有不叶者。如

年光還少味。開殘檻菊。落盡溪桐。（晏小山）

兒時曾記得。呼燈灌穴。斂步隨音。（張南湖）

此則光與桐不相叶，時與音不相叶矣。不叶者約居十之二三，想仍以叶爲佳。又如

【霜葉飛】露迷衰草，疏星挂，涼蟬低下林表。（清眞）

故園空杳，霜風勁，南塘吹斷瑤草。（玉田）

斷煙離緒，關心事，斜陽紅隱霜樹。（夢窗）

草表，杳草，緒樹，均相叶。名作皆然。又如

木蘭花慢（周草窗）

恰芳菲夢醒，漾殘月，轉湘簾。正翠崦收鐘，彤墀放仗，臺榭輕煙。東園夜遊乍散，聽金壺逗曉，歇花籤。宮柳微開露眼，小鶯寂寞春眠。冰奩黛淺紅鮮。臨曉鑑，競晨妍。怕誤卻佳期，宿妝旋整，

忙上雕軿。都緣探芳起早．看隄邊·早有已開船。薇帳殘香淚蠟．

有人病酒懨懨。

東園．冰奩．都緣．凡三暗韻。此類最宜留意。名作多如是。

又（呂渭川）

朝天門外路。路坦坦．走瑤京。悔年少狂圖．爭名遠宦．爲米孤征。

星星半凋鬢髮．事千端·回首郤堪驚。居士新來悟也．渭川小隱

初成。臨清巧剏幽亭。眞富貴．享安榮。有猿鳥淸謳．松篁森衛．

檜柏雙旌。蛙鳴自然鼓吹．粲林華·前後錦園屛。須信早朝雞唱．

未如夜枕灘聲。

星星．臨淸．蛙鳴．亦暗韻也。草窗之西湖雜詠．有〔木蘭花慢〕十首．

無不相同。詞中此類尚多．想按歌時定有關係。萬紅友謂［惜紅衣］維舟試望．故國渺天北。國字亦暗韻。但按諸名作多未然。

（十一）襯音

曲有襯字而詞則無．此曲之所以爲進化也。然而歌曲．或慢聲．或促節．抑揚徐疾．變化由人。若但照曲文直讀．必難成腔。可見詞雖無襯字．然既可歌．則襯音自不能免。琵琶記之「是月下歸來飛瓊。」徐伯良謂「歸來飛瓊」四平聲字相接．若不加以截板間．勢難度過。截板間即襯音矣。似此等處．在乎歌者之自然流麗．其彈力與神化．似尤過於用襯字。

周美成之「浣溪沙慢」起句曰「水竹舊院落．櫻筍新蔬果。」「水竹舊院落」五字俱仄。史梅溪之「壽樓春」起句曰「裁春衫尋芳。記金刀素手．同在晴窗。」「裁春衫尋芳」五字俱平。以「歸來飛瓊」一例之。則此兩句之五平五仄。亦必有襯音。乃能合拍。美成梅溪。皆一代宗匠。美成奉勅書主大晟府之詞壇。固無論矣。即張功甫之評論梅溪。亦歎爲妥帖輕圓。可以分鑣清眞。平睨方回。則周史二人於音律上之所造詣。可以見矣。以知其作品必非等閑。無不可以入歌。因琵琶一曲。而知此五平五仄句之必有襯音。又知宋詞雖無襯字。然必已有襯音也。

王伯良謂詩餘無襯字。襯字自南北二曲始。又曰。凡對口曲不能不用襯字。各大曲及散套。只是不用爲佳。是則襯字亦不宜妄用。恐襯音尤尚耳。

大約歌曲之必須用襯音。中外皆然。所謂一字數轉者是矣。中國文字原一字一音。乃一字而可以有數轉。則所轉者其必爲襯音也明矣。即今之皮簧。亦復如是。此則全在歌者之天才。歌曲之進化。端在乎此。

漁隱叢話云。唐初歌舞。多是五七言詩。後漸變爲長短句。今只存瑞鷓鴣。小秦王。二闋。瑞鷓鴣是七言八句詩。猶依字易歌。小秦王是七言絕句。必須雜以虛聲。乃可歌耳。案小秦王。即陽關曲。此處之所謂虛聲。亦即襯音也。又可爲詞之入歌。有時須用襯音之一鐵證。

（十二）宫調

南詞叙録曰．永嘉雜劇．本村坊小曲．原無宫調。若必欲窮其宫調。則當自唐宋詞中別出十二律二十一調．方合古意。又曰北曲乃遼金殺伐之音．南曲又出北曲下一等．彼亦以宫調限之。吾不知其何取也。又曰欲求宫調．當取宋之絕妙詞選．逐一按出宫商乃可云。由此觀之．則宫調原是詞學之名辭．自詞之音譜失傳．曲乃因而用之。後世幾以宫調二字．爲曲之專有名辭．則大誤矣。宫商角徵羽．是曰五音。加以變宫變徵而爲七聲。律之在宫曰宫．在商角羽曰調。所謂十二律者．即　黄鍾．　大呂．　太簇．　夾鍾．　姑洗．　仲呂．

蕤賓．林鍾．夷則．南呂．無射．應鍾．是也．黃鍾之管最長．其音沈重。無射之管最短．其音輕清。若應鍾則太短而促．獨奏不能成聲矣。十二律和以宮商角羽四音得四十八調。自宋以來．已亡其泰半．僅存周德清中原音韻所載之六宮十一調。即所謂十七宮調是已。錄如下

黃鍾	宮（正宮）富貴纏綿	商（大石調）風流蘊藉	角	羽（般涉調）拾掇坑塹
大呂	宮（高宮）惆悵雄壯	商（高大石調）典雅沈重 元代已失	角	羽
太簇	宮	商	角	羽
夾鍾	宮（中呂宮）高下閃賺	商（雙調）健捷激裊	角	羽

律	宮	角	商	羽
姑洗			（中管雙調）健捷激裊	
仲呂	（道宮）飄逸清幽 元代已失		（小石調）旖旎嫵媚	
蕤賓				
林鍾	（南呂宮）感歎悲傷		（歇指調）急併虛歇 元代已失	（高平調）條拗滉漾
夷則	（仙呂宮）清新綿邈	（商角調）悲傷宛轉 元代已失	（商調）悽愴怨慕	
南呂				
無射		（越角調）嗚咽悠揚 元代已失	（越調）陶寫冷笑	
應鍾			（中管越調）陶寫冷笑	

共存六宮十一調

自金元以後。北又亡其四。即道宮。歇指。越角調。高大石調。是也。南又亡其一。即商角調是也。所存只五宮七調．共爲十二宮調。雙調與越調．因管色之不同。各變爲二。

以上十七宮調之四字評．乃中原音韻所定之攷語．由來已久。後世有謂爲太鑿者．實門外漢而故作內行語。試問聲音之能感人．孰敢否認。若否認則是根本推翻音樂矣。中原音韻之所評定．自是指音節而言。塡詞家既擬取一宮調以範其所度之曲。此曲必是陶寫其當日之情感。所謂悽愴怨慕．飄逸清幽云者．文辭必與音節相應．而歌者乃得聲容並茂．若用一雄壯之宮調以寫其幽怨之情．將使歌者無所適從矣。王伯良曰．用宮調須稱事之悲歡苦樂。如遊賞則用仙呂．雙調．等類。哀怨則用商調．越調．等類。以調合情。容易感動得人云。自是當行語。試取片玉。白石。兩集。擇其詞之標出宮調者。案諸中原音韻之所評。便知其概。

解連環（商調）夷則商聲中原音韻所謂爲悽愴怨慕者

怨懷無託。嗟情人斷絕。信音遼邈。縱妙手能解連環。似風散雨收。霧輕雲薄。燕子樓空。暗塵鎖一牀絃索。想移根換葉。盡是舊時手種紅藥。汀洲漸生杜若。料舟移岸曲。人在天角。謾記得當日音書。把閒語閒言。待總燒却。水驛春回。望寄我江南梅蕚。拚今生對花對酒。爲伊淚落。（片玉）

暗香（仙呂調）夷則宮聲。中原音韻所謂爲清新綿邈者

舊時月色。算幾番照我。梅邊吹笛。喚起玉人。不管清寒與攀摘。

何遜而今漸老，都忘卻·春風詞筆。但怪得·竹外疏花，香冷入瑤席。江國。正寂寂。歎寄與路遙，夜雪初積。翠樽易泣，紅萼無言耿相憶。長記曾携手處，千樹壓·西湖寒碧。又片片·吹盡也，幾時見得。（白石）

風流子（大石調）黃鍾商聲·中原音韻所謂爲風流醞藉者

新綠小池塘。風簾動·碎影舞斜陽。羨金屋去來，舊時巢燕，土花繚繞，前度莓牆。繡閣裏·鳳幃深幾許，聽得理絲簧。欲說又休，慮乖芳信，未歌先咽，愁近清觴。　遙知新妝了，開朱戶應自，待月西廂。最苦夢魂今宵，不到伊行。問甚時說與，佳音密耗，寄將秦鏡，偷換韓香。天便教人，霎時廝見何妨。（片玉）

翠樓吟（雙調）夾鍾商聲。中原音韻所謂爲健捷激梟者

月冷龍沙，塵清虎落，今年漢酺初賜。新翻胡部曲，聽氈幕，元戎歌吹。層樓高峙。看檻曲縈紅，簷牙飛翠。人姝麗。粉香吹下，夜寒風細。此地。宜有詞仙，擁素雲黃鶴，與君遊戲。玉梯凝望久，歎芳草，萋萋千里。天涯情味。仗酒祓清愁，花消英氣。西山外，晚來還捲，一簾秋霽。（白石）

憶舊遊（越調）無射商聲。中原音韻謂爲陶寫冷笑者

記愁橫淺黛，淚洗紅鉛，門掩秋宵。墜葉驚離思，聽寒螿夜泣，亂雨瀟瀟。鳳釵半脫雲鬢，窗影燭光搖。漸暗竹敲涼，疏螢照晚，兩地魂消。迢迢。問音信，道徑底花陰，時認鳴鑣。也擬臨朱戶，歎

因郎憔悴。羞見郎招。舊巢更有新燕。楊柳拂河橋。但滿目京塵。東風竟日吹露桃。（片玉）

惜紅衣（無射宮）中原音韻謂爲嗚咽悠揚者

簟枕邀涼。琴書換日。睡餘無力。細灑冰泉。幷刀破甘碧。牆頭喚酒。誰訊問。城南詩客。岑寂。高樹晚蟬。說西風消息。虹梁水陌。魚浪吹香。紅衣半狼藉。維舟試望。故國渺天北。可惜柳邊沙外。不共美人遊歷。問甚時同賦。三十六陂秋色。（白石）

此於清眞白石二人之作品中。各錄三首。試平心靜氣讀之。自能覺其神情韻味。逼肖宮調音節也。

彭駿孫詞統源流曰。詞有同名而所入之宮調異者。則字數之多寡亦因之而異。如北劇〔黃鍾〕〔水仙子〕與〔雙調〕〔水仙子〕異。南劇〔越調〕過曲〔小桃紅〕與〔正宮〕過曲〔小桃紅〕異之類是也。又有字數多寡同而所入之宮調異者。則調名亦因之而異。如〔玉樓春〕若入〔大石調〕即名爲〔木蘭花〕之類是也云。然則同體異名之詞。亦有非盡屬文人多事者矣。又如〔桂枝香〕亦名〔疎簾淡月〕。徐誠庵曰。舊譜此調分南北。如用入聲韻則名〔桂枝香〕。同上去聲韻則名〔疎簾淡月〕。此亦宮調之說矣。

閒嘗讀白石集。見旁註之音譜。幾同天書。雖明知其爲工尺之符號。然未之能解也。茲據張玉田詞源釋之如左。第一行爲音譜符號。第二行爲工尺釋文。

（管色應指字譜）

么　リ　フ　∧　ㄅ　一　マ　ㄴ　△　ㄎ　ゆ　幼　人ㄎ　仸　カ　ル　ク　人　り

六　凡　工　尺　上　一　四　勾　合　五　尖一　尖上　尖凡　大住　小住　掣　折　大凡　打

（宮調應指譜）

七宮

黃鍾宮（凡）　仙呂宮（上）　正　宮（合）　高　宮（五）

南呂宮（大凡）　中呂宮（一）　道　宮（折）

十二調

大石調（四）　小石調（大凡）　般涉調（合）　歇指調（工）

越　調（六合）　仙呂調（合）　中呂調（折）　正平調（四）

高平調（一）　雙調（上）　黃鍾羽（大凡）　商調（掣）

（古今字譜）

黃鍾	合	蕤賓	勾
大呂	下四	林鍾	尺
太簇	四	夷則	下工
夾鍾	一上	南呂	工
姑洗	一	無射	下凡
仲呂	上	應鍾	凡

（律呂四犯）

宮犯商　商犯羽　羽犯角　角歸本宮

黃鍾宮	無射商	夾鍾羽	無射閏
大呂宮	應鍾商	姑洗羽	應鍾閏
太簇宮	黃鍾商	仲呂羽	黃鍾閏
夾鍾宮	大呂商	蕤賓羽	大呂閏
姑洗宮	太簇商	林鍾羽	太簇閏
仲呂宮	夾鍾商	夷則羽	夾鍾閏
蕤賓宮	姑洗商	南呂羽	姑洗閏
林鍾宮	仲呂商	無射羽	仲呂閏
夷則宮	蕤賓商	應鍾羽	蕤賓閏
南呂宮	林鍾商	黃鍾羽	林鍾閏

無射宮　夷則商　大呂羽　夷則閏

應鍾宮　南呂商　太簇羽　南呂閏

以宮犯宮爲正犯。以宮犯商爲側犯。以宮犯羽爲偏犯。以宮犯角爲旁犯。以角犯宮爲歸宮。周而復始。

此與唐人樂書所述微有異同。玉田乃一代宗匠。當可據。宮調相犯。全在尾聲。詞源有結聲正訛一段。讀之便可知其意。

（結聲正訛）

商調是（凡）字結聲。用折而下。若聲直而高。不折。則成（六）字。即犯越調。

仙呂宮是（工）字結聲。用平直。若微折而下。則成（凡）字。即犯黃鍾宮。

正平調是（四）字結聲。用平直而去。若微折而下則成（折）字。即犯仙呂調

道宮是（勾）字結聲。要平下。若太下而折。則帶（大凡一）雙聲。即犯中呂宮。

高宮是（五）字結聲。要清高。若平下則成（凡）字。犯大石。微高則成（六）字。犯正宮。

南呂宮是（大凡）字結聲。要平而去。若折而下則成（一）字。即犯高平調。

江藩曰。詞源論五音均拍。最爲詳贍。竊謂樂府一變而爲詞。詞一

變而爲令。令一變而爲北曲。北曲一變而爲南曲。今以北曲之宮譜考詞之聲律。十得八九焉。詞源所論之樂色管色。即今笛色之六。五。上。四。合。一。凡。也。管色應指字譜。七調之外。若勾。失一。小大上。小大凡。大住。小住。掣。折。大凡。打。乃吹頭管者換調之指法也。宮調應指譜者。七宮指法起字。及指法十二調之起字也。此雖樂工之事。然塡調家亦當究心。若舍此不論。豈能合律哉。細繹是書律之最嚴者爲結聲字。如商調結聲是凡字。若用六字則犯越調。學者以此類推。可免走腔落調之病矣云。此江藩跋詞源之一段也。「以北曲之宮譜考詞之聲律。十得八九。」可謂禮失而求諸野。

張玉田曰。「詞之作必須合律。然律非易學。得之指授方可。若詞人方始作詞。必欲合律。恐無是理。所謂千里之程。起於足下。當漸而進可也。正如方得離俗爲僧。便要坐禪守律。未曾見道。而病已至。豈能進於道哉。音律所當參究。詞章先宜精思。俟語句妥溜。然後正之音譜。二者得兼。則可造極元之域。今詞人纔說音律。便以爲難。正合前說。所以望望然去之。苟以此論製曲。音亦易諧。將于于然而來矣。」此言最恕。若以不識音律之人而作此言。必遭唾罵。而玉田固一代宗師也。若以音譜既失之今人而作此言。必遭譏笑。而玉田固詞學極盛之南宋人也。所言如此。當是至理。「音律所當參究。詞章先宜精思。俟語句妥溜。然後正之音譜」非入而復出者不能作此言。

詞學上編終

詞學 下編

目錄

詞學　下編

新會梁啓勳初稿

（一）概論

上編既論詞之本體．下編試進論詞流之技術。余平昔最不以坊間之詩詞選本爲然。以爲徒翻古人之集．每家選出若干首．不付理由．而漫使學者讀之．則是等於無意識而已。非謂詩詞之不宜選也．但選而用以自課則可．若刋而行於世．則不必矣。蓋人各有其性之所近．已之所好．未必盡是他人之所好。已之所惡．未必盡是他人之所惡。卽一人之性情思想．亦每因環境而有變遷．因年齡而有變遷．因學問而更有變遷。今之所是．或卽他日之所非．選之奚爲。余以爲若取古人專集．用五色圈點．三年或五年而一易其顏色．用以自課．藉此以自驗其學問之進止．思想之變化．則未嘗無益。若貿貿然用自己一時期之學問思想爲標準．以權衡古人．模範來者．則不獨自視太高．貽笑大方．抑亦誣蔑古人．罪有應得矣。將謂我之所選．即某人作品中之最佳者耶。自非古人．豈得如此武斷。將謂我之所選．盡屬膾炙人口者耶。則亦何必以他人之口爲自己之口．又未免自視太低矣。以此論之．則非讀全集不可．勿效水母之目蝦也。

詞始於唐．歷五代兩宋而稱極盛。如唐之温庭筠．皇甫松．李白。五代如牛嶠．韋莊．鹿虔扆．歐陽炯．馮延已．牛希濟．孫光憲．後唐莊宗．

南唐元宗。南唐後主等。作品皆清空靈妙。格律稱最高。北宋初期。如晏氏父子。范仲淹。歐陽修等。猶有五代遺風。過此以往則漸趨柔靡。品格日下矣。計兩宋三百二十年間。能超脫時流。飄然獨立者。得三人焉。在北宋則有蘇東坡。即胡致堂所謂一洗綺羅香澤之態。擺脫綢繆宛轉之度。逸懷浩氣。超脫塵垢者是也。在北宋與南宋之間則有朱希眞。作品多自然意趣。不假修飾而丰韻天成。即汪叔耕所謂多塵外之想者是也。在南宋則有辛稼軒。即周止庵所謂歛雄心。抗高調。變溫婉。成悲涼者是也。兩宋間有此三君。亦可作詞流光寵矣。

文學乃一種工具。用以表示情感。摹描景物。發揮意志。陶寫性靈而已。詞亦文學之一種，其藝術之本質，對於此四項工作，或許有一二爲彼所特長，爲他種文藝之所不能及亦未可知。所以自唐以訖現代千餘年間，詞之在文學界，幾以附庸蔚爲大國，非無因也。今略舉五代兩宋之名家作品，分類而論列之。試觀某人對於某種技術，運用最爲高妙也。此非詞選，不過就記憶力所能及之範圍，爰舉爲例，並付理由，用覘技術之高下而已。

詞之在文學中，大抵用作表示情感，摹描景物之工具，最爲相宜。非謂他種文藝之不能表示，不能描寫也。技術之優劣，當然存乎其人。但運用之難易，問題則在於工具矣。良工亦不能不選擇利器，某項工作宜用某種工具，此與技術之優劣，最有關係，不容忽畧也。

今試以表示情感．摹描景物分作兩大類。以技術爲經．詞流爲緯．分別比較。表示情感之中．再分作迴腸盪氣．含蓄蘊藉兩種。迴腸盪氣之下．又分爲曼聲與促節。含蓄蘊藉之下．又分爲歛抑與烘托。摹描景物之中．再分作融和情景．描寫物態兩種。爲表如下。

- 詞
  - 表示情感
    - 含蓄蘊藉
      - 歛抑
      - 烘托
    - 迴腸盪氣
      - 曼聲
      - 促節
  - 摹描景物
    - 融和情景
    - 描寫物態

描寫女性情感．亦文學技術之一種。此種文藝．最初當推楚辭。如湘君．湘夫人．少司命．等是也。高唐．神女．洛神．等賦．則更盡態極妍矣。後此之詩歌樂府．名品亦復不少。詞亦有然。至於元明之雜劇傳奇．則更以才子佳人爲骨幹矣。因特闢描寫女性一欄附錄於後。試視此種工具對於此種藝術爲何如也。

節序之詠．亦文學中之一種。擇錄若干首附於描寫物態之後．用備一格。

（二）歛抑之蘊藉法

含蓄蘊藉之文學。乃中華民族特性之最眞表現。所謂溫柔敦厚。詩之教也。當情感正在强烈之時。偏要深自歛抑。用極有節制之法度表現出來。使讀者能從紘外之音得見其情感之眞面目。此法似極不容易。然而中國民族。得三百篇之遺教。數千年來。運用得最爲純熟。詩文如此。詞亦有然。如南唐後主之

浪淘沙

簾外雨潺潺。春意闌珊。羅衾不耐五更寒。夢裏不知身是客。一晌貪歡。　獨自莫憑闌。無限江山。別時容易見時難。流水落花春去也。天上人間。

又

往事只堪哀。對景難排。秋風庭院蘚侵階。一桁珠簾閑不捲．終日誰來。金劍已沈埋。壯氣蒿萊。晚涼天淨月華開。想得玉樓瑤殿影．空照秦淮。

虞美人

春花秋月何時了。往事知多少。小樓昨夜又東風。故國不堪回首月明中。雕闌玉砌應猶在。只是朱顏改。問君能有幾多愁。恰似一江春水向東流。

李後主原是天才之文學家．又是亡國之君。此三首乃國破之後．在汴梁作厲公時所作。綣懷故國．又不敢明白表示。忍淚吞聲．終亦不能自抑。而流露於言辭。聞宋太祖賜以牽機藥。亦因見此詞。

李後主尚有一首

臨江仙

櫻桃落盡春歸去。蝶翻輕粉雙飛。子規啼月小樓西。玉鈎羅幕。惆悵暮煙垂。別巷寂寥人散後。望殘煙草低迷。爐香閑嫋鳳凰兒。空持羅帶。回首恨依依。

雪舟脞語云。後主在圍城中作長短句。未就而城破云。或謂後三句。即檻車北行時。途間所續成者也。眞可謂亡國之音。然又極含蓄蘊藉之致。

宋徽宗之身世。亦與後主同。其文學天才。亦不減後主。有一首

燕山亭

裁剪冰綃。輕疊數重。冷淡臙脂勻注。新樣靚妝。艷溢香融。羞殺蕊珠宮女。易得凋零。更多少·無情風雨。愁苦。問院落淒涼。幾番春暮。　憑寄離恨重重。這雙燕何曾。會人言語。天遙地遠。萬水千山。知他故宮何處。怎不思量。除夢裏·有時曾去。無據。和夢也·新來不做。

題曰「北行見杏花」可見乃被虜北遷時作矣。下半闋愈含忍愈聞哽咽之聲。極蘊藉之能事。又有張玉田一首

長亭怨

望花外·小橋流水。門巷愔愔。玉簫聲絕。鶴去臺空。珮環何處·弄

明月。十年前事．愁千折心情頓別。露粉風香．誰爲主都成消歇。凄咽。曉窗分袂處．同把帶鴛親結。江空歲晚．更忘了尊前曾說。恨西風不庇寒蟬．便埽盡一林殘葉。謝他楊柳多情．還有綠陰時節。

題曰「有感故居。」玉田乃循王之後。王孫落魄．重過故園．感傷不能自已。然恨西風以下數句．則極風流蘊藉之致。尚有歐陽永叔之四首

蝶戀花

六曲闌干偎碧樹。楊柳風輕展盡黃金縷。誰把鈿箏移玉柱。穿簾燕子雙飛去。滿眼游絲兼落絮。紅杏開時一霎清明雨。濃

睡覺來鶯亂語。驚殘好夢無尋處。

又

誰道閑情拋棄久。每到春來·惆悵還依舊。日日花前常病酒。不辭鏡裏朱顏瘦。　河畔青蕪堤上柳。唯問新愁·何事年年有。獨立小橋風滿袖。平林新月人歸後。

又

幾日行雲何處去。忘卻歸來·不道春將暮。百草千花寒食路。香車繫在誰家樹。　淚眼倚樓頻獨語。雙燕來時·陌上相逢否。撩亂春愁如柳絮。依依夢裏無尋處。

又

庭院深深深幾許。楊柳堆煙·簾幕無重數。玉勒雕鞍遊冶處·樓高不見章臺路。　雨橫風狂三月暮。門掩黃昏·無計留春住。淚眼問花花不語。亂紅飛過秋千去。

張皋文謂歐公此四首乃爲韓范諸公而作。果爾·則其本事如下。

初呂夷簡罷相·夏竦授樞密使·旋奪去·代以杜衍。同時進用韓琦·富弼·范仲淹。范奏對語侵及竦·竦銜之·造言范等爲黨人。此歐公之朋黨論所由作也。然諸賢卒以此外放。仁宗慶歷五年·讒愈甚·范乃乞罷。是年三月。杜衍·富弼·范仲淹罷樞密副使。韓琦力諫·疏入不報。琦不安·乃求外放。於是罷琦樞密副使·知揚州。歐陽修乃極力爲杜·韓·范·富辯證。疏入不報·指修爲朋黨者益惡之。八月·歐公出知滁州。若如張皋文所云云。則此詞之本事乃如此。然讀詞句之吞咽處。亦知必非爲傷春而作矣。此四詞誤入陽春集。但必非馮延巳作。既成定論。

東坡有一首賀新郎。極風流蘊藉之致曰

賀新郎

乳燕飛華屋。悄無人。槐陰轉午。晚涼新浴。手弄生綃白團扇。扇手一時似玉。漸困倚。孤眠清熟。簾外誰來推繡戶。枉教人。夢斷瑤臺曲。又卻是。風敲竹。　石榴半吐紅巾蹙。待浮花。浪蕊都盡。伴君幽獨。穠艷一枝細看取。芳意千重似束。又恐被。秋風驚綠。若待得君來向此。花前對酒不忍觸。共粉淚。兩簌簌。

古今詞話記此詞之本事曰，坡公倅杭日，府僚湖中高會，羣妓畢集，唯秀蘭不來，營將督之再三乃至。坡公問其故，答曰，沐浴倦臥，忽有敲門聲，急起詢之，乃營將催督也。整妝趨命，不覺稍遲。時府僚有屬意於蘭者，見其不來，恚恨不已，謂必有所私。秀蘭含淚力辯，坡公乃從旁冷語，陰爲之解，府僚終不釋然也。適榴花開盛，秀蘭以一枝藉手獻座中。府僚愈怒，責其不恭。秀蘭進退無據，但低首垂淚而已。坡公乃作賀新郎一曲，令秀蘭歌以侑觴，聲容妙絕。府僚大悅，劇飲而罷云。坡公此詞，刻畫出一種笑啼俱不敢之情態。怨苦在心。又强制而不敢露。一種吞吐斂抑之情，最能得題中人之神理。

姜白石有一首

解連環

玉鞭重倚。却沈吟未上。又縈離思。爲大喬能撥春風。小喬妙移箏。雁啼秋水。柳怯雲鬆。更何必十分梳洗。道郎攜羽扇。那日隔簾。半面曾記。　西窗夜涼雨霽。歎幽歡未足。何事輕棄。問後約空指薔薇。算如此溪山。甚時重至。水驛燈昏。又見在曲屏近底。念唯有夜來皓月。照伊自睡。

此詞無題。本事更不得而知。唯一種吞吐歛抑之情。酷似東坡之賀新郎。下半闋可謂纏綿悱惻之至。

辛稼軒亦有一首吞吐歛抑之作。曰

祝英臺近

寶釵分，桃葉渡，煙柳暗南浦。怕上層樓，十日九風雨。斷腸片片飛紅，都無人管，更誰勸，流鶯聲住。　鬢邊覷。試把花卜歸期，才簪又重數。羅帳燈昏，哽咽夢中語。是他春帶愁來，春歸何處。卻不解，帶將愁去。

張端義貴耳集云。呂正已爲京畿吏，有女仕辛幼安。因以微事觸其怒，竟逐之。稼軒桃葉渡詞因此而作云。然而宋人說部，未可遽信。但此詞態妍意婉，如有物在喉。必非爲傷春而作，可斷言也。此種作品，在稼軒集中殆不多見。

又如汪大有之水雲詞有一首

水龍吟

鼓鞞驚破霓裳。海棠亭北多風雨。歌闌酒罷。玉嗁金泣。此行良苦。駝背模糊。馬頭匼帀。朝朝暮暮。自都門燕別。龍艘錦纜。空載得、春歸去。　目斷東南半壁。悵長淮、已非吾土。受降城下。草如霜白。淒涼酸楚。粉陣紅圍。夜深人靜。誰賓誰主。對漁鐙一點。羈口一搦。譜琴中語。

題曰「淮河舟中夜聞宮人琴聲」　汪水雲生當宣和靖康之世。目覩汴京之淪陷。二帝之播遷。「粉陣紅圍。夜深人靜。誰賓誰主。」真是欲哭無淚。

（三）烘托之蘊藉法

此種技術。是將熱烈之情感藏而不露。用旁敲側擊之法。專寫眼前景物。把情感從實景上浮現出來。如周美成之

夜飛鵲

河橋送人處。良夜何其。斜月遠墜餘輝。銅盤燭淚已流盡。霏霏涼露沾衣。相將散離會。探風前津鼓。樹杪參旗。花驄會意。縱揚鞭亦自行遲。　迢遞路回淸野。人語漸無聞。空帶愁歸。何意重經前地。遺鈿不見。斜徑都迷。兔葵燕麥。向斜陽影與人齊。但徘徊班草。欷歔酹酒。望極天西。

題曰「別情」所別者爲何如人。不得而知。玩詞意則知兩人通

宵不寐．話別達旦．平明起程。送行者旁晚乃歸．則其遠送之程途可知矣。然而全首無一惜別語．但見其寫夜靜．寫月．寫蠟燭．寫露．寫更漏．寫曉星．寫馬．寫平原．寫野徑．寫隴畝．寫斜陽．寫影上半闋故爲平淡．忽於過片後．以重筆爲送行者一人獨歸之景況。一種凄凉慘淡之氣．搖動心魂．是眞名手。

烘托法有將自己之情感藏著不寫．而寫對方。不寫我如何思念他．先寫他如何思念我。如此．則自己濃厚之情感自然表現。如柳耆卿之

八聲甘州

對瀟瀟暮雨灑江天．一番洗淸秋。漸霜風凄緊．關河冷落．殘照

當樓。是處紅衰綠減。苒苒物華休。惟有長江水，無語東流。　不忍登高臨遠，望故鄉渺邈，歸思難收。歎年來蹤跡，何事苦淹留。想佳人，妝樓凝望，誤幾囘，天際識歸舟。爭知我，倚闌干處，正恁凝愁。

想佳人兩句，即用此種烘托法。能把感情表示得加倍濃摯。

姜白石有一首，亦用此法。曰

八歸

芳蓮墜粉，疏桐吹綠，庭院暗雨乍歇。無端抱影銷魂處，還見篠牆螢暗，蘚階蛩切。送客重尋西去路，問水面，琵琶誰撥。最可惜，一片江山，總付與啼鴂。　長恨相從未款，而今何事，又對西風離別。渚寒煙淡。棹移人遠。縹緲行舟如葉。想文君望久。倚竹愁生步羅襪。歸來後。翠尊雙飲。下了珠簾。玲瓏閑看月。

詞題曰「湘中送胡德華」先寫惜別語。最後忽轉變方向。用以慰行者留别之情。愈顯得送者用情之眞摯。八聲甘州想佳人數句乃雙方對照。此一首想文君數句則成三角式矣。

更有一種烘托法。專寫反面。對於正面文章。不著一字。最後一兜轉。而眞精神乃湧現出來。如張玉田之

鬥嬋娟

舊家池館尋芳處。從教飛燕頻繞。一灣柳護水房春。看鏡鸞窺曉。暈宿粉。雙蛾淡埽。羅襦飄帶腰圍小。盡醉方歸去。又暗約明

朝鬥草。誰解先到。心緒亂若晴絲、那回游處、墮紅爭戀殘照。近來懽事漸無多、尚被鶯惱。便白髮縱少。不似前時好。謾重省。燕臺句、愁極酒醒、背花一笑。

詞題曰「故園荒沒、懽事去心、有感而作。」玉田乃落魄王孫、過故園而興感之作、集中數見。此詞全首不敘今日之滿目荒涼、但寫前時之賞心樂事。最後以「愁極酒醒、背花一笑」二語兜轉、倍覺淒涼。此與杜工部憶昔開元全盛日至叔孫禮樂蕭何律一段、同一章法。

烘托法更有借題發揮者。題目只是平平、而作者別有會心、借一事以托出其胸中之感慨。如周草窗之

法曲獻仙音

松雪飄寒，嶺雲吹凍，紅破數枝春淺。襯舞臺荒，洗妝池冷，淒涼市朝輕換。歎花與，人凋謝，依依歲華晚。　共淒黯。問東風幾番吹夢，應慣識當年，翠屏金輦。一片古今愁，但廢綠，平煙空遠。無語消魂，對斜陽，荒草淚滿。又西泠殘笛，低送數聲春怨。

題曰「弔雪香亭梅，」而精神則全不在梅。西湖遊覽志云，清波門外，舊有聚景園。先是高宗居大內，時時屬意湖山，孝宗乃建園奉上皇遊幸。其後累朝臨幸，理宗以後日漸荒落。王碧山有和韻一首，題曰「聚景亭梅，次草窗韻。」可見雪香亭即在聚景園中。理宗以後，國事日非，遊宴之興，亦闌珊矣。由是名園，掬為茂草。讀此詞之「一片古今愁。但廢綠平煙空遠。無語消魂。對斜陽荒草淚滿。」紘外之音。寓無限感慨。非只弔落梅已也。

（四）曼聲之迴盪

詞學向以含蓄蘊藉爲正宗．所謂温柔敦厚．怨而不怒．守三百篇之遺教也。大氣盤礴．表亢進之感情者．間亦有之．然不多見。自東坡稼軒以後．乃眞有所謂迴腸盪氣之作．即世所稱爲蘇辛派是矣。如東坡之

水調歌頭

明月幾時有．把酒問青天。不知天上宮闕．今夕是何年。我欲乘風歸去．又恐瓊樓玉宇．高處不勝寒。起舞弄清影．何似在人間。

轉朱閣．低綺戶．照無眠。不應有恨何事．長向別時圓。人有悲歡離合．月有陰晴圓缺．此事古難全。但願人長久．千里共嬋娟。

詞題曰「丙辰中秋。歡飲達旦。大醉作此篇。兼懷子由。」一種淋漓滂礡之氣。能將讀者之精神引至超凡景。絕非含蓄蘊藉一路。

又如辛稼軒之

念奴嬌

野塘花落。又匆匆過了。清明時節。剗地東風欺客夢。一枕雲屏寒怯。曲岸持觴。垂楊繫馬。此地曾經別。樓空人去。舊遊飛燕能說。聞道綺陌東頭。行人曾見。簾底纖纖月。舊恨春江流不盡。新恨雲山千疊。料得明朝。尊前重見。鏡裏花難折。也應驚問。近來多少華髮。

詞題曰「書東流村壁」相傳此詞乃寫徽欽二宗北遷之痛心

事。一種幽憤之情．而以曼聲出之。纏綿悱惻．眞所謂迴腸盪氣者矣。又有東坡之

念奴嬌

大江東去．浪淘盡．千古風流人物。故壘西邊．人道是．三國周郎赤壁。亂石撐空．驚濤拍岸．捲起千堆雪。江山如畫．一時多少豪傑。遙想公瑾當年．小喬初嫁了．雄姿英發。羽扇綸巾．談笑間．檣櫓灰飛煙滅。故國神遊．多情應笑．我早生華髮。人生如夢．一尊還酹江月。

詞題曰「赤壁懷古」乃神宗元豐五年壬戌七月作．與赤壁賦同時。東坡四十七歲．即謫居黃州時之作品也。感懷身世．悲弔英

雄。故有此元氣淋漓。迴腸盪氣之作。又如辛稼軒之

摸魚兒

更能消幾番風雨。匆匆春又歸去。惜春長怕花開早。何況落紅無數。春且住。見說道天涯芳草無歸路。怨春不語。算只有殷勤。畫簷蛛網。盡日惹飛絮。　長門事。準擬佳期又誤。蛾眉曾有人妬。千金縱買相如賦。脈脈此情誰訴。君莫舞。君不見玉環飛燕皆塵土。閑愁最苦。休去倚危闌。斜陽正在。煙柳斷腸處。

詞題爲「淳熙己亥自湖北漕移湖南同官王正之置酒小山亭爲賦」孝宗淳熙六年己亥。稼軒四十歲。時金世宗正大舉南征。稼軒屢有建議而不行。君臣泄沓。得過且過。已知朝廷無意雪恥。

故一種憤慨之氣溢於言表。蓋知恢復中原之希望。已斷絕矣。羅大經鶴林玉露跋此詞云。「詞意殊怨在漢唐時。寧不賈禍。開壽皇見此詞頗不悅。然終不加以罪。可謂盛德。」長門事至脈脈此情數語。實對於宋高宗不肯奉迎二帝。下誅心之論矣。又姜白石之

揚州慢

淮左名都。竹西佳處。解鞍少駐初程。過春風十里。盡薺麥青青。自胡馬窺江去後。廢池喬木。猶厭言兵。漸黃昏清角。吹寒都在空城。杜郎俊賞。算而今重到須驚。縱荳蔻詞工。青樓夢好。難賦深情。二十四橋仍在。波心蕩冷月無聲。念橋邊紅藥。年年知

爲誰生。

詞題「淳熙丙申至日。余過維揚。夜雪初霽。薺麥彌望。入其城則四顧蕭條。寒水自碧。暮色漸起。戍角悲吟。予懷愴然。感慨今昔。因自度此曲。千巖老人以爲有黍離之悲也。」淳熙三年丙申。與稼軒之（摸魚兒）作於前後三年間。時當金兵南犯後。宋使范成大行成於金。江北一帶。經喪亂之餘。瘡痍滿目。以多感之文人過此。能勿有纏綿悱惻之作。

迴腸盪氣之作。不必定隸以本事方能表現。即游目騁懷之品。亦有可以蕩人神志者。如周美成之

滿庭芳

風老鶯雛。雨肥梅子。午陰嘉樹清圓。地卑山近。衣潤費爐煙。人靜烏鳶自樂。小橋外·新綠濺濺。憑闌久。黃蘆苦竹。疑泛九江船。

年年如社燕。飄流瀚海。來寄修椽。且莫思身外。長近尊前。憔悴江南倦客。不堪聽·急管繁絃。歌筵畔。先安枕簟。容我醉時眠。

題曰「夏日溧水無想山作。」上半闋寫夏季景物。但覺其聲調鏗鏘。無甚異狀。下半闋忽轉爲曼聲之感慨。極迴盪之能事。

又如秦少游之

滿庭芳

山抹微雲。天黏衰草。畫角聲斷譙門。暫停征棹。聊共引離樽。多少蓬萊舊事。空回首·煙靄紛紛。斜陽外。寒鴉數點。流水繞孤村。

消魂。當此際，香囊暗解，羅帶輕分。謾贏得青樓，薄倖名存。此去何時見也，襟袖上，空惹啼痕。傷情處，高城望斷，燈火已黃昏。

藝苑雌黃云，程公闢守會稽，少游客焉，館之蓬萊閣。一日席上有所眷，自是不能忘情，因賦長短句，所謂「多少蓬萊舊事」也。詞極爲東坡所賞，取其首句，呼之爲山抹微雲君。晁旡咎云，「斜陽外，寒鴉數點，流水繞孤村」，雖不識字人，亦知是天生好言語。辛稼軒有一首極廻盪之作。曰

永遇樂

千古江山，英雄無覓，孫仲謀處。舞榭歌臺，風流總被，雨打風吹去。斜陽草樹，尋常巷陌，人道寄奴曾住。想當年，金戈鐵馬，氣吞

萬里如虎。元嘉草草。封狼居胥。贏得倉皇北顧。四十三年。望中猶記。烽火揚州路。可堪回首。佛狸祠下。一片神鴉社鼓。憑誰問。廉頗老矣。尚能飯否。

詞題曰「京口北固亭懷古」乃嘉泰四年稼軒六十五歲。自浙東按撫移知鎮江府時作也。四十三年前。即稼軒奉表南歸之年。於此渡江。追懷出入烽火中之事迹。故能如是悲壯。

稼軒復有一首

漢宮春

春已歸來。看美人頭上。裊裊春幡。無端風雨。未肯收盡餘寒。年時燕子。料今宵。夢到西園。渾未辦。黃柑薦酒。更傳青韭堆盤。

郤笑東風從此。便薰梅染柳。更沒些閒。閑時又來鏡裏。轉變朱顏。淸愁不斷。問何人會解連環。生怕見花開花落。朝來塞雁先還。

詞題曰「立春」無甚本事。然可謂極廻盪之致。

又如吳夢窗之

八聲甘州

渺空煙四遠。是何年。靑天墜長星。幻蒼崖雲樹。名娃金屋。殘霸宮城。箭徑酸風射眼。膩水染花腥。時靸雙鴛響。廊葉秋聲。宮裏吳王沈醉。倩五湖倦客。獨釣醒醒。問蒼波無語。華髮奈山靑。水涵空闌干高處。送亂鴉斜日落漁汀。連呼酒上琴臺去。秋與雲平。

詞題曰「陪庾幕諸公游靈巖。」可謂奇情壯采。

迴腸盪氣之作．若有可歌可泣之事實爲之附麗．最易見長。如東坡之念奴嬌．稼軒之摸魚兒．永遇樂．白石之揚州慢等是也。雖無本事．然因景物而轉入感慨．是亦一法。如美成之滿庭芳．稼軒之漢宮春．等是也。更有既無本事．亦不入感慨．但平敘眼前景物而姿態天然．自生迴盪者．此則在寫生妙手矣。如周草窗之

曲遊春

禁苑東風外．颺暖絲晴絮．春思如織。燕約鶯期．惱芳情偏在．翠深紅隙。漠漠香塵隔．沸十里亂絃叢笛。看畫船．盡入西泠．閑卻

半湖春色。柳陌。新煙凝碧。映簾底宮眉。堤上遊勒。輕暝籠寒。怕梨雲夢冷。杏香愁幕。歌管酬寒食。奈蝶怨。良宵岑寂。正滿湖醉月搖花。怎生去得。

詞題曰「禁煙湖上薄遊。施中山賦詞甚佳。因次其韻。蓋平時遊舫。至午後則盡入裏湖。抵暮始出斷橋。小駐而歸。非習於遊者不知也」云。「看畫船。盡入西泠。閑卻半湖春色」。只是寫實。如淡妝美人。不假修飾而丰韻天然。自能蕩人神志。是不容易。

更有一種。其廻腸盪氣處。卽是直錄本事。若不知其底蘊。幾疑此語是作者之感慨。如賀方回之

石州慢

薄雨催寒、斜照弄晴、春意空闊。長亭柳色纔黃、遠客一枝先折。煙橫水際。映帶幾點歸鴉、東風消盡龍沙雪。還記出門時、恰如今時節。將發。畫樓芳酒、紅淚清歌、頓成輕別。已是經年、杳杳音塵都絕。欲知方寸、共有幾許清愁、芭蕉不展丁香結。枉望斷天涯、兩厭厭風月。

能改齋漫錄云、方回嘗眷一姝、別久、姝寄詩云、「獨倚危闌淚滿襟。小園春色懶追尋。深恩縱似丁香結、難展芭蕉一寸心。」賀用其語、賦石州慢答之云。「欲知方寸、共有幾許清愁、芭蕉不展丁香結。」乃詞中警句、然不知其即直用本事也。但此亦類似東坡和章質夫之水龍吟、人皆以爲東坡是原唱、質夫是和韻矣。

復有一種。既無題。亦不知本事。然每一誦讀。輒覺廻腸盪氣。不能自已。若因作者之時代背景或社會環境而尋味之。可想見其落筆時。胸中定爲無限傀儡。無限感慨。由是一種神秘作用。遂能使百世後之讀者。亦與之同感。文章之魔力。有如是者。如葉少蘊之

賀新郎

睡起流鶯語。掩蒼苔、房櫳向晚。亂紅無數。吹盡殘花無人見。唯有垂楊自舞。漸暖靄、初回輕暑。寶扇重尋明月影。暗塵侵、上有乘鸞女。驚舊恨。遽如許。　江南夢斷橫江渚。浪黏天、葡萄漲綠。半空煙雨。無限樓前滄波意。誰采蘋花寄取。但悵望、蘭舟容與。萬里雲帆何時到。送孤鴻、目斷千山阻。誰爲我。唱金縷。

石林生當元祐政和之間。黨爭最烈。而君臣泄沓。國勢阽危。岌岌若不可終日。雖曰文人最易興感。然此詞必非無病呻吟。詞中此類作品不少。大約就各人之身世。可以得其感慨之所在。如此詞之前四韻。似寫首夏景物。至「寶扇重尋明月影。暗塵侵上有乘鸞女。」忽用班婕妤與明皇故事。可見傷心人別有懷抱矣。

（五）促節之廻盪

曼聲之廻盪法，如引吭高歌，其氣外舒。促節之廻盪法，如暗中啜泣，其聲內咽。此其所以異也。然而音節雖不同，其廻盪之能力則一。可作促節之模範者，當推李淸照之

聲聲慢

尋尋覓覓，冷冷淸淸，凄凄慘慘戚戚。乍煖還寒，時候最難將息。三杯兩盞淡酒，怎敵他，晚來風急。雁過也，最傷心卻是舊時相識。　滿地黃花堆積。憔悴損如今，有誰堪摘。守着窗兒，獨自怎生得黑。梧桐更兼細雨，到黃昏，點點滴滴。者次第，怎一箇愁字了得。

李清照乃北宋金石學家趙明誠之夫人。趙早喪。此詞見漱玉集。無題。然望文知是寫一天之實感。一種煢獨恓惶之景況。動人魂魄。集中尚有〔念奴嬌〕一首。〔永遇樂〕一首。亦是促節一類。並錄之。

念奴嬌

蕭條庭院。又斜風細雨。重門須閉。寵柳嬌花寒食近。種種惱人天氣。險韻詩成。扶頭酒醒。別是閒滋味。征鴻過盡。萬千心事難寄。　樓上幾日春寒。簾垂四面。玉闌干慵倚。被冷香消新夢覺。不許愁人不起。清露晨流。新桐初引。多少遊春意。日高煙斂。更看今日晴未。

永遇樂

落日鎔金、暮雲合璧。人在何處。染柳烟濃、吹梅笛怨、春意知幾許。元宵佳節、融和天氣、次第豈無風雨。來相召、香車寶馬、謝他酒朋詩侶。　中州盛日、閨門多暇、記得偏重三五。鋪翠冠兒、撚金雪柳、簇帶爭濟楚。如今憔悴、風鬟霧鬢、怕見夜間出去。不如向簾兒底下、聽人笑語。

陸放翁雖不以詞名、然有一首極促節之

釵頭鳳

紅酥手。黃藤酒。滿城春色宮牆柳。東風惡。歡情薄。一懷愁緒、幾年離索。錯錯錯。　春如舊。人空瘦。淚痕紅浥鮫綃透。桃花落。閑池閣。山盟雖在，錦書難託。莫莫莫。

絕妙好詞箋云。陸務觀初娶唐氏，閎之女也。於其母夫人爲姑姪，伉儷相得，而不獲於其姑。既出而未忍絕，爲之別館，時往焉。其姑知而掩之，雖先匿而事不得隱，遂絕之。亦人倫之變也。唐後改適同郡趙某，嘗以春日出遊，相遇於禹跡寺南之沈氏園。唐以語趙，使致酒肴。陸悵然久之，爲賦釵頭鳳一詞題園壁間云云，實紹興乙亥歲也。詞之本事乃如此，無怪作哽咽之聲矣。放翁詩言沈園者有二絕句曰「夢斷香銷四十年。沈園花老不飛綿。此身行作稽山土，猶弔前蹤一惘然。」又「城上斜陽畫角哀。沈園無復舊池臺。傷心橋下春波綠，曾是驚鴻照影來。」則絕妙好詞箋之言是矣。

辛稼軒之詞、屬於曼聲者多、促節者間亦有之。如集中一首

賀新郎

綠樹聽鵜鴂。更那堪鷓鴣聲住、杜鵑聲切。啼到春歸無尋處、苦恨芳菲都歇。算未抵人間離別。馬上琵琶關塞黑、更長門翠輦辭金闕。看燕燕、送歸妾。將軍百戰身名裂。向河梁回頭萬里、故人長絕。易水蕭蕭西風冷、滿座衣冠似雪。正壯士悲歌未徹。啼鳥還知如許恨、料不啼清淚長啼血。誰共我、醉明月。

詞題曰「別茂嘉十二弟」。但全首並無一字寫及其兄弟間之情緒。只見堆砌着許多惜別故事。伯兄謂此詞用語無倫次之堆

疊法。於極倔强中顯出極嫵媚。三百篇楚辭以後。敢用此法者。唯稼軒此詞云。

促節之技術。周美成運用得最好。其深刻處。直可比李清照之尋尋覓覓。如片玉集中之

蘭陵王

柳陰直。烟裏絲絲弄碧。隋堤上。曾見幾番。拂水飄綿送行色。登臨望故國。誰識。京華倦客。長亭路。年去歲來。應折柔條過千尺。

閒尋舊蹤跡。又酒趁哀絃。燈照離席。梨花榆火催寒食。愁一箭風快。半篙波暖。回頭迢遞便數驛。望人在天北。　悽惻。恨堆積。漸別浦縈回。津堠岑寂。斜陽冉冉春無極。念月榭携手。露橋

聞笛。沈思前事。似夢裏。淚暗滴。

古今詞話云。宋徽宗嘗微行。宿李師師家。適美成在焉。聞上至。匆遽避藏衣橱中。上袖携新橙贈師師曰。江南初貢也。美成翌日遂演其本事作「少年游」一詞曰。「并刀如水。吳鹽勝雪。纖指破新橙。綿幄初溫。獸香不斷。相對坐調笙。 低聲問。向誰行宿。城上已三更。馬滑霜濃。不如休去。直是少人行。」無何。上見之。大怒。謫美成於外。美成既行之夕。上復就師師。見其淚痕被頰。問何所苦。曰。適往送周邦彥行。感不自禁耳。上問邦彥亦有留別詞否。曰有之。因爲歌此章。上感喟。遽召之還。詞之本事乃如此。無怪乎若是之促節矣。

六醜

正單衣試酒．悵客裏光陰虛擲。願春暫留．春歸如過翼。一去無迹。爲問家何在。夜來風雨．葬楚宮傾國。釵鈿墮處遺香澤。亂點桃蹊．輕翻柳陌。多情爲誰追惜。但蜂媒蝶使．時叩窗隔。 東園岑寂。漸蒙籠暗碧。靜繞珍叢．底成歎息。長條故惹行客。似牽衣待話．別情無極。殘英小強簪巾幘．終不似一朵釵頭顫嫋．向人欹側。漂流處莫趁潮汐。恐斷紅尚有相思字．何由見得。

周止庵評此詞之下闋曰．不說人惜花．卻說花戀人。不從無花惜春。卻從有花惜春。不惜已簪之殘英．偏惜欲去之斷紅云云。可謂能觀清眞之微。詞題爲「薔薇謝後作。」

柳耆卿亦有一首促節名作。曰

雨霖鈴

寒蟬凄切。對長亭晚，驟雨初歇。都門帳飲無緒，方留戀處，蘭舟催發。執手相看淚眼，竟無語凝噎。念去去千里煙波，暮靄沈沈楚天闊。　多情自古傷離別。更那堪冷落清秋節。今宵酒醒何處，楊柳岸曉風殘月。此去經年，應是良辰，好景虛設。便縱有千種風情，更與何人說。

「今宵酒醒何處，楊柳岸曉風殘月。」眞如聞哽咽之聲。周止庵評柳詞曰，耆卿善以一二語鈎勒提掇，有千鈞之力。信然。

吳夢窗之詞多曼聲，然亦有一首促節之作。曰

解連環

思和雲結。斷江樓望睫、雁飛無極。正岸柳、衰不堪攀、忍持贈故人。送秋行色。歲晚來時、暗香亂石橋南北。又長亭暮靄、點點淚痕。總成相憶。　杯前寸陰似擲。幾酬花唱月、連夜浮白。省聽風聽雨笙簫、向別枕倦醒、絮颺空碧。片葉愁紅、趁一舸西風潮汐。歎滄波、路長夢短、甚時到得。

詞題曰「留別姜石帚。」夢窗之詞多堆垛、去「眞」字甚遠。唯此一首頗能見眞情性。

大約促節之作、詞不如曲。如牡丹亭之尋夢、長生殿之彈詞、桃花扇之哭主等。中有數折用急管快板、加以襯字、使音節變爲緊迫。

此乃曲之特長。非詩詞之所能及矣。

（六）融和情景

情緒之與環境，常相依倚。若魂靈之與軀體，不可須臾離。寫情緒不能離景物，寫景物不能離情緒。情緒無形質，景物無精神，必要互相附麗而形態乃得表見。若運用精妙，則寫無精神之景物，可見其栩栩欲生，寫無形質之情緒，可見其盈盈欲出。是在技術。且環境之與情緒，又互相影響。同是一太陽，朝暾則令人發皇，夕照易令人沈悶。此環境之影響於情緒者也。同是一明月，心境怡悅者見其可愛，若離人思婦則見其淒涼矣。此情緒之影響於環境者也。此無他，亦曰景物無精神，常以人之精神而變易其形態故耳。周止庵謂柳耆卿善於鎔情入景，賀方回善於鎔景入情，此即技術之説矣。如柳耆卿之「今宵酒醒何處．楊柳岸曉風殘月。」只見其寫柳與風與月．無一語及於情緒。然而一種淒愴之情．活現於紙上矣。又如周美成之「重經前地．遺鈿不見．斜徑都迷。兎葵燕麥．向斜陽影與人齊。」亦只寫眼前景物．但千載下讀之．猶見其悽惶欲絶也。此則技術之最高者矣。如

南唐元宗之

浣溪沙

風壓輕雲貼水飛。乍晴池館燕爭泥。沈郎多病不勝衣。 沙上未聞鴻雁信．竹間時有鷓鴣啼。此情唯有落花知。

的是病人情緒。「風壓輕雲貼水飛。乍晴池館燕爭泥。」此種極

微細之景物。亦唯病人乃能察之。粗心浮氣者不見也。此所謂鎔情入景者矣。

柳耆卿鎔情入景之作。除〔雨淋鈴〕楊柳岸曉風殘月。〔八聲甘州〕想佳人妝樓凝望兩首。前已錄出。茲不贅。此外尚有

少年遊

長安古道馬遲遲。高柳亂蟬嘶。夕陽鳥外。秋風原上。目斷四天垂。歸雲一去無蹤迹。何處是前期。狎興生疏。酒徒蕭索。不似去年時。

玉蝴蝶

望處雨收雲斷。凭闌悄悄。目送秋光。晚景蕭疏堪動。宋玉悲涼。

水風輕蘋花漸老、月露冷梧葉飄黃。遣情傷。故人何在、煙水茫茫。難忘。文期酒會、幾孤風月、屢變星霜。海闊山遙、未知何處是瀟湘。念雙燕難憑遠信、指暮天空識歸航。黯相望。斷鴻聲裏、立盡斜陽。

竹馬子

登孤壘荒涼危亭曠望、靜臨煙渚。對雌霓挂雨、雄風拂檻、微收煩暑。漸覺一葉驚秋、殘蟬噪晚、素商時序。覽景想前歡、指神京非霧非煙深處。向此成追感、新愁易積、故人難聚。憑高盡日凝竚、贏得消魂無語。極目霽靄霏微。暝鴉零亂、蕭索江城暮。南樓畫角、又送殘陽去。

「夕陽島外．秋風原上．目斷四天垂。」「水風輕蘋花漸老．月露冷梧葉飄黃。」「海闊山遙．未知何處是瀟湘。」「斷鴻聲裏．立盡斜陽。」「雌霓挂雨．雄風拂檻。微收殘暑。」「憑高盡日凝竚．贏得消魂無語。」等句．皆情文並茂。寫得來．不知何處是情．何處是景。

賀方回亦此中能乎。其作品如

浣溪沙

樓角初消一縷霞。淡黃楊柳暗棲鴉。玉人和月摘梅花。 笑撚粉香歸洞戶．更垂簾幕護窗紗。東風寒似夜來些。

蝶戀花

幾許傷春春復暮。楊柳清陰．偏礙游絲度。天際小山桃葉步。白蘋花滿湔裙處。竟日微吟長短句。簾影燈昏·心寄胡琴語。數點雨聲風約住。朦朧淡月雲來去。

「玉人和月摘梅花。」「更垂簾幕護窗紗。」「朦朧淡月雲來去。」似此等句·寧復有一毫煙火氣。又如

薄倖

淡妝多態。更的的·頻回盼睞。便認得·琴心先許。欲綰合歡雙帶。記畫堂·風月逢迎。輕顰淺笑嬌無奈。向睡鴨爐邊。翔鴛屏裏。羞把香羅暗解。自過了·燒燈後。都不見·踏青挑菜。幾回憑雙燕。丁寧深意。往來卻恨重簾礙。約何時再。正春濃·酒困人閒。晝永無聊賴。厭厭睡起。猶有花稍日在。

望湘人

厭鶯聲到枕，花氣動簾，醉魂愁夢相半。被惜餘薰，帶驚賸眼，幾許傷春春晚。淚竹痕鮮，佩蘭香老，湘天濃煖。記小江，風月佳時，屢約非煙游伴。　須信鸞絃易斷。奈雲和再鼓，曲終人遠。認羅襪無蹤，舊處弄波清淺。青翰棹艤，白蘋洲畔。儘日臨皋飛觀。不解寄，一字相思，幸有歸來雙燕。

感皇恩

蘭芷滿汀洲，游絲橫路，羅襪生塵步回顧。整鬟顰黛，脈脈兩情難語。細風吹柳絮，人南渡。　回首舊遊，山無重數。花底深，朱戶何處。半黃梅子，向晚一簾煙雨。斷魂分付與，春歸去。

天香

煙絡橫林．山沈遠照．迤邐黃昏鐘鼓．燭映簾櫳．蛩催機杼．共苦清秋風露。不眠思婦．齊應和幾聲砧杵。驚動天涯倦客．駸駸歲華行暮。　當年酒狂自負。謂東君以春相付。流浪征驂北道．客檣南浦。幽恨無人晤語。賴明月曾知舊遊處。好伴雲來．還將夢去。

「幾回憑雙燕．丁寧深意．往來卻恨重簾礙。」「厭鶯聲到枕．花氣動簾．醉魂愁夢相半。」「半黃梅子．向晚一簾煙雨。」「燭映簾櫳．蛩催機杼．共苦請秋風露。不眠思婦．齊應和幾聲砧杵。」眞可謂別有會心者矣。

又如秦少游之

踏莎行

霧失樓臺，月迷津渡。桃源望斷無尋處。可堪孤館閉春寒，杜鵑聲裏斜陽暮。　驛寄梅花，魚傳尺素。砌成此恨無重數。郴江幸自繞郴山，爲誰流下瀟湘去。

浣溪沙

漠漠輕寒上小樓。曉陰無賴是窮秋。淡煙流水畫屏幽。　自在飛花輕似夢，無邊絲雨細如愁。寶簾閑挂小銀鈎。

「可堪孤館閉春寒，杜鵑聲裏斜陽暮。」「寶簾閑挂小銀鈎。」唯淮海乃能道之。又如

鷓鴣天

枝上流鶯和淚聞。新啼痕間舊啼痕。一春魚雁無消息。千里關山勞夢魂。　無一語。對芳尊。安排腸斷到黃昏。甫能炙得燈兒了。雨打梨花深閉門。

生查子

眉黛遠山長。新柳開青眼。樓閣斷霞明。羅幕春寒淺。　杯嫌玉漏遲。燭厭金刀剪。月色忽飛來。花影和簾捲。

蔡伯世云。子瞻辭勝情。耆卿情勝辭。辭情相稱者。少游而已。張叔夏云。少游詞體製淡雅。氣骨不衰。清麗中不斷意脈。咀嚼無滓。久而知味云。「山抹微雲」一首世傳傑作。且勿具論。即如「月色忽飛來花影和簾捲。」意境之飄逸。恐非南宋諸公所能道。

又如晏小山之

臨江仙

夢後樓臺高鎖。酒醒簾幕低垂。去年春恨卻來時。落花人獨立。微雨燕雙飛。　記得小蘋初見。兩重心字羅衣。琵琶絃上說相思。當時明月在。曾照彩雲歸。

蝶戀花

卷絮風頭寒欲盡。墜粉飄紅。日日香成陣。新酒又添殘酒困。今春不減前春恨。　蝶去鶯飛無處問。隔水高樓。望斷雙魚信。惱亂層波橫一寸。斜陽只與黃昏近。

又

醉别西樓醒不記。春夢秋雲·聚散眞容易。斜月半窗還少睡。畫屏閒展吳山翠。　衣上酒痕詩裏字。點點行行·總是悽涼意。紅燭自憐無好計。夜寒空替人垂淚。

又

欲減羅衣寒未去。不卷珠簾·人在深深處。殘杏枝頭花幾許。啼紅只恨淸明雨。　盡日沉香煙一縷。宿酒醒遲·惱破春情緒。遠信還因歸燕誤。小屏風上西江路。

虞美人

曲闌干外天如水。昨夜還曾倚。初將明月比佳期。長向月圓時候望人歸。羅衣著破前香在。舊意誰教改。一春離恨懶調絃。猶有兩行紅淚寶箏前。

【六公令】綠陰春盡。飛絮繞香閣。晚來翠眉宮樣。巧把遠山學。……閒雲歸後。月在庭花舊闌角。

【鷓鴣天】年年陌上生秋草。日日樓中到夕陽。

【木蘭花】碧樓簾影不遮愁。還似去年今日意。牆頭丹杏雨餘花。門外綠陽風後絮。

【御街行】晚春盤馬踏青苔。曾傍綠陰深駐。落花猶在。香屏空掩。人面知何處。

黃山谷評小山詞曰。叔原樂府。寓以詩人句法。精壯頓挫。能動搖人心。陳質齋云。叔原詞能追逼花間。高處或過之。

融和情景之能手。尚有史邦卿。如梅溪詞之

綺羅香

做冷欺花。將煙困柳。千里偸催春暮。盡日冥迷。愁裏欲飛還住。驚粉重蝶宿西園。喜泥潤燕歸南浦。最妨他佳約風流。鈿車不到杜陵路。

沈沈江上望極。還被春潮晚急。難尋官渡。隱約遙峯。和淚謝娘眉嫵。臨斷岸新綠生時。是落紅帶愁流處。記當日門掩梨花。翦燈深夜語。

詞題曰「春雨。」此詞直把春雨兩字寫到深刻處。是雨。是春雨。「臨斷岸新綠生時。是落紅帶愁流處。」眞能攝取春雨之魂。

雙雙燕

過春社了。度簾幕中間。去年塵冷。差池欲往。試入舊巢相並。還相雕梁藻井。又軟語商量不定。飄然快拂花梢。翠尾分開紅影。芳徑。芹泥雨潤。愛貼地爭飛。競誇輕俊。紅樓歸晚。看足柳昏花暝。應自棲香正穩。便忘了天涯芳信。愁損翠黛雙蛾。日日畫闌獨凭。

詞題曰「詠燕」。「差池欲往。試入舊巢相並。還相雕梁藻井。又軟語商量不定。」是情是景。恐梅溪亦自難分析。姜白石曰。梅溪能融情景於一家。會句意於兩得。唯白石乃能知梅溪。

用輕描淡寫之筆。而能使風景。人物。情致。神韻。一齊活躍於紙上

者，吾唯見朱希眞小令。試錄其

好事近　六首

搖首出紅塵，醒醉更無時節。活計綠蓑青笠，慣披霜衝雪。晚來風定釣絲閒，上下是新月。千里水天一色，看孤鴻明滅。

又

眼底數閒人，只有釣翁瀟灑。已佩水仙宮印，惡風波不怕。此心那許世人知，名姓是虛假。一櫂五湖三島，任船兒尖耍。

又

漁父長身來，只共釣竿相識。隨意轉船回櫂，似飛空無迹。蘆花開落任浮生，長醉是良策。昨夜一江風雨，都不曾聽得。

又

撥轉釣魚船．江海盡爲吾宅。恰向洞庭沽酒．卻錢塘橫笛。醉顏禁冷更添紅．潮落下前磧。經過子陵灘畔．得梅花消息。

又

短棹釣船輕．江上晚煙籠碧。塞雁海鷗分路．占江天秋色。錦鱗撥刺滿籃魚．取酒價相敵。風順片帆歸去．有何人留得。

又

猛向這邊來．得個音信端的。天與一綸釣綫．領烟波千億。紅塵今古轉船頭．鷗鷺已陳迹。不受世間拘束．任東西南北。

雙鸂鶒 一首

拂破秋江煙碧。一對雙飛鸂鶒。應是遠來無力。梢下相偎沙磧。

　　小艇誰吹橫笛。驚起不知消息。悔不當時描得。如今何處尋覓。

六首好事近．題曰「漁父」。活畫一題中人呼之欲出。輕描淡寫．毫不費力。不見斧鑿痕．又無煙火氣。眞可謂天然去雕飾者矣。試讀「晚來風定釣絲閒．上下是新月。」「昨夜一江風雨．都不曾聽得。」及「悔不當時描得。如今何處尋覓。」等句．是何等意境。汪叔耕曰「詞至東坡而一變．其豪妙之氣．隱隱然流出言外．天然絕世．不假振作。二變而爲朱希眞．多塵外之想．雖雜以微塵．而其清氣自不可沒。三變而爲辛稼軒．乃寫其胸中事．而尤好稱淵明。此詞之三變也」云。獨推三家。可謂巨眼。詞學以此種爲別派。謂非正宗也。然而派別自爲一問題。佳否又自爲一問題。正宗之劣品。恐更難堪耳。

融和情景。趙介庵有一首佳作曰

謁金門

休相憶。明夜遠如今日。樓外綠煙村冪冪。飛花如許急。　柳岸晚來船集。波底夕陽紅濕。送盡去雲成獨立。酒醒愁又入。

宋孝宗讀「波底夕陽紅濕」之句。歎曰。豈意吾家亦有此清才。辛稼軒壽趙介庵之「水調歌頭」曰「千里渥洼種。名動帝王家」即指此事。

周草窗有一首

高陽臺

小雨分江。殘寒迷浦。春容淺入蒹葭。雪霽空城。燕歸何處人家。夢魂欲渡蒼茫去。怕夢輕還被愁遮。感流年夜汐東還。冷照西斜。　萋萋望極王孫草。認雲中煙樹。鷗外春沙。白髮青山。可憐相對蒼華。歸鴻自趁潮回去。笑倦遊猶是天涯。問東風先到垂楊。後到梅花。

題曰「寄越中諸友。」眞能廻盪人腸。「夢魂欲渡蒼茫去。怕夢輕還被愁遮。感流年夜汐東還。冷照西斜。」「歸鴻自趁潮回去。笑倦遊猶是天涯。」眞可謂融情入景者矣。

（七）描寫物態

凡物各自有其情態。然物自不能作態向人．唯慧心人之慧眼乃能察之。既察之．又須運用其靈妙之筆乃能寫之。鈍根則不能也。狀物能乎．當推張玉田。試讀其詠「孤雁」之

解連環

楚江空晚。悵離羣萬里．恍然驚散。自顧影．欲下寒塘．正沙淨草枯．水平天遠。寫不成書．只寄得．相思一點。歎因循誤了．殘氈擁雪．故人心眼。　誰憐旅愁荏苒．謾長門夜悄．錦箏彈怨。想伴侶猶宿蘆花．也曾念春前．去程應轉。暮雨相呼．怕驀地玉關重見。未羞他．雙燕歸來．畫簾半捲。

題曰孤雁，眞能把「孤」字寫到深刻處。「寫不成書，只寄得相思一點。」不知從何處得來。想伴侶數句，雁之情緒，唯玉田乃能知之。

王碧山稱詠物聖乎，花外集有詠「新月」之

眉嫵

漸新痕懸柳，澹彩穿花，依約破初暝。便有團圓意，深深拜，相逢誰在香徑。畫眉未穩，料素娥猶帶離恨。最堪愛，一曲銀鈎小，寶簾挂秋冷。　千古盈虧休問。歎漫磨玉斧，難補金鏡。太液池猶在。淒涼處，何人重賦清景。故山夜永。試待他窺戶端正，看雲外山河，還老桂花舊影。

無悶

陰積龍荒。寒度雁門。西北高樓獨倚。悵短景無多。亂山如此。欲喚飛瓊起舞。怕攪碎紛紛銀河水。凍雲一片。藏花護玉。未教輕墜。清致。悄無似。有照水南枝。已攙春意。誤幾度憑闌。莫愁凝睇。應是梨花夢好。未肯放東風來人世。待翠管吹破蒼茫。看取玉壺天地。

題曰「雪意」的確是雪意而非雪片。「誤幾度憑闌。莫愁凝睇。應是梨花夢好。未肯放東風來人世」眞虧他想。又如

【南浦】 柳下碧粼粼。認麴塵乍生。色嫩如染。清溜滿銀塘。東風細。參差縠紋初徧。（春水）

【水龍吟】渭水風生。洞庭波起。幾番秋杪。想重厓半沒。千峯盡出。山中路。無人到。（落葉）

【齊天樂】飲露身輕。吟風翅薄。半翦冰箋誰寄。……病葉難留。纖柯易老。空憶斜陽身世。（蟬）

乍咽涼柯。還移暗葉。重把離愁深訴。……病翼驚秋。枯形閱世。消得斜陽幾度。（蟬）

眞能把蟬之身世。蟬之情緒。刻畫出來。

周草窗有詠「梅影」一首。曰

疏影

冰條凍葉。又橫斜照水。一花初發。素壁秋屏。招得芳魂。彷彿玉容明滅。疏疏滿地珊瑚冷。全誤卻。撲花幽蝶。甚美人。忽到窗前。鏡裏好春難折。　閑想孤山舊事。浸清漪倒映。千樹殘雪。暗裏東風。可慣無情。攪碎一簾香月。輕妝誰寫崔徽面。認隱約烟綃重疊。記夢回。紙帳殘燈。瘦倚數枝清絕。

雪意梅影等題。最難著筆。因爲似實而虛。偶一不愼。則寫梅雪矣。碧山草窗此二首。眞能得「意」字與「影」字之神。

晁叔用有「梅花」一首曰

漢宮春

瀟灑江梅。向竹梢疏處。橫兩三枝。東君也不愛惜。雪壓霜欺。無情燕子。怕春寒輕失花期。卻是有。年年塞雁。歸來曾見開時。

清淺小溪如練，問玉堂何似，茅舍疏籬。傷心故人去後。冷落新詩。微雲淡月，對江天分付他誰。空自憶，清香未減，風流不在人知。

沈伯時樂府指迷曰，鍊句下語最是要緊。如詠桃，不可直說破桃。須用紅雨，劉郎，等字。如詠柳，不可直說破柳，須用章臺，灞岸，等事。又用事如曰銀鉤空滿，便是書字了，不必更說書字。玉筯雙垂，便是淚字了，不必更說淚云。余最不以此種議論爲然。若因行文之便，偶以自然出之，未嘗不可。若專以此教學者，倘或食而不化，則終身無出路矣。吳夢窗即犯此病。所以張叔夏謂夢窗詞如七寶樓臺，眩人耳目。塌碎下來，不成片段云。此即堆典之病也。萬不可學。試讀此首漢宮春題曰詠梅。而第一韻即曰「瀟灑江梅。向竹梢疏處。橫兩三枝。」一語道破。又何嘗非一首名作。大約張玉田所謂「詩難於詠物。詞爲尤難。體認稍眞。則拘而不暢。模寫差遠。則晦而不明。」此語最爲中肯。

史梅溪有詠「春雪」一首。曰

東風第一枝

巧翦蘭心。偸黏草甲。東風欲障新煖。謾疑碧瓦難留。信知暮寒輕淺。行天入鏡。做弄出輕鬆纖軟。料故園。不捲重簾。誤了乍來雙燕。　青未了。柳回白眼。紅欲斷。杏開素面。舊遊憶著陰山。後盟遂妨上苑。熏爐重熨。便放慢。春衫鍼綫。恐鳳鞾。挑菜歸來。萬一灞橋相見。

張玉田評此詞曰．全章精粹．所詠瞭然在目．且不留滯於物。可謂知言。又如章質夫詠「楊花」之

水龍吟

燕忙鶯懶芳殘．正堤上柳花飄墜。輕飛亂舞．點畫青林．全無才思。閑趁遊絲．靜臨深院．日長門閉。傍珠簾散漫．垂垂欲下．依前被風扶起。　蘭帳玉人睡覺．怪春衣雪霑瓊綴。繡牀漸滿．香毬無數．纔圓卻碎。時見蜂兒．仰粘輕粉．魚吞池水。望章臺路杳．金鞍遊蕩．有盈盈淚。

又東坡一首題曰「和章質夫楊花」

水龍吟

似花還似非花。也無人惜從教墜。拋家傍路。思量卻是。無情有思。縈損柔腸。困酣醉眼。欲開還閉。夢隨風萬里。尋郎去處。又還被鶯呼起。　不恨此花飛盡。恨西園落紅難綴。曉來雨過。遺蹤何在。一池萍碎。春色三分。二分塵土。一分流水。細看來不是楊花點點。是離人淚。

玉田謂坡公次韻與原唱機鋒相摩。起句便合讓東坡出一頭地。過片後愈出愈奇。眞壓倒今古云。所以論者有東坡和韻而似原唱。質夫原唱而似和韻之說。玉田又云。詞不可强和人韻。若唱者之曲韻寬平。庶可賡歌。倘韻險又爲人所先。則必牽强賡和。句意自不能融貫．徒費苦思．未見有全章公溜者云。自是至理名言。林君復之點絳唇．梅舜俞之蘇幕遮．歐陽永叔之少年遊．稱詠春草三絕調。更有韓玉汝之鳳簫吟．亦稱春草名作。自韓詞以後．（鳳簫吟）亦名（芳草．）其見重於世可知矣。試將此四詞錄列於左．視此四君之技術何如也。

點絳唇（林逋）

金谷年年．亂生春色誰爲主。餘花落處．滿地和煙雨。又是離歌．一闋長亭暮。王孫去。萋萋無數。南北東西路。

蘇幕遮（梅堯臣）

露隄平．煙墅杳。亂碧萋萋．雨後江天曉。獨有庾郎年最少。窣地春袍。嫩色宜相照。接長亭。迷遠道。堪怨王孫。不記歸期早。落盡梨花春事了。滿地殘陽。翠色和煙老。

少年遊（歐陽修）

闌干十二獨凭春。晴碧遠連雲。千里萬里。二月三月。行色苦愁人。謝家池上。江淹浦畔。吟魄與離魂。那堪疏雨滴黃昏。更特地憶王孫。

鳳簫吟（韓縝）

鎖離愁。連綿無際。來時陌上初熏。繡幃人念遠。暗垂珠露。泣送征輪。長行長在眼。更重重遠水孤雲。但望極樓高。盡日目斷王孫。消魂。池塘別後。曾行處綠妒輕裙。恁時攜素手。亂花飛絮裏。緩步香茵。朱顏空自改。向年年芳意長新。遍綠野。嬉遊醉眼。莫負青春。

「萋萋無數。南北東西路。」「滿地殘陽。翠色和煙老。」「長行長在眼。更重重遠水孤雲。」眞堪稱絕調。而尤以歐陽永叔之「闌干十二獨凭春。晴碧遠連雲。千里萬里。二月三月。行色苦愁人。」能深得春草之神。

高竹屋有詠草一首亦不弱。曰

少年遊（高觀國）

春風吹碧。春魂映綠。曉夢入芳裀。輭襯飛花。遠連流水。一望隔香塵。　萋萋多少江南恨。翻憶翠羅裙。冷落閑門。淒迷古道。煙雨正愁人。

以上所錄．均屬描寫天然景物之作。更錄詠人工物品者二闋．用備一格。

夜合花 笛（梅溪）

冷截龍腰．偸拏鸞爪．楚山長鎖秋雲。梅華未落．年年怨入江城。千嶂碧．一聲清。枉人間兒女簫笙。共凄凉處．琵琶湓浦．長嘯蘇門。當時低度西鄰。天澹闌干欲暮．曾賦高情。子期老矣．不堪滯酒重聽。纖手靜．七星明。有新聲應更魂驚。夢回人世．寥寥夜月．空照天津。

南柯子 梳（清眞）

桂魄分餘暈．檀槽破紫心。曉窗初試鬢雲侵。每被蘭膏香染．色深沈。指印纖纖粉．釵橫隱隱金。有時雲雨鳳幃深。長是枕前不見．滯人尋。

梅溪一首．詠物而不滯於物。淸眞一首．詠物而不外於物。各有所長。更錄詠身體類二首．以備格。

沁園春　指甲（龍洲）

銷薄春冰．碾輕寒玉．漸長漸彎。見鳳鞋泥污．偎人强剔．龍涎香斷．撥火輕翻。學撫瑤琴．時時欲翦．更掬水魚鱗波底寒。纖柔處．試摘花香滿．鏤棗成斑。時將粉淚偸彈。記綰玉．曾教柳傳看。算恩情相著．搔便玉體．歸期暗數．畫徧闌干。每到相思．沈吟靜處．斜倚朱唇皓齒間。風流甚．把仙郎暗掐．莫放春閑。

齊天樂　白髮　（梅溪）

秋風早入潘郎鬢．斑斑遽驚如許。暖雪侵梳．晴絲拂領．栽滿愁城深處。瑤簪謾妒。便羞插宮花．自憐衰暮。尚想春情．舊吟淒斷茂陵女。　人間公道唯此．歎朱顏也恁．容易墮去。涅了重緇．搔來更短．方悔風流相誤。郎潛幾縷。漸疏了銅駝．俊遊儔侶。縱有鬖鬖．奈何詩思苦。

此種題目絕少佳作．且作品無多．或非詞之所長。龍洲梅溪兩闋．已算工麗矣。

王伯良曰．詠物毋得罵題．卻要開口便見是何物。不貴說體．只貴說用。佛家所謂不即不離．是相非相。只於牝牡驪黃之外．約略寫其風韻。令人彷彿中如燈鏡傳影．了然目中．卻摸捉不得。方是妙手。如何是說體．如昔人詠柳絮「一似半天飄粉．遶樹疑酥．平地飛瓊堵。」是也。如何是說用．如詠草「斜陽外．幾家斷橋村塢。」「池塘雨歇．夢回南浦。」「王孫何事在長途。好歸去．又驚春暮。」是也。

此種議論．雖仍不脫文人結習．然較於沈伯時只教人堆典．則高明多矣。彼之所謂「用．」即在精神上情緒上著筆之意。

節序之詠．亦文學中之一種．且爲文人興感之一種重要原料。然而詠七夕者多以牛女爲背景．詠重九者多以龍山爲背景．尙非純粹插寫節序也。今擇錄單純以節序爲背景者數章，用備一格。

解語花　元宵　（周美成）

風銷焰蠟，露浥烘爐，花市光相射，桂華流瓦。纖雲散，耿耿素娥欲下。衣裳淡雅。看楚女，纖腰一把。簫鼓喧，人影參差，滿路飄香麝。因念都城放夜。望千門如晝，嬉笑游冶。鈿車羅帕。相逢處，自有暗塵隨馬。年光是也。唯只見，舊情衰謝。清漏移，飛蓋歸來，從舞休歌罷。

東風第一枝　立春　（史邦卿）

草脚愁蘇，花心夢醒，鞭香拂散牛土。舊歌空憶珠簾，綵筆倦題繡戶。黏雞貼燕，想占斷，東風來處。暗惹起一掬相思，亂若翠盤紅縷。今夜覓夢池秀句。明日動探花芳緒。寄聲酤酒人家．預約俊游伴侶。憐他梅柳．怎忍潤天街酥雨。待過了一月燈期．日日醉扶歸去。

蝶戀花　元日立春　（辛幼安）

誰向椒盤簪綵勝。整整韶華爭上春風鬢。往日不堪重記省。爲花常把新春恨。　春未來時先借問。晚恨開遲早又飄零近。今歲花期消息定。只愁風雨無憑準。

此數章措辭精粹．不愧大家。且能刻畫出時序風物之盛．人家宴樂之同。尤以稼軒之蝶戀花．把兩截題融合無痕．是眞名手。稼軒之立春漢宮春詞．亦稱名作。見前第四章曼聲條下。稼軒尚有佳

作一首曰

青玉案　元夕　（辛幼安）

東風夜放花千樹。更吹落．星如雨．寶馬雕車香滿路。鳳簫聲動．玉壺光轉．一夜魚龍舞。　蛾兒雪柳黃金縷。笑語盈盈暗香去。衆裏尋他千百度。驀然回首．那人却在．燈火闌珊處。

此詞眞可謂情文並茂者矣。「衆裏尋他千百度。驀然回首．那人却在燈火闌珊處。」的是踏燈情事．而意境之高超．可謂獨絕。

大聖樂　東園餞春　（周公謹）

嬌綠迷雲．倦紅顰晚．嫩晴芳樹。漸午陰．簾影移香．燕語夢回．千點碧桃吹雨。冷落錦宮人歸後．記前度．蘭橈停翠浦。憑闌久．謾凝想鳳翹。慵聽金縷。留春問誰最苦。奈花自無言鶯自語。對畫樓殘照。東風吹遠。天涯何許。怕折柳條愁輕別。更烟暝長亭啼杜宇。垂楊晚。但羅袖暗香飛絮。

「漸午陰簾影移香。燕語夢回。千點碧桃吹雨。」「留春問誰最苦。奈花自無言鶯自語。」眞能描出暮春之魂。然而南宋作品。終不免辭蕪意淺之患。

水調歌頭　中秋　（朱希眞）

偏賞中秋月。從古到如今。金風玉露相間。別做一般淸。是處簾櫳爭卷。誰家管絃不動。樂世足歡情。莫指關山路。空使翠娥顰。

水精盤。鱸魚膾。點新橙。鵝黃酒暖纖手。傳杯任頻斟。須惜曉參橫後。直到來年今夕。十二數虧盈。未必來年看得似此回明。

東坡之中秋「水調歌頭。」自是千古絕調。然祇是對月高歌。寫凌空之感想。於節序無關也。無論移至某月。均可適用。詞見第四章曼聲條下。若此首之「是處簾櫳爭卷。誰家管絃不動。樂世足歡情。」「須惜曉參橫後。直到來年今夕。十二數虧盈。」能把節序之盛。宴樂之同。完全表現。的是中秋詞。不可移易。坡詞寫宇宙。樵歌寫人間。各有風味。

樵歌復有「水調歌頭」一首。題曰「對月有感。」彼之所感。又與東坡不同。錄如下

水調歌頭　對月有感　（朱希真）

天宇著垂象，日月共回旋。因何明月偏被，指點古來傳。浪語修成七寶，漫說霓裳九奏。阿姊最嬋娟。憤激書青奏，伏願聽臣言。詔六丁，驅狡兎，屛癡蟾。移根老桂種在，歷歷白榆邊。封鎖廣寒宮殿，不許姮娥歌舞，按次守星躔。永使無虧缺，長對日團圞。

眞可謂奇思妙想。此是彼對於上帝所上之條陳也。以月有盈缺，歸罪於藥兎玉蟾，姮娥老桂。

辛稼軒有中秋詞一首曰

木蘭花慢　送月　（辛幼安）

可憐今夜月，向何處，去悠悠。是別有人間，那邊纔見，光景東頭。是天外空汗漫，但長風，浩浩送中秋。飛鏡無根誰繫，姮娥不嫁誰留。謂經海底問無由。恍惚使人愁。怕萬里長鯨．從橫觸破．玉殿瓊樓。蝦蟆故堪浴水。問云何．玉兎解沈浮。若道都齊無恙．云何漸漸如鈎。

題曰「中秋飲酒將旦．客謂前人詩詞．有賦待月．無送月者．因用天問體賦。」想入非非．而「是別有人間．那邊纔見光景東頭。」竟澈悟地圓之理．不可謂不聰明。

高陽臺　除夕　（韓子耕）

頻聽銀籤．重然絳蠟．年華袞袞驚心。餞舊迎新．能消幾刻光陰。老來可慣通宵飲．待不眠．還怕寒侵。掩清尊．多謝梅花．伴我微吟。鄰娃已試新妝了．更蜂腰簇翠．燕股橫金。勾引東風．也知芳思難禁。朱顏那有年年好、逞艷遊、贏取如今。恣登臨、殘雪樓臺。遲日園林。

以上數首均能把節序歲時、民間風俗、刻畫出來。即如此闋之第一韻「頻聽銀籤、重然絳蠟、年華衮衮驚心」。守歲時之景物與情緒、被伊一語道着矣。

除夕詞之最新奇可喜者、莫若周晉仙之

浪淘沙　除夕

還了酒家錢。便好安眠。大槐宮裏著貂蟬。行到江南知是夢、雪壓漁船。　盤礴古梅邊。也是前緣。鵝黃雪白又醒然。一事最奇君聽取、明日新年。

新年原不奇。唯彼動色相告。斯乃最奇。

（八）描寫女性

文學上描寫女性情感者不在少數。但總不免帶幾分病態。然此乃女性之本質如是。非文學家之罪也。畫像只求其眞。描寫之謂何。在得其神情之眞而已。

柳耆卿之作品。原非以描寫女性見長。但樂章集一首最有趣。曰

定風波

自春來。慘綠愁紅。芳心是事可可。日上花梢。鶯穿柳帶。猶壓香衾臥。暖酥消。膩雲嚲。終日厭厭倦梳裹。無那。恨薄情一去。音書無箇。早知恁麼。悔當初。不把雕鞍鎖。向雞窗。只與蠻箋象管。拘束教吟課。鎮相隨。莫拋躲。針線閑拈伴伊坐。和我。免使少年。

光陰虛過。

「悔當初不把雕鞍鎖。」一鎖字妙。「拘束教吟課」一欲就教於人。不曰請。不曰求。而曰拘束。更妙而且奇。「針線閑拈伴伊坐。和我。」「和我」兩字。得情態之神。

又陸子逸之

瑞鶴仙

臉霞紅印枕。睡起來冠兒。還是不整。屏間麝煤冷。但眉峯壓翠。淚珠彈粉。堂深晝永。燕交飛。風簾露井。恨無人說與相思。近日帶圍寬盡。重省。殘燈朱幌。淡月紗窗。那時風景。陽臺路迥。雲雨夢。便無準。待歸來先指。花梢教看。郤把心期細問。問因循過了青春。怎生意穩。

耆舊續聞云。南渡初。南班宗子寓居會稽爲近屬士。園亭甲於浙東。一時座客。皆騷人墨士。陸子逸嘗與焉。士有侍姬名盼盼者。色藝俱絕。陸每屬意。一日宴客。偶睡不預捧觴。陸動問。士即呼至。則枕痕猶在臉。陸爲賦〔瑞鶴仙〕一時傳爲雅唱。後盼盼亦歸陸氏。

文學上描寫女性之作。余最愛陶淵明之閑情賦。彼用烘托法以寫人物。專從微細之物件寫去。而一個雍容華貴之絕代佳人自活現於紙上。欲從詞中強覓一首運用此種技術者而不可得。眞絕作矣。今但擇情致綿邈。而無損女性身分者。錄若干首。

錦堂春（趙德麟）

樓上縈簾弱絮。牆頭礙月低花。年年春事關心事。腸斷欲棲鴉。舞鏡鸞衾翠減。啼珠鳳蠟紅斜。重門不鎖相思夢。隨意遶天涯。

賣花聲（康伯可）

蹙損遠山眉。幽怨誰知。羅衾滴盡淚胭脂。夜過春寒愁未起。門外鵶啼。惆悵阻佳期。人在天涯。東風頻動小桃枝。正是銷魂時候也。撩亂花飛。

踏莎行（寇平叔）

春色將闌。鶯聲漸老。紅英落盡青梅小。畫堂人靜雨濛濛。屏山半掩餘香裊。密約沈沈．離情杳杳．菱花塵滿慵將照。倚樓無語欲銷魂．長空黯淡連芳草。

南鄉子（周美成）

晨色動妝樓。短燭熒熒悄未收。自在開簾風不定．颼颼。池面冰澌趁水流。早起怯梳頭。欲綰雲鬟又卻休。不會沈吟思底事．凝眸。兩點春山滿鏡愁。

更漏子（溫庭筠）

柳絲長．春雨細。花外漏聲迢遞。驚塞雁．起城烏。畫屏金鷓鴣。香霧薄．透簾幕。惆悵謝家池閣。紅燭背．繡簾垂。夢長君不知。

又

星斗稀．鐘鼓歇。簾外曉鶯殘月。蘭露重．柳風斜。滿庭堆落花。
虛閣上．倚闌望。還似去年惆悵。春欲暮．思無窮。舊歡如夢中。

又

玉爐香．紅蠟淚。偏照畫堂秋思。眉翠薄．鬢雲殘。夜長衾枕寒。
梧桐樹．三更雨。不道離愁正苦。一葉葉．一聲聲。空階滴到明。

孫光憲之小令．專以細膩之筆描寫女性情緒。錄其

浣溪沙十二首

碧玉衣裳白玉人。翠眉紅臉小腰身。瑞雲飛雨逐行雲。　除卻
弄珠兼解佩．便隨西子與東鄰。是誰容易比眞眞。

又

何事相逢不展眉。苦將情分惡猜疑。眼前行止想應知。　半恨半嗔回面處。和嬌和淚泥人時。萬般饒得爲憐伊。

又

靜想離愁暗淚零。欲棲雲雨計難成。少年多是薄情人。　萬種保持圖永遠。一般模樣負神明。到頭何處問平生。

又

葉墜空階折早秋。細煙輕霧鎖妝樓。寸心雙淚慘嬌羞。　風月但牽魂夢苦。歲華偏感別離愁。恨和相憶兩難酬。

又

月淡風和畫閣深。露桃煙柳影相侵。斂眉凝緒夜沈沈。　長有夢魂迷別浦．豈無春病入愁心。少年何處戀虛襟。

又

自入春來月夜稀。今宵蟾影倍凝暉。强開襟抱出簾帷。　謫指

暗思花下約．憑闌羞覩淚痕衣。薄情狂蕩幾時歸。

以上六首見尊前集。

又

花漸凋疎不耐風。畫簾垂地晚堂空。墮階縈蘚舞愁紅。　膩粉

半粘金靨子．殘香猶暖繡薰籠。蕙心無處與人同。

又

攬鏡無言淚欲流。凝情半日懶梳頭。一庭疏雨濕春愁。　楊柳

祗知傷怨別。杏花應信損嬌羞。淚沾魂斷軫離憂。

又

半踏長裾宛約行。晚簾疏處見分明。此時堪恨昧平生。　早是銷魂殘燭影。更愁聞着品絃聲。杳無消息若爲情。

又

蘭沐初休曲檻前。暖風遲日洗頭天。濕雲新斂未梳蟬。　翠袂半將遮粉臆。寶釵長欲墜香肩。此時模樣不禁憐。

又

風遞殘香出繡簾。團窠金鳳舞襜襜。落花微雨恨相兼。　何處去來狂太甚。空推宿酒睡無厭。爭教人不別猜嫌。

又

輕打銀箏墜燕泥。斷絲高罥畫樓西。花冠閑上午牆啼。　粉籜半開新竹徑。紅苞盡落舊桃蹊。不堪終日閉深閨。

以上六首見花間集。

五代小令，清空靈妙，韻味至佳。余於此處乃在一人作品中之一調，錄其十二首之多，並非有所特愛，但欲藉此以證明選本之無據，及主觀之難憑而已。花間尊前兩集，即世所稱爲選本之最早者。其所選孫光憲之浣溪沙，則無一首從同。平心而論，十二首同是嬌柔旖旎之作。不過花間六首旖旎之中帶名貴，多寫體態。尊前六首旖旎之中帶濃艷，多寫情緒而已。使我評定甲乙，則正無所軒輕也。可見主觀之各不相同而趨舍異路。余於概論中勸人勿讀選本．即此意耳。更錄以女性描寫女性情緒之作品數闋。此之謂攬鏡自照．以此言眞．更無有眞於此者矣。

鳳凰臺上憶吹簫（李清照）

香冷金猊．被翻紅浪．起來慵自梳頭。任寶奩塵滿．日上簾鈎。生怕離愁別苦．多少事．欲說還休。新來瘦。非關病酒。不是悲秋。休休。這回去也．千萬遍陽關．也則難留。念武陵人遠．烟鎖秦樓。唯有樓前流水．應念我．終日凝眸。凝眸處．從今又添一段新愁。

燭影搖紅（孫夫人）

乳燕穿簾.亂鶯啼樹清明近。隔簾時見柳花飛.猶覺寒成陣。長記眉峯偷隱。臉桃紅.難藏酒暈。背人微笑.半嚲鸞釵.輕籠蟬鬢。

別久啼多眼。應不似.當時俊。滿園珠翠逞春嬌.沒箇他風韻。若見賓鴻試問。待相將.綵牋寄恨。幾時得見.鬥草歸來.雙鴛微潤。

謁金門（朱淑眞）

春已半。觸目此情無限。十二闌干閑倚遍。愁來天不管。　好是風和日暖。輸與鶯鶯燕燕。滿院落花簾不捲。斷腸芳草遠。

繫裙腰（魏夫人）

燈花耿耿漏遲遲。人別後.夜凉時。西風瀟灑夢初回。誰念我.就單枕、皺雙眉。錦屏繡幌與秋期。腸欲斷、淚偷垂。月明還到小窗西。我恨你、我憶你、你爭知。

朱文公云、本朝婦人能文章者、曾子宣妻魏氏及李易安二人而已。夫人籍隸襄陽、南豐相國曾布之妻、封魯國夫人。子紆、亦有名於時。文公許與漱玉齋名、則其文采風流、亦自可知。又歷代詩餘詞人姓氏錄、謂朱淑眞與曾布妻魏氏爲詞友云。孫夫人名道絢、號冲虛居士、黃銖之母。

詞學下編終

梁啟勳　**詞概論**

梁啟勳《詞概論》(《中国韻文概论》)

梁啟勳(1876–1965)，字仲策，廣東新會人，梁啟超二弟。書齋名『曼殊室』，取梵語『妙吉祥』之意。1893年，隨兄到廣州萬木草堂學習，成為康有為弟子。1902年入上海震旦學院讀書，後畢業于美國哥倫比亞大學。先後執教于青島大學、交通大學、北京鐵道管理學院。1951年被聘為中央文史研究館館員。梁啟勳著有《稼軒詞疏證》《中國韻文概論》《曼殊室隨筆》《詞學詮衡》等。

《詞概論》乃從梁氏《中國韻文概論》中輯出。《中國韻文概論》共分十章，第一章為總論，二至十章分論九種文體，其中第九章為詞，因名之為《詞概論》。內容重點討論詞體特點和詞史，詞史部分又以唐五代兩宋為主，兼及清代。《中國韻文概論》於民國二十七年(1938)商務印書館初版。本書據商務印書館初版影印。

梁啟勳著

中國韻文概論

商務印書館發行

梁啓勳著

中國韻文概論

商務印書館發行

序

文化之進展，約略可分爲兩種途徑：一曰雙方相互的發展，如先秦兩漢間荊楚民族之與中原民族是也。楚騷乃孕育於三百篇，而屈子實漢賦之祖禰。二曰片面吸收的發展，如魏晉間之於西北民族樂歌是也。唐代之樂，堪稱歷史上聲華燦爛時期，而西涼龜茲樂歌，實唐樂之重要成分。惜乎來而不往，彼固未嘗感受我之回響，而繼長增高，且更從此而消沉。

純文學原是「唯美」的，乃精神作用，娛情而已，並無何等非此不可之理由。吾見女眞民族最奇，彼實一無所有，無文化之可言，非唯無物與我交換，且無物以供我吸收。然而金元文學於樂律史上竟成爲第二之聲華燦爛時期，則又何也。計詞與曲之轉變，考諸史實，殆純屬須要問題，且帶幾分强制性，並非與一種新文化媾合而自然進展者可比。故吾將名此時期之文學曰「唯用」的，非曰唯美。

是書之作，雖以文體爲綱，作品爲緯，而朝代亦簡明標舉。雖則文體之變化，經蘊釀而後成，不能斷代；唯於引例之便，標舉爲宜。然而內容之所論列，詳略每多懸殊，一以有無變化爲輕重。且於一時期之中，特注重其結晶品，如漢賦、唐詩、宋詞、元曲等是也。宋豈無詩，但其結晶乃在於詞，詳略之間，以此爲準。

此書始屬稿於廿一年壬申四月廿四日，成於廿六年丁丑一月七日，計四年又八閱月有奇。其間或作或輟，迄無常課，偶有所獲，輒援筆增補。大抵每年夏季，工作較多，蓋容我終日伏案者唯暑假期中而已。丁丑一月七日新會梁啓勳識。

林宰平先生評

中國韻文之變化二卷拜讀卒業。難在既能表出韻文各體之演變及其關係，而朝代之劃分，又甚分明。普通文學史長處此書兼而有之。其運用材料，解決問題，皆能執簡馭繁，深中窾竅，此尤可佩。惟於詩敍金元，只舉遺山、道園、松雪之名，其作品且不一及；他如劉靜修、袁淸容、楊鐵崖之作，非無足述，亦均缺然，明初如高靑邱，轉移風氣，所關至鉅，亦未提及，似皆太略。論公安竟陵，未免過刻，此皆可商者。率臆僭評，不審有當否。草復卽上

仲策二兄箸席

弟林志鈞拜上

案：初以此書非文學史，故每一時代只擇其作風之有關於脉變者數人而敍述之，固非凡是名作家輒一一列舉也，此意於行文時既屢及之矣。又每一時代特注重其結晶品，金元文學之結晶非詩，故詩人從簡。然而太簡誠不妥當，卽遵補。公安竟陵，偶於行文時直錄靜志居詩話之評語，非別有所惡；彼之薄摹擬而重性靈，有足多者，既亦表而出之矣。啓勳又識。

目次

中國韻文概論

總論

是書與通常之文學史不同，文學史之組織，大抵多以朝代爲綱，人物爲緯；茲篇則以文體爲綱，作品爲緯；蓋一則敍其發達之經過，故以編年爲便；一則考其變遷之痕迹，宜偏重體裁也。

所謂文體云者，其大別則爲散文與韻文，茲篇則縮小範圍，專就韻文方面立論，因爲散文無大變化，近代之散文與古代之散文，在文體組織上，差別甚微，若謂今不如古，亦只是文章技術問題，非文體之不同也。唯韻文則不然，漢賦之與駢文，古樂府之與近體詩，詞之與曲，文章之結構絕然不同；誠以中國之文字乃一字一音，最宜於韻文，是以我國之韻文，變化特多，爲世界任何民族之所不能幾及，蓋單音文字於歌曲最稱便利，而對偶排律，尤所獨長，茲篇所謂韻文之「文」字乃廣義的，包舉樂府、詩、詞、曲等在內。

文學之與純文學略有差別，文章原是一種工具，其作用大略可分爲記載事故，發表意志，傳達思想，抒發情感等。但純文學則有時專爲作文而作文，其所作之文並未打算與他人讀，乃至不希望有人讀。然則此類文章更有何用處，不幾等於廢物矣乎。是不然，因爲文章工具說，乃知識作用；但人類於求知之外，尚有所謂精神；爲作文而作文之文章，卽精神作用也。由此言之，則此類文章，其重要性殊不減於工具之文，或更過之；但此類文章，多屬於韻文方面。

韻文發生在散文之先，而韻語又發生在文字之先，旣爲識者所同認。蓋以天籟乃聲音之自然，有聲斯有韻，非文學家之獨能創造也。試觀今日苗猓民族之歌謠，可以證之。彼等何嘗有文字，更無所謂文學家，然天籟之歌，殊多悅耳之音。其外如非洲及南洋羣島之土人，實無處而不可以得例證。

韻語發生在文字之先，已如前所云。卽以見諸文字而論，則如書經之「乃聖乃神，乃武乃文，皇天眷命，奄有四海，爲天下君。」又「人心惟危，道心唯微。」及「四海困窮，天祿永終，唯口出好興戎。」等，不勝枚舉。尙書乃中國書籍之最古，亦卽世界書籍之最古，四千有餘歲矣。又如易經之「雲行雨施，品物流形，大明終始，六位時成。」之類，亦皆韻語。此外如周秦諸子之所著述，其中莫不有韻語。至於詩經三百首，則更爲韻語體之純文學矣。

凡物之變也必有其原因，無因則不會起變化；又必有其途徑，不循蹊徑則變化不成。蓋此等轉變，非一蹴而可幾，不同變戲法；變戲法乃假的，而此則甚眞也。譬諸下等動物之變而爲人，語其原因，則爲感覺走路之外尙有其他工作，乃漸改爲以兩條腿專任走路，兩條腿司走路以外之事。語其途徑，則不知幾經變遷乃變爲猴，猴乃變爲人是也。唯文體亦然，語其變化之原因約有二端：一曰欲勝古人，一曰圖避困難。語其途徑亦約有二端：一則從文章結構方面，一則從修辭方面是也。出發點雖各異，而結果乃會於一途，豈初意之所及料哉。

試以文體爲綱，表其類別及轉變之程序如次。

詩三百篇乃中原文學之祖，一切變化皆由此出。

在文的方面，則有

騷

賦

七 駢文

律賦（等）

在詩的方面，則有

古樂府

五七言詩

新樂府

詞

曲（等）其源皆出自三百篇，更分別言之。

詞

王驥德曲律曰，上古之關雎鹿鳴，漢之朱鷺石流，晉之子夜莫愁，六朝之玉樹金釵，唐之霓裳水調，已日趨穠艷，然祇是五七言詩句，不得縱橫如意。又曰，唐之絕句，唐之曲也。漁隱叢話稱唐初歌舞多是五七言詩，後漸變爲是長短句，今只存瑞鷓鴣小秦王二闋。瑞鷓鴣是七言八句詩，小秦王是七言絕句云。案小秦王亦名陽關曲，李白之清平調三首，唐宮曾譜爲新樂，夫人而知之矣。可見古代歌曲直至盛唐猶是四五七言。迨中唐以後，元白諸人，競爲長短句之新樂府，格調不若五七言之板滯，音韻自較悠揚，歌曲遂爲之一變。又五七言詩乃千篇一律，格調無變化，迨長短句參伍錯綜自可變化無窮。厭故喜新，人之常情；愛複雜而厭單簡，亦人之常情；喜悅耳之聲，尤爲人之常情。西涼龜茲之樂，及吳歌楚調，當日已薈萃於一爐，悅耳之新聲既起，誰復能安於四五七言呆滯之歌曲哉。社會要求，趨勢已臻於此境，詞之發生，實爲必至之符。况自唐玄宗以後，帝者如後唐莊宗、南唐後主、北宋徽宗、南宋孝宗之流，或則具音樂天才，或則秉文學異稟，倡之於上；則聰明才智之士，自趨之於下，亦勢所必然。故韻文變化，至此實已達水到渠成之境，孰能禦之。

唐代之詞，於燉煌石室之枯紙堆中發見有所謂雲謠曲子十八闋，但無作者名，此卷今存於英京。至於花間尊前兩集，則作者之姓名具在。花間集乃後蜀趙崇祚輯，有歐陽炯序文。尊前集不知何人輯，但無宋人詞，朱祖謀等定爲宋初人輯。兩集所收，皆自唐以迄五代。見於花間集者，則有溫庭筠、牛嶠、韋莊等皆晚唐人。見於尊前集者，則有唐玄宗、李白、韋應物等皆盛唐人；白居易、劉禹錫等乃中唐人；杜牧、韋莊、韓偓、溫庭筠等則晚唐人；餘皆五代。花間五百首，尊前三百首，此選本之最古者矣。至於專集，最先者當推溫庭筠之金荃集，次則爲馮延巳之陽春集，和凝之紅葉集，李珣之瓊瑤集等，下逮兩宋，則詞人莫不有專集矣。

大中以後，詩學寖衰，而貞觀中之十部樂，上承清商曲之遺音，旁及西涼龜茲之樂與吳聲楚歌。坐立二部伎之歌曲如破陣樂、聖壽樂等，及軟舞健舞之曲調如涼州、甘州、蘭陵王、烏夜啼、柘枝、回波等，皆後世詞調之名，可想見其歌拍舞容。已屬倚聲矣。是則詞之所以繼樂府而興，其痕迹固歷歷可尋也。

詞有小令、中調、長調之分。舊說五十字以下爲小令，九十字以下爲中調，過此則爲長調。唐五代之詞皆小令，實爲詞之起原，亦爲詞之正格。蓋字少而句簡，用以寫一時之感觸，或一物之狀態，最爲自然。北宋猶有五代遺風，南渡以後，則多尚長調矣。此亦變化之一痕跡，更當分別論之。

詞調之最短者爲蒼梧謠，僅十六字，故又名十六字令。錄北宋張孝祥一首。

歸。十萬人家兒樣啼。公歸去，何日是來時。

韋應物三臺

冰泮寒塘水淥，雨餘百草皆生。朝來門巷無事，晚下高齋有情。

劉禹錫憶江南

春去也，多謝洛城人。弱柳從風疑舉袂，叢蘭裛露似沾巾。獨坐亦含顰。

白居易宴桃源（卽如夢令）

前度小花靜院。不比尋常時見。見了又還休，愁卻等閑分散。腸斷腸斷。記取釵橫鬢亂。

溫庭筠菩薩蠻

南園滿地堆輕絮。愁聞一霎清明雨。雨後卻斜陽。杏花零落香。　無言彈睡臉。枕上屏山掩。時節卻黃昏。無聊獨倚門。

此調則合兩半闋而爲一首。與前所錄之數調異。乃詞調之最通格，亦謂之二疊。更有三疊四疊而成一首者。要之一疊與三四疊皆在少數。二疊則最爲普通。

徐渭南詞敍錄云，古之樂府，皆叶宮調，唐之律詩絕句，悉可絃歌，後復變爲長短句，如李白之憶秦娥、清平樂，白樂天之長相思等，已開其端，五代轉繁，考之尊前花間諸集可見。張叔夏詞源云，北宋徽宗崇寧間立大晟府，命周美成諸人，討論古音，審定古調，由此八十四調之聲稍傳。

案所謂八十四調者，乃以宮、商、角、徵、羽、變宮、變徵之七聲乘黃鍾、大呂等十二律，而得八十四調。自宋以後，已亡其泰半，僅存周德清中原音韻所載之六宮十一調，卽所謂十七宮調是已。律之在宮曰宮，在商角羽曰調。錄如下，

黃鍾　宮（正宮）　商（大石調）　羽（般涉調）

大呂　宮（高宮）　商（高大石調）　元代已失

太簇　全失

夾鍾　宮（中呂宮）　商（雙調）

姑洗　商（中管雙調）

仲呂　宮（道宮）　元代已失　商（小石調）

蕤賓　全失

林鍾　宮（南呂宮）　商（歇指調）　元代已失　羽（高平調）

夷則　宮（仙呂宮）　商（商調）　角（商角調）　元代已失

南呂　全失

無射　商（越調）　角（越角調）　元代已失

應鍾　商（中管越調）

以上之六宮十一調，自金元以後，北又亡其四，卽道宮、歇指、越角調、高大石調是也。南又亡其一，卽商角調是也。所存者只五宮七調，共爲十二宮調。

南詞敍錄曰，永嘉雜劇本村坊小曲，原無宮調。若必欲窮其宮調，則當自唐宋詞中別出十二律二十一調，方合古意。又曰北曲乃遼金殺伐之音，南曲又出北曲下一等，彼亦以宮調限之，吾不知其何取也。又曰欲求宮調，當取宋之絕妙詞選逐一按出宮商乃可由此觀之，則宮調原是詞學之名辭。自詞之音譜失傳曲乃因而用之。後世幾以宮調二字爲曲之專有名辭，則大誤矣。

王驥德曰，用宮調須稱事之悲歡苦樂，如遊賞則用仙呂、雙調等類，哀怨則用商調、越調等類。以調合情，容易感動得人云。自是當行語。蓋聲容有相屬之關係。若用一雄壯之宮調以寫其幽怨之情。將使歌者無所適從矣。

中原音韻於每一宮調之下，各加以四字之考定。試取片玉白石兩集，擇其詞之標出宮調者案之，便知其概。

解連環（商調）即夷則商聲中原音韻所謂爲悽愴怨慕者

怨懷無託。嗟情人斷絶，信音遼邈。縱妙手能解連環，似風散雨收，霧輕雲薄。燕子樓空，暗塵鎖一牀絃索。想移根換葉，盡是舊時，手種紅藥。汀州漸生杜若。料舟依岸曲，人在天角。謾記得當日音書，把閒語閒言，待總燒卻。水驛春回，望寄我江南梅蕚。拚今生對花對酒，爲伊淚落。

（片玉）

翠樓吟（雙調）即夾鍾商聲中原音韻所謂爲健捷激裊者

月冷龍沙，塵淸虎落，今年漢酺初賜。新翻胡部曲，聽氈幕元戎歌吹。層樓高峙。看檻曲縈紅，簷牙飛翠。人姝麗。粉香吹下，夜寒風細。　此地宜有祠仙，擁素雲黃鶴，與君遊戲。玉梯凝望久，歎芳草萋萋千里。天涯情味。仗酒祓淸愁，花消英氣。西山外。晚來還捲，一簾秋霽。（白石）

周美成乃北宋名家，姜白石乃南宋名家，音律最稱精審，各錄其一首，一爲商調，一爲雙調，試按中原音韻之四字定評所謂淒愴怨慕健捷激裊云者，以讀之，則王驥德所謂以調合情之意義，可以見矣。

詞既有一定之格律，故每調須特立一名以作符號。蓋調既紛繁，而律復嚴謹，不比樂府之浪漫，故符號之發生，實自然之趨勢。調名之起，最初各有其意義，約略區別，可分爲九。

（一）用古人詩句中語。如（渡江雲）乃用杜詩，風入渡江雲。（玉樓春）用白樂天詩，玉樓宴罷醉和春。此類最多。

（二）以地理命名。如（六州歌頭）本鼓吹曲，所謂六州者，即伊、涼、甘、石、氐、渭是也。（八聲甘州）乃唐教坊曲，天寶間，樂曲多以邊地爲名，甘州其一也。八聲乃節拍之名目。（揚州慢）乃姜白石夜過維揚之自度曲。

（三）以風俗習慣命名。如（菩薩蠻）唐大中初，女蠻國入貢，其人皆危髻金冠，瓔絡被體，謂蠻婦而似菩薩也。（蘇幕遮）升庵詞品曰，西域婦帽也。蓋周緣覆肩，帽簷而似幕也。

（四）以宮調命名。如（角招、）（徵招、）（側犯、）（尾犯，）（法曲第二、）（六么令、）（八六子）等是也。

（五）本意。如（別怨）乃惜別之詞，始自趙長卿之驕馬頻嘶。（望梅花）始於和凝之詠梅。

（六）寓意。如（六醜）乃周美成所作。上問其命名之意，對曰，此詞犯六調，皆聲之美者，然極難歌。高陽氏有子六人，才而醜，故以比之。（暗香、）（疏影）皆白石詠梅之自度曲。

（七）即用本詞中之句以作調名。如（憶王孫）始於秦少游之萋萋芳草憶王孫。（如夢令）

始於後唐莊宗之如夢如夢。殘月落花煙重。

（八）以宮室命名。如（攤芳詞）此調出自政和間禁中，因汴京禁中有攤芳園。（沁園春）取漢沁水公主園以名。

（九）人名。如（蘭陵王）北齊蘭陵王長恭，有勇而美丰姿，常著假面具以入陣，數立奇功，齊人作舞效之，曰代面舞。又（虞美人）乃詠虞姬之作。（昭君怨）乃詠明妃之作。

此不過略舉以爲例，分類不只此數，每類亦不只此數。最初各有所本。後則變爲符號。得名之意。可勿問矣。

詞之始原，大略如上述。至於內容之構造，可參觀拙箸詞學上編。以下略敘歷代之詞人。

唐　沈佺期生當初唐中宗之世，有回波詞一首，或可稱爲詞之最早者矣。

回波詞

回波爾時佺期。流向嶺外生歸。身名已蒙齒錄，袍笏未復牙緋。

唐劉肅大唐新語云，景龍中，中宗遊幸興慶池，侍宴者唱回波詞。又元郭茂倩樂府詩集云，回波商調曲，唐中宗時造，蓋出於曲水汎觴也。又大唐新語載李景伯此調，則曰「回波詞。持酒卮。」首二句三言，下三句六言。

李白以盛唐之名詩家而亦能詞，錄其兩闋。雖小令而以氣象勝。但是否爲太白作，殊有問題，姑錄之。

菩薩蠻

平林漠漠煙如織。寒山一帶傷心碧。暝色入高樓。有人樓上愁。　玉階空佇立。宿鳥歸飛急。何處是歸程。長亭更短亭。

憶秦娥

簫聲咽。秦娥夢斷秦樓月。秦樓月。年年柳色，灞陵傷別。　樂遊原上清秋節。咸陽古道音塵絕。音塵絕。西風殘照，漢家陵闕。

更錄晚唐之溫庭筠兩闋

菩薩蠻

小山重疊金明滅。鬢雲欲度香腮雪。懶起畫蛾眉。弄妝梳洗遲。　照花前後鏡。花面交相映。新貼繡羅襦。雙雙金鷓鴣。

更漏子

柳絲長，春雨細。花外漏聲迢遞。驚塞雁，起城烏。畫屏金鷓鴣。　香霧薄。透簾幕。惆悵謝家池閣。紅燭背，繡簾垂。夢長君不知。

溫飛卿之菩薩蠻十餘首，更漏子六七首，皆輕巧玲瓏，讀此二闋，亦可概見。

五代

詞至五代而規模乃成立。李後主與馮延已，可作此時期之代表，各錄其數闋。

浪淘沙　　南唐後主

簾外雨潺潺。春意闌珊。羅衾不耐五更寒。夢裏不知身是客，一晌貪歡。　獨自莫憑闌。無限江山。別時容易見時難。流水落花春去也，天上人間。

虞美人　　南唐後主

春花秋月何時了。往事知多少。小樓昨夜又東風。故國不堪回首月明中。　雕闌玉砌應猶在。

只是朱顏改。問君能有幾多愁。恰似一江春水向東流。

王國維謂溫飛卿之詞其秀在句，李後主之詞其秀在神。又曰，詞至李後主而眼界始大，感慨始深，遂變伶工之詞而爲士大夫之詞，可謂知言。

采桑子　馮延己

馬嘶人語春風岸，芳草綿綿。楊柳橋邊。落日高樓酒旆懸。舊愁新恨知多少，目斷遙天。獨立花前。更聽笙歌滿畫船。

菩薩蠻　馮延己

金波遠逐行雲去。疏星時作銀河渡。花影臥秋千。更長人不眠。玉箏彈未徹。鳳髻黃釵脫。憶夢翠蛾低。微風吹繡衣。

謁金門　馮延己

風乍起。吹皺一池春水。閑引鴛鴦芳徑裏。手挼紅杏蕊。鬥鴨闌干獨倚。碧玉搔頭斜墜。終日望君君不至。舉頭聞鵲喜。

王國維曰，「馮延已詞不失五代風格，而堂廡特大，開北宋一代風氣。」其菩薩蠻十數闋，鵲踏枝十數闋，無一不佳。參觀陽春集。唐五代之詞，可稱詩之漢魏矣。

北宋

晏殊，字同叔，臨淄人，康定間拜集賢殿學士，卒謚元獻。有珠玉詞一卷。

晁无咎云，元獻不蹈襲人語，而風流閑雅。劉貢甫云，元獻尤喜馮延已歌詞，其所自作，亦不減延已。周止庵云，晏氏父子，仍步溫韋。讀此則元獻之詞品已可概見，錄其數闋。

踏莎行

小徑紅稀，芳郊綠徧。高臺樹色陰陰見。春風不解禁楊花，濛濛亂撲行人面。　翠葉藏鶯，朱簾隔燕。鑪香靜逐游絲轉。一場愁夢酒醒時，斜陽卻照深深院。

浣溪沙

一曲新詞酒一杯。去年天氣舊池臺。夕陽西下幾時回。　無可奈何花落去，似曾相識燕歸來。小園香徑獨徘徊。

范仲淹，字希文，吳縣人，官至樞密副使，大中祥符八年進士，卒謚文正，有集。

王國維曰，太白純以氣象勝，西風殘照，漢家陵闕，寥寥八字，遂關千古登臨之口，後世唯范文正之漁家傲差足繼武。

漁家傲

塞下秋來風景異。衡陽雁去無留意。四面邊聲連角起。千嶂裏長煙落日孤城閉。　濁酒一杯家萬里。燕然未勒歸無計。羌管悠悠霜滿地。人不寐。將軍白髮征夫淚。

御街行

紛紛墜葉飄香砌。夜寂靜，寒聲碎。眞珠簾捲玉樓空，天淡銀河垂地。年年今夜，月華如練，長是人千里。　愁腸已斷無由醉。酒未到，先成淚。殘燈明滅枕頭欹，諳盡孤眠滋味。都來此事，眉間心上，無計相迴避。

歐陽修，字永叔，廬陵人，以太子少師致仕，卒諡文忠，有六一居士詞三卷。

周止庵云，韓范諸巨公，偶一染翰，意盛足舉其文。雖足樹幟，故非專家，若歐公則當行矣。羅長源云，歐公致意於詩，爲之本義，溫柔寬厚，所得深矣。

此。

采桑子

羣芳過後西湖好，狼藉殘紅。飛絮濛濛。垂柳闌干盡日風。　笙歌散盡游人去，始覺春空。垂下簾櫳。雙燕歸來佃雨中。

蝶戀花

庭院深深深幾許。楊柳堆煙，簾幕無重數。玉勒雕鞍游冶處。樓高不見章臺路。　雨橫風狂三月暮。門掩黃昏無計留春住。淚眼問花花不語。亂紅飛過秋千去。

浣溪沙

隄上游人逐畫船。拍隄春水四垂天。綠楊樓外出秋千。　白髮戴花君莫笑，六么催拍琖頻傳。人生何處似尊前。

晁補之謂綠楊樓外出秋千，只一出字，便爲後人所不能道云。歐公大氣磅礴，其小令乃細膩如

晏幾道，字叔原，殊幼子，有小山詞一卷。

黃山谷云，叔原樂府寓以詩人句法，精壯頓挫，能動搖人心。陳質齋云，叔原詞在諸名家中獨可追逼花間，高處或過之。周止庵云，晏氏父子，仍步溫韋，小晏精力尤勝。

臨江仙

夢後樓臺高鎖，酒醒簾幕低垂。去年春恨卻來時。落花人獨立，微雨燕雙飛。　記得小蘋初見，兩重心字羅衣。琵琶絃上說相思。當時明月在，曾照彩雲歸。

虞美人

曲闌干外天如水。昨夜還曾倚。初將明月比佳期。長向月圓時候望人歸。　羅衣著破前香在。舊意誰教改。一春離恨懶調絃。猶有兩行閒淚寶箏前。

王國維人間詞話曰「詞人者，不失其赤子之心者也，故生於深宮之中，長於婦人之手，是後主爲人君所短處，亦卽爲詞人所長處。又曰，客觀之詩人不可不多閱世，閱世愈深則材料愈豐富，愈變化，水滸紅樓之作者是也。主觀之詩人不必多閱世，閱世愈淺則性情愈眞，李後主是也。」余謂晏小山之詞亦然，小山蓋一不入世之貴公子也。其作品毫無煙火氣，唯見其眞。

柳永，初名三變，字耆卿，樂安人，景祐元年進士，官至屯田員外郎，有樂章集九卷。

周濟云，柳詞以平敍見長，或發端，或結尾，或換頭，以一二語鉤勒提掇，有千鈞之力。又曰，耆卿鎔情入景，故淡逸；方回鎔景入情，故穠麗。葉少蘊云，嘗見一西夏歸朝官曰，凡有井水飲處，卽能歌柳詞。李端叔云，耆卿詞鋪敍展衍，具足無餘，較之花間所集，韻終不勝。孫敦立云，耆卿詞雖極工，然多雜以鄙語。

雨霖鈴

寒蟬淒切。對長亭晚，驟雨初歇。都門帳飲無緒，方留戀處，蘭舟催發。執手相看淚眼，竟無語凝噎。念去去千里煙波，暮靄沈沈楚天闊。　多情自古傷離別。更那堪冷落淸秋節。今宵酒醒何處，楊柳岸曉風殘月。此去經年，應是良辰好景虛設。便縱有千種風情，更與何人說。

耆卿佳句如（八聲甘州）想佳人妝樓長望，誤幾回天際識歸舟。爭知我倚闌干處，正恁凝愁。（蝶戀花）衣帶漸寬終不改，爲伊消得人憔悴。（少年遊）夕陽島外，秋風原上，目斷四天垂。此種作品，眞可謂鎔情入景者矣。至於（八六子）如花貌，當來便約，永結同心偕老爲妙……已是斷絃猶續，

覆水難收。（玉蝴蝶）是處小街斜巷，爛遊花館，連醉瑤卮。……美人才子，合是相知等句，殆卽孫敦立之所謂鄙語。更有一首曰

雨中花慢

墜髻慵梳，愁蛾懶畫，心緒事事闌珊。覺新來憔悴，金縷衣寬。認得這疏狂意下，向人前誚譬如閒。把芳容陡頓，恁地輕孤，爭忍心安。　依前過了舊約，甚當初賺我，偷剪香髮。幾時得歸來香閣深關。待伊要尤雲殢雨，纏鴛衾不與同歡。儘更深款款，問伊今後，更敢無端。

似此等作品，純是教坊女兒口吻。於下文論東坡詞一節，更當及之。

蘇軾，字子瞻，眉山人，嘉祐初試禮部第一，官至翰林學士，卒謚文忠，有東坡樂府二卷。

胡致堂云，詞曲至東坡，一洗綺羅香澤之態，擺脫綢繆宛轉之度，使人登高望遠，舉目高歌，逸懷浩氣，超脫塵垢，於是花間爲皂隸，而耆卿爲輿臺矣。晁无咎云，人謂東坡詞多不諧音律，然橫放傑出，自是曲子中縛不住者。陳無己云，東坡以詩爲詞，如教坊雷大使之舞，雖極天下之工，要非本色。陸放翁云。東坡詞，歌終覺天風海雨逼人。張叔夏云，東坡詞淸麗舒徐處，高出人表，周秦諸人所不能到。周

止庵云，東坡天趣獨到處殆成絕詣，然苦不經意，完璧甚少。

水調歌頭

明月幾時有，把酒問青天。不知天上宮闕，今夕是何年。我欲乘風歸去，又恐瓊樓玉宇，高處不勝寒。起舞弄清影，何似在人間。　轉朱閣，低綺戶，照無眠。不應有恨，何事長向別時圓。人有悲歡離合，月有陰晴圓缺，此事古難全。但願人長久，千里共嬋娟。

念奴嬌

大江東去，浪淘盡千古風流人物。故壘西邊，人道是三國周郎赤壁。亂石撑空，驚濤拍岸，捲起千堆雪。江山如畫，一時多少豪傑。　遙想公瑾當年，小喬初嫁了，雄姿英發。羽扇綸巾，談笑間，檣櫓灰飛煙滅。故國神遊，多情應笑我早生華髮。人生如夢，一尊還酹江月。

此外如詠楊花之（水龍吟，）燕子樓之（永遇樂，）摩訶池上之（洞仙歌，）秀蘭之（賀新郎，）是皆名作。要之詞起於唐，至五代而規模成立，至東坡而波瀾乃壯闊。一洗南唐靡嫚之氣而變爲胸懷浩蕩，即胡致堂所謂舉目高歌超脫塵垢者是矣。東坡之在詞學中實一開宗大師地位。

詞之所以稱爲詩餘，則自昔不爲士大夫所尚，於斯可見。蓋其時詞之爲道，只是教坊間小兒女歌曲。於葉少蘊所謂凡有井水飲處即能歌柳詞一語，可見其概。當日耆卿以懷才不遇，流爲浪漫，每應教坊曲師之請，按譜塡詞以付之，一新詞出輒爭相傳習，莫肯後人，此種作品自以適合小兒女口吻，俾易上腔，且可以迎合普通人之觀聽，斯爲得體，其不見重於士大夫也亦宜。東坡誡少游曰「何必學柳七」此中消息，蓋已透露無遺矣。又東坡嘗語人曰，吾詞與柳七孰勝，其人答曰，丈六將軍銅琵琶，鐵綽板，唱大江東去，則學士勝；十八女郎，玉班管，銀箜篌，唱楊柳岸曉風殘月，則耆卿勝。此中消息，蓋亦透露無餘矣。要而論之，東坡之詞，乃變旖旎爲雄奇，剮調情而重意境，化曲子而爲文章，提高詞之地位，使在文學上佔一較重之位置，東坡之力也。王國維先生謂李後主變伶工之詞而爲士大夫之詞，吾將以此語移贈東坡。東坡實詞學轉變之樞紐人物也。至於晚近之新學說，則事事提倡「到民間去」，其工作殆與東坡背道而馳。究竟到民間去一語是否適用於凡百學問，別爲一問題，此書乃欲窮究文學之變化，固不必評判得失耳。

秦觀，字少游，高郵人，東坡薦於朝，除太學博士，坐黨籍徙，有淮海詞三卷。

蔡伯世云，子瞻辭勝情，耆卿情勝辭，辭情相稱者少游而已。張綖云，少游多婉約，子瞻多豪放，當以婉約爲主。張叔夏云，少游詞體製淡雅，氣骨不衰，淸麗中不斷意脈，咀嚼無滓，久而知味。周止庵云，少游最和婉醇正，稍遜淸眞者辣耳。又曰，少游意主含蓄，如奇花初胎，故少重筆。

滿庭芳

山抹微雲，天粘衰草，畫角聲斷譙門。暫停征棹，聊共引離尊。多少蓬萊舊事，空回首煙靄紛紛。斜陽外，寒鴉數點，流水繞孤村。　消魂。當此際，香囊暗解，羅帶輕分。漫贏得靑樓薄倖名存。此去何時見也，襟袖上空惹啼痕。傷情處，高城望斷，燈火已黃昏。

踏莎行　郴州旅舍

霧失樓臺，月迷津渡。桃源望斷無尋處。可堪孤館閉春寒，杜鵑聲裏斜陽暮。　驛寄梅花，魚傳尺素。砌成此恨無重數。郴江幸自繞郴山，爲誰流下瀟湘去。

淮海之詞，眞可謂情文並茂者矣。晁无咎云，斜陽外，寒鴉數點，流水繞孤村，雖不識字之人，亦知是天生好言語。冷齋夜話云，東坡絕愛少游踏莎行之末二句，自書於扇曰，少游已矣，雖百身何贖。王國維曰，少游詞境最爲淒惋，至可堪孤館閉春寒，杜鵑聲裏斜陽暮，則變而爲淒厲矣。東坡賞其後二語，猶是皮相云。詞題曰郴州旅舍，蓋蒙黨禍放逐時作也。

賀鑄，字方回，衞州人，有東山寓聲樂府三卷。

張文潛云，方回樂府，妙絕一世，盛麗如遊金張之堂，妖冶如攬嬙施之袪，幽索如屈宋，悲壯如蘇李。陸務觀云，方回狀貌奇醜，俗謂之賀鬼頭，其詩文皆高，不獨工長短句也。

浣溪沙

樓閣初消一縷霞。淡黃楊柳暗棲鴉。玉人和月摘梅花。　笑撚粉香歸洞戶，更垂簾幕護窗紗。東風寒似夜來些。

蝶戀花

幾許傷春春復暮。楊柳清陰偏礙游絲度。天際小山桃葉步。白蘋花滿湔裙處。　竟日微吟長短句。簾影燈昏心寄胡琴語。數點雨聲風約住。朦朧淡月雲來去。

周邦彥，字美成，錢塘人，提舉大晟府，有清眞集三卷，又名片玉集。

張煥云，美成詞摹寫物態，曲盡其妙。陳質齋云，美成詞多用唐人詩句，隱括入律，渾然天成。長調尤善鋪敍，富麗精工，詞人之甲乙也。張叔夏云，美成負一代詞名，所作之詞，渾厚和雅，善於融化詩句，而於音譜且間有未諧。作詞者多效其體製，失之軟媚而無可取。此唯美成爲然，不能學也。又云，美成詞當看他渾融處，於軟媚中有氣魄，惜乎意趣卻不高遠。沈伯時云，作詞當以清眞爲主，蓋清眞最爲知音，下字用意，皆有法度。周止庵云，清眞集大成者也。又云，清眞渾厚，正於鉤勒處見。他人一鉤勒便刻削，清眞愈鉤勒愈渾厚。

滿庭芳

風老鶯雛，雨肥梅子，午陰嘉樹清圓。地卑山近，衣潤費爐煙。人靜烏鳶自樂，小橋外新綠濺濺。憑闌久，黃蘆苦竹，疑泛九江船。　年年如社燕，飄流瀚海，來寄修椽。且莫思身外，長近尊前。憔悴江南倦客，不堪聽急管繁絃。歌筵畔，先安枕簟，容我醉時眠。

張炎詞源曰，北宋徽宗崇寧間立大晟府，命周美成等主其事，討論古音，審定古調，淪落以後，少得存者，然由此八十四調之聲稍傳。當時美成諸人，又復增演慢曲、引、近，或移宮換羽而爲三犯四犯之曲，而曲遂以繁云。據此，則周美成曾主國立音律學府之文壇，且多所創作。讀移宮換羽云云一語，可證其對於詞曲上供獻實多。美成生於徽宗朝，實兩宋詞學之樞紐人物也。

張叔夏謂美成詞於音譜間有未諧。沈伯時謂淸眞最爲知音，下字用意，皆有法度。二人之說頗相左。詞之音譜既已失傳，無從辨其是非。但美成主大晟府之文壇，能製新曲，片玉集亦多註宮調，其音律之當行，已可想見。

朱敦儒，字希眞，洛陽人，有樵歌三卷。

汪叔耕云，詞至東坡而一變，豪妙之氣，流於言外；天然絕世，不假振作。二變而爲朱希眞，作品多塵外之想，雖雜以微瑕，然淸氣自不可沒。三變而爲辛稼軒，自寫其胸中傀儡，而尤好淵明，此詞之三變也云。舉希眞與蘇辛並列，可謂推重之至，其品格亦可想見矣。錄其漁父詞十首之一。

好事近

搖首出紅塵，醒醉更無時節。生計綠簑青笠，慣披霜衝雪。　晚來風定釣絲閑，上下是新月。千里水天一色，看孤鴻明滅。

雙鸂鶒

拂破秋江煙碧。一對雙飛鸂鶒。應是遠來無力。梢下相偎沙磧。　小艇誰吹橫笛。驚起不知消息。悔不當時描得。如今何處尋覓。

輕描淡寫，毫不費力，不見斧鑿痕，又無煙火氣，眞所謂天然去雕飾者矣。詞學以此種爲別派，謂非正宗也。然而派別自爲一問題，若執「到民間去」之說，則吾於北宋得一人，南宋得一人。卽朱敦儒與郭應祥是也。但絕非柳七一路。

朱敦儒作品如念奴嬌之「免被花迷，不爲酒困，到處惺惺地，飽來覓睡，睡起逢場作戲。——也不蘄仙不佞佛，不學棲棲孔子。懶共賢爭，從教他笑，如此只如此。」洞仙歌之「把俗儒故紙，推向一邊，三界外尋得一場好笑。」蘇幕遮之「瘦仙人，窮活計。不養丹砂不肯參同契。兩頓家飡三覺睡。閉著門兒，不管人閒事。　又經年，知幾歲。老屋穿空幸有天遮蔽。不飲，香醪常似醉。白鶴飛來笑我顚顚地。」憶帝京之「元來老子曾垂教。挫銳和光爲妙。因甚不聽他，强要爭工巧。只爲忒惺惺，惹盡閒煩惱。　但你莫多愁早老。你但且不分不曉。第一隨風便倒拖，第二君言亦大好。管取沒人嫌，便總道，先生俏。」西江月之「雲間鴻雁草間蟲，共我一般做夢。——饑蚊餓蚤不相容。一夜何曾做夢。　被我不扇不捉，廓然總是虛空。——自歌自舞自開懷。且喜無拘無礙。——不須計較與安排。領取而今現在。」減字木蘭花之「不能者止。免苦龜腸憂虎尾。身退心閒。賸向人間活幾年。——斫魚作鮓。酒面打開香可醡。相喚同來。草草杯盤飲幾杯。——無人惜我。我自殷勤憐這箇。——依舊多情。摟着虛空睡到明。——無人請我。我自鋪氈松下坐。酌酒裁詩。調弄梅花作侍兒。——有何不可。依舊一枚閒的我。飯飽茶香。瞌睡之時知上牀。」如夢令之「眞箇先生愛睡。睡裏百般滋味。轉面又翻身，隨意十方遊戲。遊戲遊戲。到了元無一事。——莫恨中秋無月。月又不甜不辣。」之類，其本集似此尚多，但即此已可見其概。

郭應祥作品如丁卯生日之漁家傲「去歲簿書叢裏過。生朝也有人來賀。隨分脩尊呼幾箇。胡厮和。愁顏鎮日何曾破。　素髮如今添老大。歸來方是閒當座。旋擘黃柑籍白墮。哩喻囉。從他擾擾如旋磨。」七月十日西江月「令節無過七夕，今年已隔三宵。奔馳五百里而遙。行上非人所料。」七夕之鵲橋仙「羅花列果，拈針弄線，等是紛紛兒戲。巧人自少拙人多，那牛女何曾管你。」元宵之好事近「今歲度元宵，隨分點些燈火。不比舊家繁盛，有紅蓮千朶。　客來草草辦杯盤，飯飣雜蔬果。休羨暗塵隨馬，與銀花鐵鎖。」贈麗華之采桑子「餞筵綠遶紅圍處，只這孩兒兩淚垂垂。不忍教人遽別離。」戲呈子定之減字木蘭花「遇如不遇。最是暫來還復去。歸到鄉關。欲再來時卻恐難。」之類，其本集且甚多。若欲提倡「到民間去」，吾以爲只須把說話之程度提高些些，同時把文章之格律降低些些，雙方湊併，也許是一條新路。

李清照，字易安，格非之女，爲趙明誠夫人，有漱玉詞一卷。

朱文公云，本朝婦人能文章者，曾子宣妻魏氏及李易安二人而已。張正夫云，易安之聲聲慢詞，乃公孫大娘舞劍手，本朝非無能詞之士，未曾有一下十四疊字者。下半闋點點滴滴，又是四疊。錄如下。

聲聲慢

尋尋覓覓，冷冷清清，淒淒慘慘戚戚。乍暖還寒時候，最難將息。三杯兩盞淡酒，乍敵他晚來風急。雁過也，最傷心，卻是舊時相識。　滿地黃花堆積，憔悴損，如今有誰堪摘。守著窗兒，獨自怎生得黑。梧桐更兼細雨，到黃昏點點滴滴。這次第，怎一箇愁字了得。

醉花陰

薄霧濃雲愁永晝。瑞腦消金獸。佳節又重陽，玉枕紗廚半夜涼初透。 東籬把酒黃昏後。有暗香盈袖。莫道不消魂，簾捲西風，人似黃花瘦。

苕溪漁隱叢話云，易安嘗以重陽醉花陰詞函致其夫婿趙明誠，明誠思勝之，謝絕一切，廢寢忘食者三晝夜，得五十餘首，雜易安此作以示友人陸德夫，德夫玩誦再三，曰，有三句乃絕佳。詰其所指，曰，莫道不消魂，簾捲西風，人似黃花瘦。明誠爲之索然。

南宋

詞至南宋，稱曰全盛。渡江之初，即產生一辛稼軒。稟北方元爽之氣，移植於江南明秀之地。兩相調合而挺此異材。此就空間言之也。至於時間，則自中唐元白之輩，集漢魏以來樂府之大成。晚唐溫韋，競爲長短句。經五代北宋之光華燦爛，至稼軒又集其大成。稼軒誠時代之驕兒哉。

辛棄疾字幼安，號稼軒，歷城人，生於紹興十年，即南渡後十三年。二十三歲，率其部曲縛張安國至臨安，累官至浙東按撫使，卒謚忠敏，有稼軒詞四卷。

劉後村云，稼軒詞大聲鏜鞳，小聲鏗鍧，橫絕六合，掃空萬古；其穠麗緜密者亦不在小晏秦郎之下。周止庵云，稼軒斂雄心，抗高調，變溫婉，成悲涼。又云，蘇辛並稱，東坡天趣獨到處，殆成絕詣，而苦不經意，完璧甚少；稼軒則沈著痛快，有轍可循，南宋諸公無不傳其衣鉢，固未可同年而語也。稼軒由北開南，夢窗由南追北，是詞家轉境。

賀新郎

綠樹聽鵜鴂。更那堪杜鵑聲住，鷓鴣聲切。啼到春歸無啼處，苦恨芳菲都歇。算未抵人間離別。馬上琵琶關塞黑，更長門翠輦辭金闕。看燕燕，送歸妾。　將軍百戰身名裂，向河梁回頭萬里，故人長絕。易水蕭蕭西風冷，滿坐衣冠似雪。正壯士悲歌未徹。啼鳥還知如許恨，料不啼清淚長啼血。誰共我，醉明月。

摸魚兒

更能消幾番風雨，匆匆春又歸去。惜春長怕花開早，何況落紅無數。春且住。見說道天涯芳草無歸路。怨春不語。算只有殷勤，畫簷蛛網，盡日惹飛絮。　長門事，準擬佳期又誤。蛾眉曾有人妒。千金縱買相如賦，脈脈此情誰訴。君莫舞君不見玉環飛燕皆塵土。閒愁最苦休去倚危闌，斜陽正在煙柳斷腸處。

讀此可見周止庵所謂斂雄心，抗高調，變溫婉，成悲涼者，爲不謬矣。

鷓鴣天

晚日寒鴉一片愁。柳塘新綠卻溫柔。若教眼底無離恨，不信人間有白頭。 腸已斷，淚難收。相思重上小紅樓。情知已被雲遮斷，頻倚闌干不自由。

又

木落山高一夜霜。北風驅雁又離行。無言無覺情懷好，不飲能令興味長。 頻聚散，試思量。爲誰春草夢池塘。中年長作東山恨，莫遣離歌苦斷腸。

此則劉後村所謂穠麗緜密，不在小晏秦郎之下者矣。

王國維曰，南宋詞人堪與北宋頡頏者，唯一幼安耳。幼安之佳處在有性情，有境界，即以氣象論，亦有傍素波干青雲之概。又曰，東坡之詞曠，稼軒之詞豪，無二人之胸襟而學其詞，猶東施之效捧心也。又曰，讀東坡稼軒詞，須觀其雅量高致，有伯夷柳下惠之風。又曰，蘇辛詞中之狂。白石猶不失爲狷。若夢窗梅溪玉田草窗西麓輩。面目雖不同。同歸於鄉愿而已。

姜夔，字堯章，鄱陽人，號白石道人，有白石詞五卷。

揚州慢

淮左名都，竹西佳處，解鞍少駐初程。過春風十里，盡薺麥青青。自胡馬窺江去後，廢池喬木，猶厭言兵。漸黃昏清角，吹寒都在空城。　杜郎後賞，算而今重到須驚。縱豆蔻詞工，青樓夢好，難賦深情。二十四橋仍在，波心蕩冷月無聲。念橋邊紅藥，年年知爲誰生。

此乃白石自製曲，題曰「淳熙丙申至日，余過維揚，夜雪初霽，薺麥彌望；入其城則四顧蕭條，寒水自碧，暮色漸起，戍角悲吟；余懷愴然，感慨今昔；因自度此曲，千巖老人以爲有黍離之悲也。」時正金兵南犯後，宋使范致能行成於金，得以苟安。此曲之宮調曰中呂宮，卽夾鍾宮聲。白石長於音律，其自製之新腔不少。

解連環

玉鞭重倚。卻沈吟未上，又縈離思。爲大喬能撥春風，小喬妙移箏雁啼秋水。柳怯雲鬆，更何必十分梳洗。道郎攜羽扇，那日隔簾，半面曾記。　西窗夜涼雨霽。歎幽歡未足，何事輕棄。問後約空指薔薇，算如此溪山，甚時重至。水驛燈昏，又見在曲屏近底。念唯有夜來皓月，照伊自睡。

白石之自製曲如暗香、疏影、一萼紅、琵琶仙、淡黃柳、惜紅衣等皆有名於世，格調之高，當推第一。

史達祖，字邦卿，號梅溪，汴梁人，有梅溪詞一卷。

姜白石云，梅溪奇秀清逸，有李長吉之韻。蓋能融情境於一家，會句意於兩得。張功甫云，史生之作，情辭俱到，織綃泉底，去塵眼中，有瓌奇警邁清新閑婉之長，而無訑蕩汙淫之失，端可分鑣清眞，平睨方回。周止庵云，梅溪才思可匹竹山，竹山粗俗，梅溪纖巧；粗俗之病易見，纖巧之習難除。又云，梅溪好用偷字，品格便不高。

雙雙燕　詠燕

過春社了，度簾幕中間，去年塵冷。差池欲往，試入舊巢相並。還相雕梁藻井。又軟語商量不定。飄然快拂花梢，翠尾分開紅影。　芳徑。芹泥雨潤。愛貼地爭飛，競誇輕俊。紅樓歸晚，看足柳昏花暝。應自棲香正穩。便忘了天涯芳信。愁損翠黛雙蛾，日日畫闌獨憑。

綺羅香 春雨

做冷欺花，將煙困柳，千里偷催春暮。盡日冥迷，愁裏欲飛還住。驚粉重蝶宿西園，喜泥潤燕歸南浦。最妨他佳約風流，鈿車不到杜陵路。　沈沈江上望極，還被春潮晚急，難尋官渡。隱約遙峯，和淚謝娘眉嫵。臨斷岸新綠生時，是落紅帶愁流處。記當日門掩梨花，剪燈深夜語。

吳文英字君特，號夢窗，四明人，有夢窗詞四卷。

沈義甫云，夢窗深得清眞之妙，其失在用事下語太晦，使人不可曉。張叔夏云，吳夢窗如七寶樓臺，眩人耳目；塌碎下來，不成片段。周止庵云，夢窗奇思壯采，騰天潛淵，返南宋之清泚，爲北宋之穠摯。又云，夢窗立意高，取徑遠，皆非餘子所及；唯過嗜餖飣，以此被譏；若其虛實並到之作，雖清眞不過也。

八聲甘州 登靈巖

渺空煙四遠，是何年青天墜長星。幻蒼崖雲樹，名娃金屋，殘霸宮城。箭徑酸風射眼，膩水染花腥。時靸雙鴛響，廊葉秋聲。宮裏吳王沈醉，倩五湖倦客，獨釣醒醒。問蒼波無語，華髮奈山青。水涵空闌干高處，送亂鴉斜日落漁汀。連呼酒，上琴臺去，秋與雲平。

高陽臺

修竹凝妝，垂楊駐馬，憑闌淺畫成圖。山色誰題，樓前有雁斜書。東風緊送斜陽下，弄舊寒晚酒醒餘。自消凝，能幾花前，頓老相如。傷春不在高樓上，在燈前欹枕，雨外熏爐。怕檥游船，臨流可奈清臞。飛紅若到西湖底，攪翠瀾總是愁魚。莫重來，吹盡香綿，淚滿平蕪。

夢窗之詞，爲世所宗，尤以晚清詞人爲最。余則覺其堆砌，去自然二字甚遠，不敢苟同矣。

陳允平，字君衡，一字衡仲，四明人，有繼周集一卷，日湖漁唱二卷。

張叔夏云，詞欲雅而正，志之所之，一爲物役，則失其雅正之音。近代陳西麓所作，平正亦有佳者。

周止庵云，西麓宗少游，徑平思鈍，鄉愿之亂德也。又云，西麓和平婉麗，最合時好，但無健舉之筆，沈摯之思，學之必使生氣沮喪。

絳都春

鞦韆倦倚，正海棠半坼，不奈春寒。殢雨弄晴，飛梭庭院繡簾閒。梅妝欲試芳情懶。翠顰愁入眉彎。霧蟬香冷霞消淚搵，恨襲湘蘭。　悄悄池臺步晚，任紅醺杏靨，碧沁苔痕。燕子未來，東風無語又黃昏。琴心不度春魂遠。斷腸難託啼鵑。夜深猶倚，垂楊二十四闌。

絳都春原是仄韻，西麓改作平聲，但懶遠二韻仍須通叶，乃爲不失。西麓擅音律，日湖漁唱尚有平韻念奴嬌仄韻畫錦堂等不少。

王沂孫，字聖與，號碧山，又號中仙，會稽人，有碧山樂府二卷，又名花外集。

張叔夏云，中仙詞嫻雅，有姜白石意趣。周止庵云，碧山饜心切理，言近旨遠，聲容調度，一一可循。又云，碧山胸次恬淡，故黍離麥秀之感，只以唱歎出之，無劍拔弩張氣象。又云，詠物最爭託意隸事處，以意貫串，渾化無痕，碧山勝場也。又云，詞以思筆爲入門階陛，碧山思筆，可謂雙絕；幽折處大勝白石，唯圭角太分明，反覆讀之，有水清無魚之歎。又云，賦物能將人、景、情、思，一齊融入，最是碧山長處；由其心細筆靈，取徑曲，布勢遠也。

無悶　雪意

陰積龍荒，寒度雁門，西北高樓獨倚。悵短景無多，亂山如此。欲喚飛瓊起舞，怕攪碎紛紛銀河水。凍雲一片，藏花護玉，未教輕墜。　清致。悄無似。有照水南枝，已攙春意。誤幾度憑闌，莫愁凝睇。應是梨花夢好，未肯放東風來人世。待翠管吹破蒼茫，看取玉壺天地。

高陽臺

殘雪庭陰，輕寒簾影，霏霏玉管春葭。小帖金泥，不知春是誰家。相思一夜窗前夢，奈個人水隔天遮。但淒然滿樹幽香，滿地橫斜。　江南自是離愁苦，況游驄古道，歸雁平沙。怎得銀牋，殷勤說與年華。如今處處生芳草，縱憑高不見天涯。更消他幾度東風，幾度飛花。

周密，字公謹，濟南人，號草窗，又號弁陽嘯翁，又號蕭齋，又號四水潛夫，有蘋洲漁笛譜三卷。

周止庵云，草窗鏤冰刻楮，精妙絕倫，但立意不高，取韻不遠，當與玉田抗行，未可方駕王吳也。又云，草窗最近夢窗，但夢窗思沈力厚，草窗則貌合耳。若其鏤新鬥冶，固自絕倫。

瑤華

朱鈿寶玦。天上飛瓊，比人間春別。江南江北，曾未見漫擬梨雲梅雪。淮山春晚，問誰識芳心高潔。消幾番花落花開，老了玉關豪傑。　金壺翦送瓊枝，看一騎紅塵，香度瑤闕。韶華正好，應自喜初識長安蜂蝶。杜郎老矣，想舊事花須能說。記少年一夢揚州，二十四橋明月。

張炎，字叔夏，號玉田，又號樂笑翁，西秦人，乃循王之後，有山中白雲詞八卷。

鄭所南云，識張玉田先輩，喜其三十年汗漫南北數千里，一片空狂懷抱，日日化雨爲醉。自仰扳姜堯章、史邦卿、盧蒲江、吳夢窗諸名公，互相鼓吹春聲於繁華世界，能令後三十年西湖錦繡山水，猶生清響。仇山村云，山中白雲詞，意度超遠，律呂協洽，當與白石老仙相鼓吹。舒閬風云，玉田詩有姜堯章深婉之風，詞有周淸眞雅麗之思，畫有趙子固瀟灑之意。厲樊榭云，玉田詞前無古人，後無來者，唯白石老仙足與抗衡耳。周止庵云，玉田才本不高，專恃磨礱雕琢，裝頭作脚，處處妥當，後人翕然宗之。又云，筆以行意也，不行須換筆，換筆不行便須換意；玉田唯換筆不換意。

解連環　孤雁

楚江空晚。悵離羣萬里，怳然驚散。自顧影卻下寒塘，正沙淨草枯，水平天遠。寫不成書，只寄得相思一點。料因循誤了，殘氈擁雪，故人心眼。　誰憐旅愁荏苒。漫長門夜悄，錦箏彈怨。想伴侶猶宿蘆花，也曾念春前，去程應轉。暮雨相呼，怕驀地玉關重見。未羞他雙燕歸來，畫簾半捲。

詠物至此，亦不能不謂之絕唱矣。寫不成書，只寄得相思一點，不知從何處得來。想伴侶以下數句，雁之情緒，唯玉田乃能知之。

高陽臺 西湖春感

接葉巢鶯，平波捲絮，斷橋斜日歸船。能幾番游，看花又是明年。東風且伴薔薇住，到薔薇春已堪憐。更淒然萬綠西泠，一抹荒煙。　當年燕子知何處，但苔深韋曲，草暗斜川。見說新愁，如今也到鷗邊。無心再續笙歌夢，掩重門淺醉閒眠。莫開簾怕見飛花，怕聽啼鵑。

清

南宋文學，結晶於詞，作者如林，可謂無美不備；然而末流所趨，漸成堆砌。去五代北宋遠矣。蓋以沿襲數百載，循轍以進，難邁前人，欲闢新途徑而不能立新意境，與晚唐詩人之軌轍。如出一途。迨北方民族入主，以發音高下之不同，詞不能按其調，而北曲因以興，南人效之，以四聲闕一，難付歌喉。而南曲遂以興。於是舉世從風，詞之音譜竟以失傳，此實韻文之一大變化矣。自茲以往，詞遂變爲讀品。然而千數百年之大世家，式微之後，氣度猶存。詞之矩範，至今無異於前時也。有明一代，詞學最消沈，至清初而復興，與顧貞觀、納蘭容若、陳其年、厲鶚等頗能自闢新意境。末葉而有鄭文焯、朱祖謀等，作品力追南宋而尤宗夢窗。二百數十年間，斯學頗不寂寞，擇錄數闋以見其概。

金縷曲　寄吳漢槎（以詞作書）　顧貞觀

季子平安否。便歸來生平萬事，那堪回首。行路悠悠誰慰藉，母老家貧子幼。記不起從前杯酒。魑魅搏人應見慣，料輸他覆雨翻雲手。冰與雪，周旋久。　淚痕莫滴牛衣透。數天涯依然骨肉，幾家能彀。比似紅顏多薄命，更不如今還有。只絕塞苦寒難受。廿載包胥承一諾，盼烏頭馬角終相救。置此札，君懷袖。

我亦飄零久。十年來深恩負盡，死生師友。宿昔齊名非忝竊，試看杜陵消瘦。曾不減夜郎僝僽。薄命長辭知己別，問人生到此淒涼否。千萬恨，爲君剖。　兄生辛未吾丁丑。共些時冰霜摧折，早衰蒲柳。詞賦從今須少作，留取心魂相守。但願得河清人壽。歸日急翻行戍稿，把空名料理傳身後。言不盡，觀頓首。

漢槎以科場事謫戍寧古塔，梁汾作此寄之，納蘭容若見而大感動，漢槎得以賜還。以詞作書，實千古絕調。顧貞觀，字華峯，號梁汾，無錫人，有彈指詞三卷。

采桑子　納蘭性德

而今纔道當時錯，心緒淒迷。紅淚偸垂。滿眼春風百事非。　情知此後來無計，强說歡期。一別如斯。落盡梨花月又西。

浣溪沙　納蘭性德

誰道飄零不可憐。舊遊時節好花天。斷腸人去自今年。　一片暈紅疑着雨，幾絲柔綠乍和煙。倩魂銷盡夕陽前。

蝶戀花　納蘭性德

辛苦最憐天上月。一昔如環，昔昔都成玦。若似月輪終皎潔。不辭冰雪爲卿熱。　無那塵緣容易絕。燕子依然，軟踏簾鉤說。唱罷秋墳愁未歇。春叢認取雙棲蝶。

此等作品，眞有五代遺音。納蘭性德字容若，滿洲正白旗人，康熙十二年進士，乃明珠太傅之子，有飲水詞一卷。

咸同間之蔣春霖，字鹿潭，有水雲樓詞一卷，氣格甚高，錄其一首。

木蘭花慢　江行晚過北固山

泊秦淮雨霽，又燈火，送歸船。正樹擁雲昏，星垂野闊，暝色浮天。蘆邊夜潮驟起，暈波心月影盪江圓。夢醒誰歌楚些，泠泠霜激哀絃。　嬋娟不語對愁眠。往事恨難捐。看莽莽南徐，蒼蒼北固，如此山川。鉤連更無鐵鎖，任排空檣櫓自回旋。寂寞魚龍睡穩，傷心付與秋煙。

即此數人，即此數闋，則有清一代二百數十年間之詞品，可以見矣。清代最奇凡百學問，到此一一。復興。舉凡考據、金石、今古文以及詩、詞、駢體文，無不放異彩，稱爲中國文藝復興時代，可無愧色。事物之由簡而臻於繁，由單純而臻於複雜，實進化之恆軌。即以詞而論，前所列舉之蒼梧謠、三臺、回波詞、憶江南、如夢令等，皆單調之小令，隨後則漸進而爲雙疊，至若蘭陵王等之爲三疊，鶯啼序之爲四疊，先後長短，固自顯然。曲律每折須同在一宮調之下，先後蟬聯，其機實肇於此。亦詞曲變化之一痕迹矣。

詩只嚴於句，於逗幾無所措意詞則不然，五言句有一領四者，有二三者，有三二者；七言句有三四者，有四三者，絕對不能顛倒。更有二五者，但不若上文所列舉數例之嚴重。由簡而臻於繁，亦進化之軌範矣。

唯音韻亦然，詩只嚴於平仄，四聲非所關懷。詞則四聲最重，後結尤要，去聲尤所獨嚴。如結尾二字均仄聲者，入聲韻則用去入，上聲韻則用去上，名作皆然，徐誠庵言之最詳。又如平聲，其間陰陽之分，甚爲謹嚴。張炎述其先德所塡詞，中有句曰「瑣窗深」，上腔覺「深」字不協，改爲「幽」，仍不協，再改爲「明」乃協。則此字之必須陽平可知矣。又云一句中有「撲」字，不協，改作「守」乃協。則此字宜上而不宜入可知矣。詩律無此煩重也。

吳梅《詞學通論》

吳梅(1884–1939)，字瞿安，一字靈鳷，晚號霜崖。吳梅三歲時父歿，十歲時母亡。早歲攻讀八股制舉業，未竟而科舉廢。自幼喜愛詞曲，曾師從劉毓盤學詞，亦曾向朱孝臧、況周頤、鄭文焯請益。先後在蘇州東吳大學堂、存古學堂、南京第四師範、上海民立中學任教。1917 年至 1937 年間，在北京大學、國立東南大學、國立中央大學、中山大學、光華大學、金陵大學任教授。南社成員。主要著有《中國戲曲概論》《曲學通論》《詞學通論》《霜崖詞錄》《遼金元文學史》《奢摩他室曲》等。

1926 年吳梅于東南大學任教，編寫《詞學講義》，後易名為《詞學通論》。全書共分九章，前五章分別為：緒論、論平仄四聲、論韻、論音律、論作法；第六章到第九章論述從唐五代到清的詞學發展，標舉歷代重要詞家，列詞人小傳並附代表作一首，品評詞人利弊得失。詞論主要繼承常州詞派風騷寄託的論詞傳統，但對其鄙陋亦不諱言。《詞學通論》於民國二十一年(1932)商務印書館初版，後來商務印書館、臺灣商務印書館、華東師範大學出版社、復旦大學出版社、中國書籍出版社分別予以再版。本書據商務印書館初版影印。

詞學通論

第一章　緒論

長洲吳梅述

詞之爲學。意內言外。發始於唐。滋衍於五代。而造極於兩宋。調有定格。字有定音。實爲樂府之遺。故曰詩餘。惟齊梁以來。樂府之音節已亡。而一時君臣。尤喜別翻新調。如梁武帝之江南弄。陳後主之玉樹後庭花。沈約之六憶詩。已爲此事之濫觴。唐人以詩爲樂。七言律絕。皆付樂章。至玄肅之間。詞體始定。李白憶秦娥。張志和漁歌子。其最著也。或謂詞破五七言絕句爲之。如菩薩蠻是。又謂詞之瑞鷓鴣即七律體。玉樓春即七古體。楊柳枝即七絕體。欲實詩餘之名。殊非塙論。蓋開元全盛之時。即詞學權輿之日。旗亭畫壁。本屬歌詩。陵闕西風。亦承樂府。強分後先。終歸臆斷。自是以後。香山夢得仲初幼公之倫。競相藻飾。調笑轉應之曲。江南春去之詞。上擬清商。亦無多讓。及飛卿出而詞格始成。握蘭金荃。遠撥騷辯。變南朝之宮體。揚北部之新聲。於是皇甫松、鄭夢復、司空圖、韓偓、張曙之徒。一時雲起。楊柳大堤之句。芙蓉曲渚之篇。自出機杼。彬彬稱盛矣。

作詞之難。在上不似詩。下不類曲。不淄不磷。立于二者之間。要須辨其氣韻。大抵空疏者作詞易近於曲。博雅者塡詞不離乎詩。淺者深之。高者下之。處於才不才之間。斯詞之三昧得矣。惟詞中各牌。有與詩無異者。如生査子。何殊於五絕。小秦王、八拍蠻、阿那曲。何殊於七絕。此等詞頗難著筆。又須多讀古人舊作。得其氣味。去詩中習見辭語。便可避去。至於南北曲。與詞格不甚相遠。而欲求別於曲。亦較詩爲難。但曲之長處。在雅俗互陳。又熟諳元人方言。不必以藻繢爲能也。詞則曲中俗字。如你我、這廂、那廂之類。固不可用。卽襯貼字。如雖則是、卻原來等。亦當捨去。而最難之處。在上三下四對句。如史邦卿春雨詞云。驚粉重蝶宿西園。喜泥潤燕歸南浦。又臨斷岸新綠生時。是落紅帶愁流處。此詞中妙語也。湯臨川還魂云。他還有念老夫詩句男兒。俺則有學母氏畫眉嬌女。又沒亂裏春情難遣。驀忽地懷人幽怨。亦曲中佳處。然不可入詞。由是類推。可以隅反。不僅在詞藻之雅俗而已。宋詞中儘有俚鄙者。亟宜力避。

小令中調長調之目。始自草堂詩餘。後人因之。顧亦約略云爾。詞綜所云。以臆見分之。後遂相沿。殊屬牽強者也。錢唐毛氏云。五十八字以內爲小令。五十九字至九十字爲中調。九十一字以外爲長調。古人定例也。此亦就草堂所分而拘執之所謂定例。有何所據。若以少一字爲短。多一字爲長。必無是理。如七娘子有五十八字者。有六十字者。將爲小令乎。抑中調乎。如雪獅兒有八十九字者。有九十二字者。將爲中調乎。抑長調乎。此皆妄爲分析。無當於詞學也。況草堂舊刻。止有分類。並無小令中調長調之名。至嘉靖間。上海顧從敬刻類編草堂詩餘四卷。始有小令中調長調之目。是爲別本之始。何良俊序稱從敬家藏宋刻。較世所行本多七十餘調。明係依託。自此本行而舊本遂微。於是小令中調長調之分。至牢不可破矣。

詞中調同名異。如木蘭花與玉樓春。唐人已有之。至宋人則多取詞中辭語名篇。強標新目。如賀新郎爲乳燕飛。念奴嬌爲酹江月。水龍吟爲小樓連苑之類。此由文人好奇。爭相巧飾。而於詞之美惡無與焉。又有調異名同者。如浣溪沙、浪淘沙。皆有長調。此或清眞提舉大晟時所改易者。故周集中皆有之。此等詞牌作時須依四聲。不可自改聲韻。緣舍此以外。別無他詞可證也。又如江月晃重山。江城梅花引。四犯翦梅花類。蓋割裂牌名爲之。此法南曲中最多。凡作此等曲。皆一時名手游戲及之。或取聲律之美。或取節拍之和。如巫山十二峯、九迴腸之目。歌時最爲耐聽故也。詞則萬不能造新名。僅可墨守成格。何也。曲之板式。今尚完備。苟能遍歌舊曲。不難自集新聲。詞則拍節既亡。字譜零落。強分高下。等諸面牆。間釋工尺。亦同嚮壁。集曲之法。首嚴腔格。亡佚若斯。萬難整理。此其一也。六宮十一調。所隸諸曲。管色既明。部署亦審。各宮互犯。确有成法。詞則分配宮調。頗有出入。管色高低。萬難懸揣。而欲彙集美名。別創新格。卽非惑世。亦類欺人。此其二也。至於明清作者。輒憙自度腔。幾欲上追白石夢窗。眞是不知妄作。又如許寶善謝淮甕。取古今名調。一一被諸管絃。以南北曲之音拍。強誣古人。更不可爲典要。學者愼勿惑之。

沈伯時樂府指迷云。音律欲其協。不協、則成長短之詩。下字欲其雅。不雅、則近乎纏令之體。用字不可太露。露、則直突而無深長之味。發意不可太高。高、則狂怪而失柔婉之意。此四語爲詞學之指南。各宜深思也。夫協律之道。今不可知。但據古人成作。而勿越其規範。則譜法雖逸。而字格尙存。揆諸按譜之方。亦云彿咩。若夫纏令之體。本于樂府相和之歌。沿至元初。其法已絕。惟董詞所載。猶存此名。清代大成譜。備錄董詞。而於韻合格調。亦未深考。亡佚既久。可以不論。至用字發意。要歸蘊藉。露則意不稱辭。高則辭不達意。二者交譏。非作家之極軌也。故作詞能以淸眞爲歸。斯用字造意。皆有法度矣。

詠物之作。最要在寄托。所謂寄托者。蓋借物言志。以抒其忠愛綢繆之旨。三百篇之比興。離騷之香草美人。皆此意也。沈伯時云。詠物須時時提調。覺不分曉。須用一兩件事印證方可。如淸眞詠梨花。水龍吟第三第四句。須用樊川靈關事。又深閉門及一枝帶雨事。覺後段太寬。又用玉容事。方表得梨花。若全篇只說花之白。則是凡白花皆可用。如何見得是梨花。（見樂府指迷）案伯時此說。僅就運典言之。尚非賦物之極則。且其弊必至探索隱僻。滿紙讕言。豈詞家之正法哉。惟有寄托。則辭無泛設。而作者之意。自見諸言外。朝市身世之榮枯。且于是乎覘之焉。如碧山詠蟬齊天樂。宮魂餘恨。點出命意。乍咽涼柯。還移暗葉。慨播遷之苦。西窗三句。傷敵騎暫退。燕安如故。鏡暗妝殘。爲誰嬌鬢尙如許二語。言國土殘破。而修容飾貌。側媚依然。衰世臣主。全無心肝。千古一轍也。銅僊三句。言宗器重寶。均被遷奪。澤不下逮也。病翼二句。更痛哭流涕。大聲疾呼。言海島棲遲。斷不能久也。餘音三句。遺臣孤憤。哀怨難論也。漫想二句。責諸臣苟且偸安。視若全盛也。如此立意。詞境方高。顧通首皆賦蟬。初未逸出題目範園。使直陳時政。又非詞家口吻。其他賦白蓮之水龍吟。賦綠陰之埽花遊。皆有所托。非泛泛詠物也。會得此意。則綠蕪臺城之路。斜陽煙柳之思。感事措辭。自然超卓矣。（碧山此詞。張皋文周止庵輩。皆有論議。余本端木子疇說詮釋之較爲塙切。他如白石暗香疏影二首。亦寄時事。惟語意隱晦。僅江國正寂寂。嘆寄與路遙。夜雪初積數語。略明顯耳。故不具論。）

沈伯時云。前輩好詞甚多。往往不協律腔。所以無人唱和。秦樓楚館之詞。多是教坊樂工及鬧井做賺人所作。只緣音律不差。故多唱之。求其下語用字。全不可讀。甚至詠月卻說雨。詠春卻說涼。（樂府指迷）余案此論出於宋末。已有不協腔律之詞。何況去伯時數百年。詞學衰熄如今日乎。紫霞論詞。頗嚴協律。然協律之法。初未明示也。近二十年中。如漚尹夔笙輩。輒取宋人舊作。校定四聲。通體不改易一音。如長亭怨依白石四聲。瑞龍吟依清真四聲。鶯啼序依夢窗四聲。蓋聲律之法無存。製譜之道難索。萬不得已。寧守定宋詞舊式。不致僨越規矩。顧其法益密而其境益苦矣。（余案守四聲之法。實始于蔣鹿潭。其水雲樓詞如霓裳中序第一、壽樓春等。皆謹守白石梅溪定格。已開朱況之先路矣。）余謂小詞如點絳唇、卜算子類。凡在六十字下者。四聲儘可不拘。一則古人成作。彼此不符。二則南曲引子。多用小令。上去出入。亦可通融，固無須斤斤于此。若夫長調。則宋時諸家。往往遵守。吾人操管。自當墒從。雖難付管絃。而典型具在。亦告朔餼羊之意。由此言之。明人之自度腔。實不知妄作。吾更不屑辯焉。

楊守齋作詞五要。第四云。要隨律押韻。如越調水龍吟。商調二郎神。皆用平入聲韻。古詞俱押去聲。所以轉摺怪異。成不祥之音。昧律者反稱賞之。眞可解頤而啓齒也。守齋名纘。周草窗蘋洲漁笛譜中所稱紫霞翁者卽是。嘗與草窗論五凡工尺義理之妙。未按管色。早知其誤。草窗之詞。皆就而訂正之。玉田亦稱其持律甚嚴。一字不苟作。觀其所論可見矣。戈順卿又從其言推廣之。於學詞者頗多獲益。其言曰。詞之用韻平仄兩途。而有可以押平韻。又可以押仄韻者。正自不少。其所謂仄。乃入聲也。如越調又有霜天曉角、慶春宮。商調又有憶秦娥。其餘則雙調之慶佳節。高平調之江城子。中呂宮之柳梢青。仙呂宮之望梅花、聲聲慢。大石調之看花回、兩同心。小石調之南歌子。用仄韻者。皆宜入聲。滿江紅有入南呂宮者。有仙呂宮者。入南呂宮者。卽白石所改平韻之體。而要其本用入聲。故可改也。外此又有用仄韻。而必須入聲者。則如越調之丹鳳吟、大酺。越調犯正宮之蘭陵王。商調之鳳凰閣、三部樂、霓裳中序第一、應天長慢、西湖月、解連環。黃鍾宮之侍香金童、曲江秋。黃鍾商之琵琶仙。雙調之雨霖鈴。仙呂宮之好事近、蕙蘭芳引、六么令、暗香、疏影。仙呂犯商調之淒涼犯。正平調之淡黃柳。無射宮之惜紅衣。中呂宮之尾犯。中呂商之白苧。夾鍾羽之玉京秋。林鍾商之一寸金。南呂商之浪淘沙慢。此皆宜用入聲韻者。勿概之曰仄。而用上去也。其用上去之調。自是通協。而亦稍有差別。如黃鍾商之秋宵吟。林鍾商之清商怨。無射商之魚遊春水。宜單押上聲。仙呂調之玉樓春。中呂調之菊花新。雙調之翠樓吟。宜單押去聲。復有一調中必須押上。必須押去之處。有起韻結韻。宜皆押上。宜皆押去之處。不能一一臚列。（詞林正韻發凡）順卿此論。可云發前人所未發。應與紫霞翁之言相發明。作者細加考覈。隨律押韻。更隨調擇韻。則無轉摺怪異之病矣。

擇題最難。作者當先作詞。然後作題。除詠物、贈送、登覽外。必須一一細討。而以妍雅出之。又不可用四六語。（間用偶語亦不妨）要字字秀冶。別具神韻方妙。至如有感、即事、漫興、早春、初夏、新秋、初冬等類。皆選家改易舊題。別標一二字爲識。非原本如是也。草堂詩餘諸題。皆坊人改易。切不可從。學者作題。應從石帚草窗。石帚題如鷓鴣天。予與張平甫自南昌同遊云云。浣溪紗。予女須家沔之山陽云云。

霓裳中序第一。丙午歲留長沙云云。慶春宮。紹熙辛亥除夕予別石湖云云。齊天樂。丙辰歲與張功甫會飲張達可之堂云云。一萼紅。丙午人日予客長沙別駕之觀政堂云云。念奴嬌。予客武陵。湖北憲治在焉云云。草窗題。如渡江雲。丁卯歲未除三日云云。采綠吟。甲子夏。霞翁會吟社諸友云云。曲遊春。禁煙湖上薄遊云云。長亭怨。歲丙午丁未。先君子監州太末云云。瑞鶴仙。寄閒結吟臺云云。齊天樂。丁卯七月既望云云。乳燕飛。辛未首夏以書舫載客云云。敘事寫景。俱極生動。而語語研鍊。如讀水經注。如讀柳州遊記。方是妙題。且又得詞中之意。撫時感事。如與古人晤對。（淸眞夢窗。詞題至簡。平生事實。無從討索。亦詞家憾事。）而平生行誼。卽可由此考見焉。若通本皆書感、漫興。成何題目。

意之曲者詞貴直。事之順者語宜逆。此詞家一定之理。千古佳詞。要在使人可解。嘗有意極精深。詞涉隱晦。翻釋數過。而不得其意之所在者。此等詞在作者固有深意。然不能日叩玄亭。問此盈篇奇字也。近人喜學夢窗。往往不得其精。而語意反覺晦澀。此病甚多。學者宜留意。

第二章　論平仄四聲

平仄一道。童孺亦知之。惟四聲略難。陰陽聲則尤難耳。詞之爲道。本合長短句而成。一切平仄。宜各依本調成式。五季兩宋。創造各調。定其深心。蓋宮調管色之高下。雖立定程。而字音之開齊撮合。別有妙用。倘宜平而仄。或宜仄而平。非特不協于歌喉。抑且不成爲句讀。昔人製腔造譜。八音克諧。今雖音理失傳。而字格具在。學者但宜依仿舊作。字字恪遵。庶不失此中矩矱。凡古人成作。讀之格格不上口。拗澀不順者。皆音律最妙處。張綖詩餘圖譜。遇拗句即改爲順適。無怪爲紅友所譏也。拗調澀體。多見淸眞、夢窗、白石三家。淸眞詞如瑞龍吟之歸騎晚。纖纖池塘飛雨。憶舊遊之東風竟日吹露桃。花犯之今年對花太匆匆。夢窗詞如鶯啼序之快展曠眼。傍柳繫馬。西子妝之一箭流光。又趁寒食去。霜花腴之病懷強寬。更移畫船。白石詞如滿江紅之正一望千頃翠瀾。暗香之江國正寂寂。淒凉犯之怕匆匆不肯寄與誤後約。秋宵吟之今夕何夕恨未了。此等句法。平仄拗口。讀且不順。而欲出辭爾雅。本非易易。顧不得輕易改順也。雖然。平仄之道。僅止兩途。而仄有上去入三種。又不可遇仄而概以三聲統塡也。一調之中。可以統用者。十之六七。不可統用者。十之三四。須斟酌穩愜。方能下字無疵。于是四聲之說起矣。蓋一調有一調之風度聲響。若上去互易。則調不振起。便有落腔之弊。黃九煙論曲。有三仄應須分上去。兩平還要辨陰陽之句。填詞何獨不然。如齊天樂有四處必須用去上聲。清眞詞。雲窗靜掩。露囊濤夜照書卷。憑高眺遠。但愁斜照斂。是也。此四句中。如靜掩、眺遠、照斂。萬不可用他聲。故此詞切忌用入韻。雖入可作上。究不相宜。又夢芙蓉。亦有五處必須去上聲。夢窗詞。西風搖步綺。應紅綃翠冷。霜枕正慵起。仙雲深路杳。城影蘸流水。是也。步綺、翠冷、正起、路杳、蘸水。亦萬不可用他聲。此詞亦忌入韻。又眉嫵。亦有三處用去上聲。白石詞。信馬青樓去。翠尊共款。亂紅萬點。是也。中如信馬、共款、萬點。亦不可用他聲。至如蘭陵王之多仄聲字。壽樓春之多平聲字。又當一一遵守。不得混用上去入三聲也。此法在詞中雖至易曉。但所以必要遵守之理。實由發調。余嘗作南曲集賢賓。據舊譜首句云。西風桂子香正幽。用平平去上平去平。歷按各家傳作。如西樓云。愁魔病鬼朝露捐。長生殿云。秋空夜永碧漢清。皆守則誠格式。因戲改四聲作之云。烽煙古道人嬾遊。此嬾字必須落下。而此處卻宜高揭。遂至字頗喉間。方知舊曲中如博山雲鳥雜舌梵。尋常杏花難上頭類。歌時轉捩怪異。拗折嗓子也。因曲及詞。其理本同。清詞名家。惟陳實庵、沈閏生、蔣鹿潭能合四聲。餘皆不合律式。清初諸家。如陳迦陵。納蘭容若。曹溶輩。且不足以語此也。蓋上聲舒徐和軟。其腔低。去聲激厲勁遠。其腔高。相配用之。方能抑揚有致。

大抵兩上兩去。法所當避。陰陽間用。最易動聽。試觀方千里和淸眞詞。於用字去上之間。一守成式。可知古人作詞之嚴矣。

萬紅友云。名詞轉折跌蕩處。多用去聲。此語深得倚聲三昧。蓋三仄之中。入可作平。上界平仄之間。去則獨異。且其聲由低而高。最宜緩唱。凡牌名中應用高音者。皆宜用此。如堯章揚州慢過春風十里。自胡馬窺江去後。漸黃昏淸角吹寒。凡協韻後轉折處皆用去聲。此首最爲明顯。他如長亭怨慢。樹若有情時。望高城不見。第一是早早歸來。算空有幷刀。淡黃柳之看盡鵝黃嫩綠。怕梨花落盡成秋色。其領頭處。無一不用去聲者。無他。以發調故也。此意爲昔人所未發。紅友亦言之不詳。因特著之。

入聲之叶三聲。中原音韻。菉斐軒詞林韻釋。既備列之矣。但入作三聲。僅有七部。支微、魚虞、皆來、蕭豪、歌戈、家麻、尤侯、諸部是也。然此是曲韻。于詞微有不合。就詞韻論。當分八部。以屋、沃、燭爲一部。覺、藥、鐸爲一部。質、櫛、迄、昔、錫、職、德、緝爲一部。術、物爲一部。陌、麥爲一部。沒、曷、末爲一部。月、黠、舝、屑、薛、葉、帖爲一部。合、盍、業、洽、狎、乏爲一部。如此分合。較戈氏詞林正韻爲當矣。其派作三聲處。仍據高安舊例。分隸前列七部之內。則入作三聲。亦一覽而知。詳後論韻篇。此其大較也。惟古人用入聲字。其叶韻處。固不外七部之例。如晏幾道梁州令。莫唱陽關曲。曲字作邱雨切。叶魚虞韻。柳永女冠子。樓臺悄似玉。玉字作于句切。又黃鶯兒。煖律潛催幽谷。谷字作公五切。皆叶魚虞韻。辛棄疾醜奴兒慢。過者一霎。霎字作始鮓切。叶家麻韻。張炎西子妝慢。遙岑寸碧。碧字作邦彼切。叶支微韻。又徵招換頭。京洛。染緇塵。洛字須讀作郎到切。叶蕭豪韻。此與曲韻無所分別。至如句中用入。派作三聲處。則大有不同。大抵詞中入聲協入三聲之理。與南曲略同。不能謹守菉斐所派三聲之例。如歐詞摸魚子。恨人去寂寂。鳳枕孤難宿。寂寂叶精妻切。蘇軾行香子。酒斟時，須滿十分。周邦彥一寸金。便入漁釣樂。十入二字叶繩知切。秦觀望海潮。金谷俊遊。谷叶公五切。又金明池。才子倒玉山休訴。玉叶語居切。姜夔暗香。舊時月色。月叶胡靴切。諸如此類。不可盡數。而按諸菉斐舊律。或有未盡合者。此不得責訂韻者之誤。亦不可責塡詞者之非也。蓋入聲叶韻處。其派入三聲。本有定法。某字作上。某字作平。某字作去。一定不易。僅宗高安菉斐二家。亦可勿畔。至于句中入聲字。嚴在代平。其作上去。本不多見。詞家用仄聲處。本合上去入三聲言之。卽使不作去上。直讀本聲。亦無大礙。故句中入字。叶作三聲。實無定法。既可作平。亦可上去。如用十字。其在平聲格。固必須協繩知切。讀若池音。苟在仄聲格上。則作去可。作本字入聲讀。亦無不可。所謂句中之仄。本上去入三聲統用也。故學者遇入作三聲時。宜注意作平之際者。卽此故也。又詞有必須用入之處。不得易用上去者。如法曲獻仙音首二句。虛閑籠寒。小簾通月。閑月宜入。凄涼犯首句。綠楊巷陌。綠陌宜入。夜飛鵲。斜月遠墮餘輝?兎葵燕麥。月麥宜入。霜葉飛換頭。斷闋經歲慵賦。闋宜入。瑞龍吟。愔愔坊陌人家。侵晨淺約宮黃。吟箋賦筆。陌、約、筆宜入。憶舊遊末句。千山未必無杜鵑。必字宜入。詞中類此頗多。蓋入聲字重濁而斷。詞中與上去間用。有止如槁木之致。今南曲中遇入聲字。皆重讀而作斷腔。最爲美聽。以詞例曲。理本相同。雖譜法亡逸。而程式尙存。故當斷斷謹守之也。戈氏詞韻。于入聲字。分爲五部。雖失之太寬。而分派三聲。仍分列各部之下。眉目旣晰。而所分平上去三聲。亦按圖可索。學者稱便利。且派作三聲者。皆有切音。使人知有限度。不能濫施自便。尤有功于詞學。非淺鮮矣。

第三章 論韻

詞之有韻。所以諧節奏。調起畢也。是以多取同音。弗畔宮律。吐字開閉。畛域綦嚴。古昔作者。嚴於律度。尋聲按譜。不踰分刌。其時詞韻。初無專書。而操觚者出入陰陽。動中竅奧。蓋深知韻理。方詣此境。非可望諸後人也。韻書最初莫如朱希真作應制詞韻十六條。其後張輯釋之。馮取洽增之。至元陶宗儀曾譏其混淆。欲爲更定。而其書久佚。無從揚搉矣。紹興間。刻菉斐軒詞林要韻一册。樊榭曾見之。其論詞絕句。有欲呼南渡諸公起。韻本重雕菉斐軒之句。後果爲江都秦氏刻入詞學全書中。即今通行之本。詞韻之書。此爲最古矣。惟近人皆疑此書爲北曲而設。又有謂元明之季僞託者。今不備論。自是而沈謙之詞韻略。趙鑰之詞韻。李漁之詞韻。胡文煥之文會堂詞韻。許昂霄之詞韻考略。吳烺之學宋齋詞韻。純駁不一。殊難全璧。至戈載詞林正韻出。作者始有所依據。雖其中牴牾之處。或未能免。而近世詞家。皆奉爲令典。信而不疑也。夫塡詞用韻。大氐平聲獨押。上去通押。故凡作詞韻者。俱總合三聲分部。而中又明分平仄。至於入聲。無與平上去統押之理。故入聲須另立部目。不得如曲韻之例。分配三聲以外。不再專立韻目。如中原音韻。中州全韻諸書也。

今先論諸韻收聲字音。不轉收別韻。并不受別韻轉收者。支時、家麻、歌羅是也。轉收別韻。不受別韻轉收者。皆來轉齊、微。蕭、豪轉魚、模。幽、尤轉魚、模是也。不轉收別韻。但受別韻轉收者。齊、微受皆、來轉。魚、模受蕭、豪轉是也。收鼻音者。東同、江陽、庚亭三韻是也。收閉口音者。侵尋、監咸、纖廉三韻是也。收音時舌齶相抵。而略似鼻音者。眞文、寒山、先田三韻是也。韻之與音。其關係如此。昔人謂皆來收齊微處。音如衣。蕭豪收魚模處。音如烏。東同收鼻音處。音如翁。江陽、庚亭二韻收鼻音處。又與東同小異。此說最精。惟所論不備。因詳述如右。次論分韻標目。詞韻與曲韻。須知有不同之處。曲中如寒山、桓歡。分爲兩部。家麻、車遮。亦分爲二。詞則通用。不相分別。且四聲缺入聲。而詞則明明有必須用入之調。故曲韻不可用爲詞韻也。至標目則參酌戈載正韻、沈謙韻略二書。並列其目。（韻目用廣韻）

第一部　平一東　二冬　三鍾
上一董　二腫
去一送　二宋　三用

第二部　平四江　十陽　十一唐
上三講　三十六養　三十七蕩

去四絳　四十一漾　四十二宕

第三部

平五支　六脂　七之　八微　十二齊　十五灰

上四紙　五旨　六止　七尾　十一薺　十四賄

去五寘　六至　七志　八未　十二霽　十三祭　十四太半　十八隊　二十廢

第四部

平九魚　十虞　十一模

上八語　九麌　十姥

去九御　十遇　十一暮

第五部

平十三佳半　十四皆　十六咍

上十二蟹　十三駭　十五海

去十四太半　十五卦半　十六怪　十七夬　十九代

第六部

平十七眞　十八諄　十九臻　二十文　二十一欣　二十三魂　二十四痕

上十六軫　十七準　十八吻　十九隱　二十一混　二十二很

去二十一震　二十二稕　二十三問　二十四焮　二十六慁　二十七恨

第七部

平二十二元　二十五寒　二十六桓　二十七刪　二十八山　一先　二仙

上二十阮　二十三旱　二十四緩　二十五潸　二十六產　二十七銑　二十八獮

去二十五願　二十八翰　二十九換　三十諫　三十一襇　三十二霰　三十三線

第八部

平三蕭　四宵　五肴　六豪

上二十九篠　三十小　三十一巧　三十二皓

去三十四嘯　三十五笑　三十六效　三十七號

第九部

平七歌　八戈

上三十三哿　三十四果

去三十八箇　三十九過

第十部　平十三佳半　九麻
上三十五馬
去十五卦半　四十禡

第十一部　平十二庚　十三耕　十四清　十五靑　十六蒸　十七登
上三十八梗　三十九耿　四十靜　四十一迥　四十二拯　四十三等
去四十三映　四十四諍　四十五勁　四十六徑　四十七證　四十八嶝

第十二部　平十八尤　十九侯　二十幽
上四十四有　四十五厚　四十六黝
去四十九宥　五十候　五十一幼

第十三部　平二十一侵
上四十七寑
去五十二沁

第十四部　平二十二覃　二十三談　二十四鹽　二十五添　二十六咸　二十七銜
二十八嚴　二十九凡
上四十八感　四十九敢　五十琰　五十一忝　五十二儼　五十三豏　五十
四檻　五十五范
去五十三勘　五十四闞　五十五豔　五十六㮇　五十七釅　五十八陷
五十九鑑　六十梵

第十五部　入一屋　二沃　三燭

第十六部　四覺　十八藥　十九鐸

第十七部　五質　七櫛　九迄　二十二昔　二十三錫　二十四職　二十五德　二十六
緝

第十八部　六術　八物

第十九部　二十陌　二十一麥

第二十部　十一沒　十二曷　十三末

第二十一部　十月　十四黠　十五鎋　十六屑　十七薛　二十九葉　三十帖

第二十二部　二十七合　二十八盍　三十一洽　三十二狎　三十三業　三十四乏

右韻二十二部。不守高安舊例。大氐仍用戈氏分部。而入聲則分八部。蓋術物二韻與平上去之魚模語遇等。未便與質櫛等同列。陌麥又隸屬於皆來。沒曷末亦屬於歌羅。故陌、麥不能與昔、櫛同叶。沒、曷、末不能與黠、屑同叶。戈氏合之。未免過寬。余故重爲訂覈焉。

夫詞中叶韻。惟上去通用。平入二聲。絕不相混。有必用平韻者。有必用入韻者。菉斐無入。故疑爲曲韻。沈去矜、李笠翁輩。分列入韻。妄以鄉音分析。尤爲不經。且以二字標目。實襲曲韻之舊。夫曲韻之以二字標目。蓋一陰一陽也。今沈韻中之屋、沃。李韻中之支、紙、寘。圍、委、未。奇、起、氣。此何理也。高安所列東、鍾。支、思等目。後人且有議之者矣。今不用廣韻舊目。任取韻中一二字標題。而又不盡合陰陽之理。好奇炫異。又何爲也。當戈韻未出以前。詞家奉爲金科玉律者。莫如吳烺程名世等所著之學宋齋詞韻。是書以學宋爲名。宜其是矣。乃所學者。皆宋人誤處。眞、諄、臻、文、欣、魂、痕、庚、耕、清、青、蒸、登、侵。皆同用。元、寒、桓、删、山、先、仙、覃、談、監、沾、嚴、咸、銜、凡。又皆拌用。入聲則術、物、入質、櫛韻。合、盍、洽、乏、入月、屑、韻。此皆濫通無緒。不可爲法。且字數太略。音切又無。分合半通之韻。則臆斷之。去上兩見之字。則偏收之。種種疏繆。不可殫述。貽誤後學。莫此爲甚。遠不及戈韻多矣。余故仍守戈氏之例。而於入聲則較嚴云。

韻有開口閉口之分。第二部之江陽。第七部之元寒。此開口音也。第十三部之侵。第十四部之覃談。此閉口音也。最爲顯露。作者不致淆亂。所易混者。第六部之眞、諄。第十一部之庚、耕。第十三部之侵。卽宋詞中亦有牽連混合者。張玉田山中白雲詞。至多此病。如瑣窗寒之亂雨敲春。摸魚子之淒高露飲。鳳凰台上憶吹簫之水國浮家。滿庭芳之晴卷霜花。憶舊遊之問蓬萊何處。皆混合不分。於是學者謂名手如玉田。猶不斷斷於此。不妨通融統叶。以寬韻脚。不知此三韻本非窄韻。卽就本韻選字。已有餘裕。何必強學古人誤處。且爲之文過飾非也。卽以詩論。此三韻亦無通押之理。何況拘守音律之長短句哉。其他第七部。與第十四部韻。詞中亦有通假者。此皆不明開閉口之道。而復自以爲是。避難就易也。

第四章　論音律

音者何。宮、商、角、徵、羽、變宮、變徵七音也。律者何。黃鍾、大呂、太簇、夾鍾、姑洗、中呂、蕤賓、林鍾、夷則、南呂、無射、應鍾之十二律也。以七音乘十二律。則得八十四音。此八十四音。不名曰音。別名曰宮調。何謂宮調。以宮音乘十二律名曰宮。以商、角、徵、羽、變宮、變徵、乘十二律。名曰調。故宮有十二。調有七十二。表之如下。

（一）（十二宮表）

	（正名）	（俗名）
宮乘黃鍾	黃鍾宮	正黃鍾宮
宮乘大呂	大呂宮	高宮
宮乘太簇	太簇宮	中管高宮

宫乘夾鍾	夾鍾宫	中呂宫
宫乘姑洗	姑洗宫	中管中呂宫
宫乘中呂	中呂宫	道宫
宫乘蕤賓	蕤賓宫	中管道宫
宫乘林鍾	林鍾宫	南呂宫
宫乘夷則	夷則宫	仙呂宫
宫乘南呂	南呂宫	中管仙呂宫
宫乘無射	無射宫	黄鍾宫
宫乘應鍾	應鍾宫	中管黄鍾宫

(二)(十二商表)	(正名)	(俗名)
商乘黄鍾	黄鍾商	大石調
商乘大呂	大呂商	高大石調

商乘太簇	太簇商	中管高大石調
商乘夾鍾	夾鍾商	雙調
商乘姑洗	姑洗商	中管雙調
商乘中呂	中呂商	小石調
商乘蕤賓	蕤賓商	中管小石調
商乘林鍾	林鍾商	歇指調
商乘夷則	夷則商	商調
商乘南呂	南呂商	中管商調
商乘無射	無射商	越調
商乘應鍾	應鍾商	中管越調

（三）（十二角表）

	（正名）	（俗名）
角乘黃鍾	黃鍾角	正黃鍾宮角

角乘大呂	大呂角	高宮角
角乘太簇	太簇角	中管高宮角
角乘夾鍾	夾鍾角	中呂正角
角乘姑洗	姑洗角	中管中呂角
角乘中呂	中呂角	道宮角
角乘蕤賓	蕤賓角	中管道宮角
角乘林鍾	林鍾角	南呂角
角乘夷則	夷則角	仙呂角
角乘南呂	南呂角	中管仙呂角
角乘無射	無射角	黃鍾角
角乘應鍾	應鍾角	中管黃鍾角

（四）（十二變徵表）　（正名）　（俗名）

變徵乘黃鍾	黃鍾變徵	正黃鍾宮變徵
變徵乘大呂	大呂變徵	高宮變徵
變徵乘太簇	太簇變徵	中管高宮變徵
變徵乘夾鍾	夾鍾變徵	中呂變徵
變徵乘姑洗	姑洗變徵	中管中呂變徵
變徵乘中呂	中呂變徵	道宮變徵
變徵乘蕤賓	蕤賓變徵	中管道宮變徵
變徵乘林鍾	林鍾變徵	南呂變徵
變徵乘夷則	夷則變徵	仙呂變徵
變徵乘南呂	南呂變徵	中管仙呂變徵
變徵乘無射	無射變徵	黃鍾變徵
變徵乘應鍾	應鍾變徵	中管黃鍾變徵

(五)(十二徵表)

	(正名)	(俗名)
徵乘黃鍾	黃鍾徵	正黃鍾宮正徵
徵乘大呂	大呂徵	高宮正徵
徵乘太簇	太簇徵	中管高宮正徵
徵乘夾鍾	夾鍾徵	中呂正徵
徵乘姑洗	姑洗徵	中管中呂正徵
徵乘中呂	中呂徵	道宮正徵
徵乘蕤賓	蕤賓徵	中管道宮正徵
徵乘林鍾	林鍾徵	南呂正徵
徵乘夷則	夷則徵	仙呂正徵
徵乘南呂	南呂徵	中管仙呂正徵
徵乘無射	無射徵	黃鍾正徵

徵乘應鍾	應鍾徵	中管黃鍾正徵

（六）（十二羽表）

	（正名）	（俗名）
羽乘黃鍾	黃鍾羽	般涉調
羽乘大呂	大呂羽	高般涉調
羽乘太簇	太簇羽	中管高般涉調
羽乘夾鍾	夾鍾羽	中呂調
羽乘姑洗	姑洗羽	中管中呂調
羽乘中呂	中呂羽	正平調
羽乘蕤賓	蕤賓羽	中管正平調
羽乘林鍾	林鍾羽	高平調
羽乘夷則	夷則羽	仙呂調
羽乘南呂	南呂羽	中管仙呂調

羽乘無射	無射羽	羽調
羽乘應鍾	應鍾羽	中管羽調

（七）（十二變宮表）

	（正名）	（俗名）
變宮乘黃鍾	黃鍾變宮	大石角
變宮乘大呂	大呂變宮	高大石角
變宮乘太簇	太簇變宮	中管高大石角
變宮乘夾鍾	夾鍾變宮	雙角
變宮乘姑洗	姑洗變宮	中管雙角
變宮乘中呂	中呂變宮	小石角
變宮乘蕤賓	蕤賓變宮	中管小石角
變宮乘林鍾	林鍾變宮	歇指角
變宮乘夷則	夷則變宮	商角

變宮乘南呂	南呂變宮	中管商角
變宮乘無射	無射變宮	越角
變宮乘應鍾	應鍾變宮	中越管角

右八十四宮調。第一表爲宮。二、三、四、五、六、七表爲調。此但論律之排列。未及音之高下分配也。各宮調各有管色。各宮調各有殺聲。何謂管色。即今西樂中CDEFGAB七調。所以限定樂器用調之高下也。何爲殺聲。每牌必隸屬一宮或一調。而此宮調之起聲與結聲。又各有一定。此一定之聲。即所謂殺聲也。即以黃鍾宮論。黃鍾管色用六字。黃鍾宮之各牌起結聲。爲合字或六字。故黃鍾宮下各牌如侍香金童、傳言玉女、絳都春諸詞。皆用六字管色。而以合字或六字爲諸牌之起結聲。八十四宮調。各有管色及殺聲。因總列十二表如下。

（一）黃鍾（管色用「合」或「六」）

宮……正黃鍾宮用（合）字殺
商……大石調用（四）字殺
角……正黃鍾宮角用（一）字殺
變徵……正黃鍾宮變徵用（勾）字殺
徵……正黃鍾宮正徵用（尺）字殺
羽……般涉調用（工）字殺
變宮……大石角用（凡）字殺

（二）大呂（管色用「下四」或「下五」）

宮……高宮用（下四）殺
商……高大石調用（下一）字殺
角……高宮角用（上）字殺
變徵……高宮變徵用（尺）字殺
徵……高宮正徵用（下工）殺
羽……高般涉調用（下凡）字殺
變宮……高大石角用（合）字殺

（三）太簇（管色用「四」或「五」）

宮……中管高宮用（四）字殺
商……中管高大石調用（一）字殺
角……中管高宮角用（勾）字殺
變徵……中管高宮變徵用（下工）字殺
徵……中管高宮正徵用（工）字殺
羽……中管高般涉調用（凡）字殺
變宮……中管高大石角用（下四）字殺

（四）夾鍾（管色用「下一」或「高五」）

宮……中呂宮用（下一）字殺
商……雙調用（上）字殺
角……中呂正角用（尺）字殺
變徵……中呂變徵用（工）字殺
徵……中呂正徵用（下凡）字殺
羽……中呂調用（合）字殺
變宮……雙角用（四）字殺

（五）姑洗（管色用「一」）……
- 宮……中管中呂宮用（一）字殺
- 商……中管雙調用（勾）字殺
- 角……中管中呂角用（下工）字殺
- 變徵……中管中呂變徵用（下凡）字殺
- 徵……中管中呂正徵用（凡）字殺
- 羽……中管中呂調用（下四）字殺
- 變宮……中管雙角用（下一）字殺

（六）中呂（管色用「上」）……
- 宮……道宮用（上）字殺
- 商……小石調用（尺）字殺
- 角……道宮角用（工）字殺
- 變徵……道宮變徵用（凡）字殺
- 徵……道宮正徵用（合）字殺
- 羽……正平調用（四）字殺
- 變宮……小石角用（一）字殺

（七）蕤賓（管色用「勾」）

- 宮……中管道宮用（勾）字殺
- 商……中管小石調用（下工）字殺
- 角……中管道宮角用（下凡）字殺
- 變徵……中管道宮變徵用（合）字殺
- 徵……中管道宮正徵用（下四）字殺
- 羽……中管正平調用（下一）字殺
- 變宮……中管小石角用（上）字殺

（八）林鍾（管色用「尺」）

- 宮……南呂宮用（尺）字殺
- 商……歇指調用（工）字殺
- 角……南呂角用（凡）字殺
- 變徵……南呂變徵用（下四）字殺
- 徵……南呂正徵用（四）字殺
- 羽……高平調用（一）字殺
- 變宮……歇指角用（勾）字殺

（九）夷則（管色用「下工」）……

宮……仙呂宮用（下工）字殺
商……商調用（下凡）字殺
角……仙呂角用（合）字殺
變徵……仙呂變徵用（四）字殺
徵……仙呂正徵用（下一）字殺
羽……仙呂調用（上）字殺
變宮……商角用（尺）字殺

（十）南呂（管色用「工」）……

宮……中管仙呂宮用（工）字殺
商……中管商調用（凡）字殺
角……中管仙呂角用（下四）字殺
變徵……中管仙呂變徵用（下一）字殺
徵……中管仙呂正徵用（一）字殺
羽……中管仙呂調用（勾）字殺
變宮……中管商角用（下工）字殺

（十一）無射（管色用「下凡」）……

宮……黃鍾宮用（下凡）字殺
商……越調用（合）字殺
角……黃鍾角用（四）字殺
變徵……黃鍾變徵用（一）字殺
徵……黃鍾正徵用（上）字殺
羽……羽調用（尺）字殺
變宮……越角用（工）字殺

（十二）應鍾（管色用「凡」）……

宮……中管黃鍾宮用（凡）字殺
商……中管越調用（下四）字殺
角……中管黃鍾角用（下一）字殺
變徵……中管黃鍾變徵用（上）字殺
徵……中管黃鍾正徵用（勾）字殺
羽……中管羽調用（下工）字殺
變宮……中管越角用（下凡）字殺

右八十四宮調。管色、殺聲。一一備列。但能知某牌之屬何宮調。即可知某牌用何管色。用何起結。其事極簡。而探索極易。然而明清以來。何以不明此理乎。曰管色殺聲諸譜字。備載詞源。而玉田所書諸譜。皆爲宋代俗樂之字。年代久遠。樂工不能識。文人能歌者少。且妄加考訂。而其理愈晦。且書經數刻。歌譜各字。漸次失眞。於是毫釐千里。不可究詰矣。因取古今雅俗樂府字。列一對照表。又以中西律音。作一對照表。再取白石旁譜。以證管色、殺聲之理。則前十二表可豁然云。

古今雅俗樂譜字對照

古雅	古俗	今俗
黃	△	合
大	㋮	下四
太	マ	四
夾	㊀	下一
姑	一	一
中	厶或ㄅ	上
蕤	ㄥ	勾
林	人	尺
夷	⑦	下工
南	フ	工
無	⑪	下凡
應	𠃌	凡
清黃	久	六
清大	⑨	下五
清太	ヲ	五
清夾	㝵	臺

右表即據詞源排次。而舊刻多誤。於夾鍾本律。當以「下一」配之。詞源譌作「一上」。下五爲大呂

清聲。應加一〇。五字爲太簇清聲。不當加〇。而詞源互譌。高五即（丂）。當加小畫。以別於五。而詞源亦加以〇，於是知音者皆懷疑矣。勾字音義。今人度曲。皆不能識。方成培詞麈疑爲高上。亦未合。獨凌廷堪燕樂考原。引韓邦奇之言。始發明勾卽下尺之義。近人遵信之。而宋詞譜無窒礙矣。（宋樂俗譜。低音加〇。高音加一。前代樂音皆低。故高音部字少見。）茲復列中西律表於下。

中西律音對照表

中律名	黃鍾	大呂	太簇	夾鍾	姑洗	中呂	蕤賓	林鍾	夷則	南呂	無射	應鍾
西律名	C	#b CD	D	#b DE	E	F	#b FG	G	#b GA	A	#b AB	B
中音名	宮		商		角	變徵		徵		羽		變宮
普通音名	1		2		3	4		5		6		7
俗音名	上		尺		工	凡		六		五		乙

右表自明。要知中西古今同此七音。是以理無二致。可以理測也。今再就白石旁譜。考其管色起結。即知詞源列八十四調之理。今詞譜雖亡。而概想遺音。亦可略爲推求焉。

白石自製曲揚州慢、長亭怨慢二詞。皆注中呂宮。按中呂宮管色用下一或高五。即今俗樂之一字調。或正工調也。起結兩聲。亦當用下一或高五。今揚州慢「少駐初程。」「都在空城。」「知爲誰生」三句。末字旁譜皆作「の。」此蓋「一」字之聲。加上底拍耳。初程之程。爲起聲。城生二韻爲結聲。其理顯然也。長亭怨之「綠深門戶。」「青青如此。」「離愁千縷。」雖底拍不盡同。而住聲於「一」字則同也。暗香、疏影二詞。注仙呂宮。管色爲工字。即今樂之小工調也。殺聲亦作工字。起結二聲。亦當用工字。白石二詞中。「梅邊吹笛。」「香冷入瑤席。」「幾時見得。」旁譜於末字皆作「ゐ。」此蓋用工字結聲而加拍也。按諸律度。無不脗合。疏影詞亦同。惟「小窗橫幅。」旁譜於幅字上作「の。」此蓋形近之誤。惜紅衣爲無射宮。俗名黃鍾宮。管色用下凡。即今樂之凡字調也。起結聲同。姜詞「睡餘無力。」「西風消息。」「三十六陂秋色」三韻。譜聲「あ。」此蓋用凡字結聲而加拍也。按諸律度。亦全脗合。其他各詞。無一不同前義。是可知管色起結。各宮調自有一定。知音者無不遵守之。白石於新曲作譜。如此謹嚴。則舊調從可知矣。

兩宋諸詞宮調可考者。如清眞、屯田。皆注各牌之下。夢窗亦然。其譜雖亡佚。而宮調格式仍在。就其起結聲之高下。而分配平仄陰陽。便是合律之作。大抵聲音之高下。以工字爲標準。工字以上聲爲高音。工字以下聲爲低音。（此約略言之。勿過拘泥。）高者宜陰字。低者宜陽字。此大較也。惟八十四調中。非每調各有曲子。據詞源所列。止七宮十二調有曲耳。七宮者。黃鍾宮、仙呂宮、正宮、高宮、南呂宮、中呂宮、道宮也。十二調者。大石調、小石調、般涉調、歇指調、越調、仙呂調、中呂調、正平調、高平調、雙調、黃鍾羽調、商調也。蓋八十四調者。音律之次第也。七宮十二調者。音律之應用也。此意不可不知。

第五章　作法

作詞之法。論其間架構造。卻不甚難。至於擷芳佩實。自成一家。則有非言語可以形容者。所謂能與人規矩。不能使人巧也。有一成不變之律。無一定不易之文。南宋時修內司所刊樂府混成集。巨帙百餘。

周草窗齊東野語。稱其古今歌詞之譜。靡不備具。而有譜無詞者。實居其半。當時詞家。但就已定之譜。爲之調高下。定句讀。叶四聲。而實之以俊語。故白石集中。自度腔皆有字譜。其他則否。非不知舊詞之譜也。蓋是時通行諸譜。完全無缺。作者按譜以下字。字範于音。音統于律。正不必瑣瑣繕錄也。(此意余別有考訂。今省。)是以在宋時。多有譜而無詞。至今則有詞而無譜。惟無譜可稽。斯論律之書愈多矣。要皆扣槃捫燭也。余撰此篇。亦匠氏之規矩耳。律可合。而音不可求。余亦無如何焉。

(一)結構　詞之爲調。有八百四十餘。其體則二千三百有餘。(據欽定詞譜)學者就萬氏詞律。按律諧聲。不背古人之成法。亦可無誤。惟律是成式。文無成式也。于是不得不論結構矣。全詞共有幾句。應將意思配置妥貼後。然後運筆。凡題意寬大。宜抒寫胸襟者。當用長調。而長調中尤以蘇辛雄放之作爲宜。若題意纖仄。模山範水者。當用小令或中調。惟境有悲歡。詞亦有哀樂。大抵商調、南呂諸詞。皆近悲怨。正宮、高宮之詞。皆宜雄大。越調冷雋。小石風流。各視題旨之若何。以爲擇調張本。若視嘏用壽樓春。爲毫釐千里之謬。(壽樓春爲悼亡)此擇調之大略也。至每調謀篇之法。又各就詞之長短以爲衡。短令宜蘊藉含蓄。令人得言外之意。方爲合格。如李後主詞。別有一般滋味在心頭。不說出苦字。

溫飛卿詞。楊柳又如絲。驛橋春雨時。不說出別字。皆是小令作法。長調則布置須周密。有先將題面說過。至下疊方發議論者。如王介甫桂枝香金陵懷古。有直賦一物。寄寓感喟者。如東坡水龍吟楊花。而憑高念舊。悵觸無端。又復用意明晰。措詞嫻雅者。莫如草窗長亭怨懷舊詞云。

記千竹萬荷深處。綠淨池臺。翠涼亭宇。醉墨題香。閒簫橫玉盡吟趣。勝流星聚。知幾誦燕臺句。零落碧雲空。歎轉眼歲華如許。　凝佇。望涓涓一水。夢到隔花窗戶。十年舊事。儘消得庾郎愁賦。燕樓鶴表半飄零。算惟有盟鷗堪語。漫倚偏河橋。一片涼雲吹雨。

蓋草窗之父曾爲衢州倅官。時刺史爲楊泳齋。(按即草窗之外舅。)別駕爲牟存齋。鄭博士爲洪恕齋。一時名流星聚。倅衙在龜阜。有堂曰嘯詠。爲琴尊觴詠之地。是時草窗尙少。及後數十年。再過是地。則水逝雲飛。無人識令威矣。詞中千竹萬荷。指嘯詠堂也。醉墨題香。勝流星聚。指一時霽屐也。隔花窗戶。燕樓飄零。指目前景物也。漫倚河橋。涼雲吹雨。是直抒葵麥之感矣。此等詞結構布局。最是勻稱。可以爲法。(宋詞佳構。浩如煙海。安得一一引入。僅舉一例。以俟隅反。)

(二)字義　我國文字。往往有一字兩三音。而解釋殊者。詞家當深明此義。如蕭索之索。當叶速。索取之索。當叶嗇。數目之數當叶素。頻數之數當叶朔。睡覺之覺當去聲。知覺之覺當入聲。其他專名如嫪毒、僕射、龜茲等。尤宜留意。作詞者一或不慎。動輒得咎。詞爲聲律之文。苟失黏錯誤。使無意致。草窗玉漏遲。題吳夢窗霜花腴詞集首云。老來歡意少。又云。與君共是承平年少。兩用少字。非複韻也。蓋多少之少是上聲。老少之少是去聲。本係兩字。儘可同叶。又如些字。一入麻韻。一入箇韻。蓋些兒之些爲平。楚些之些爲仄也。因略舉數則。

屈信 申　信義 迅　造作 早　造就 糙　矛盾 紹　甲盾 遁　窒塞 色

邊塞 賽　馮婦 逢　馮河 平　女紅 工　紅紫 洪　戕害 牂　戕牁 臧

諸如此類。不勝其多。學者平時誦習。一加考核。則音讀既正。自無誤用矣。

（三）句法　積字成句。叶以平仄。此塡詞者盡人知之也。但句法之異。須在作者研討。一調有一定之平仄。而句法亦有成規。若亂次以濟。未有不舛謬者。今自一字句至七字句止。逐句覈訂如左。

（一）一字句　此種甚少。惟十六字令首句有之。其他皆用作領字。而實未斷句者。（領不外正甚怎奈漸又料怕是證想等數字。用平聲者不多。）

（二）二字句　此種大概用于換頭首句。其聲「平仄」者最多。又或用于句中暗韻處。用在換頭者。如王沂孫無悶云。清致。悄無似。周邦彥瑣窗寒云。遲暮。嬉遊處。此用平仄者。又如東坡滿庭芳。無何。何處是。張炎渡江雲。愁余。荒洲古溆。此用平平者。用在暗韻者。如木蘭花慢夢窗壽秋壑云。金絨。錦韉賜馬。蘭宮。繫書翠羽。此用平平者。又如白石惜紅衣云。故國。渺天北。是用仄仄者。二字句法。不外此數例矣。

（三）三字句　通常以仄平平爲多。如多麗之晚山青是也。他如平平仄者。如萬年歡之仁恩被。封人祝是。仄平仄者。如平滿江紅之奠淮右。平平平者。如壽樓春之今無裳皆是。若「仄仄平、」「仄仄仄」類。大半是領頭句矣。

（四）四字句　「平平仄仄。」「仄仄平平。」固四字句普通句法。無須徵引古詞。然如水龍吟末句。辛稼軒云。「揾英雄淚。」蘇東坡云。「是離人淚。」是上一下三句法也。又如楊无咎曲江秋云。銀漢墜懷。秦少游望海潮云。金谷優遊。是平仄仄平也。

（五）五字句　按此亦祇有「上二下三。」與「上一下四」兩種。「平平平仄仄。」「仄仄仄平平。」「仄仄平平平仄。」「平平仄仄平。」此四種皆上二下三句法也。若如燕歸梁云。「記一笑千金。」是上一下四也。惟壽樓春「裁春衣尋芳。」用五平聲字。則殊不多耳。

（六）六字句　此有二種。一爲普通用于雙句對下。一爲折腰句。如清平樂之下疊。風入松之末二句。則詞中不經見者。平仄無定。

（七）七字句　此亦有二種。一爲「上四下三。」如詩一句者。如鷓鴣天。小窗愁黛淡秋山。玉樓春。棹沉雲去情千里之類。一爲「上三下四」者。若唐多令。燕辭歸客尚淹留。洞仙歌。金波淡玉繩低轉之類。平仄無定。作時須留意。

以上七格。詞中句法略備矣。至八字句。如金縷曲。枉教人夢斷瑤台月。九字句。如江城子。錦帽貂裘千騎卷平岡類。實皆合「三五」「四五」成句耳。句至七字。諸體全矣。蓋歌之節奏。全視句法之何若。今南曲板式。即爲限定句法而設。故曰樂句。曲與詞固是一例。詞譜雖亡。而句法未改。守定成式。自無偭規越矩之誚。至就文律言之。則出句宜雅艷。忌枯瘁。宜芳潤。不宜噍殺。意常、則造語貴新。語常、則倒換須奇。一調之中。句句琢鍊。語語自然。積以成章。自無疵病矣。

(四)結聲字　結聲者。詞中第一韻與兩疊結韻處也。第一韻謂之起調。兩結韻謂之畢曲。此三處下韻。其音須相等。(說見前章。)近人作詞。往往就古人成作。守定四聲。通體不易一音。其用力良苦。然煞聲字不合之弊。則無之矣。此端昉于蔣鹿潭。近則朱況。皆斤斤于此。一字不少假借。夔笙更欲調以清濁。分訂八音。守律愈細。而塡詞如處桎梏。分毫不能自由矣。

(五)雜述　古今詩話。汗牛充棟。詞話則頗罕。然如玉田詞源。輔之詞旨。宋元時已有專書。而周公謹浩然齋雅談末卷。吳曾能改齋漫錄十六十七兩卷。亦皆詞話之類也。至淸則如劉公勇之七頌堂詞繹。王阮亭之花草蒙拾。鄒程村之遠志齋詞衷等書。亦皆有價值者。(古今詞話一書散見詞綜。無單行者。)而周氏詞辨。又有獨到語。概足爲學者取法也。

詞以自然爲宗。但自然不從追琢中來。便率易無味。此彭金粟語。最是中肯。又云。用古人之事。則取其新僻。而去其陳因。用古人之語。則取其淸雋。而去其不實。用古人之字。則取其輕麗。而去其淺俗。近人好用僻典。頗覺晦澀。乃歎范贊之記雲仙。陶穀之錄淸異。稍資談柄。不是仙才。

吳子律云。詞患堆積。堆積近縟。縟則傷意。詞忌雕琢。雕琢近澀。澀則傷氣。又云。言情以雅爲宗。語豔則意尙巧。意褻則語貴曲。（按意褻亦是一病。）學稼軒。要于豪邁中見精緻。學夢窗。要于縝密中求清空。詠物詞須別有寄托。不可直賦。自訴飄零。如東坡之詠雁。獨寫哀怨。如白石之詠蟋蟀。斯最善矣。至如史邦卿之詠燕。劉龍洲之詠指足。縱工摹繪。已落言詮。今之作者。卽欲爲劉史之隸吏。亦不可得也。彼演曆詞。此徵僻典。誇多競富。味同嚼蠟。況詞之體格。微與詩異乎。此如詠楳花者。累代不能得數語。而鄙者或百詠。或數十詠。徒使開府汗顏。逋仙冷齒耳。且竹垞詠貓。武曾詠筍。輒臚故實。亦載鄙諺。偶一爲之。亦才人忍俊不禁之故技。究之靜志居秋錦山房之聯蹤兩宋。弁冕一朝者。詎區區在此。諒亦不然。顧奈何以侔色揣聲爲能事乎。

第六章　概論一　唐五代

詞者詩之餘也。詩莫古於三百篇。皆可以合樂。周衰。詩亡樂廢。屈宋代興。雖九歌侑樂。而已與詩異塗矣。經秦之亂。古樂胥亡。漢武立樂府。作郊祀十九章。鐃歌二十二章。歷魏晉六朝。皆仍其節奏。（其名歷代不同。其歌法仍襲舊。）於是詩與樂分矣。自魏武借樂府以寫時事。薤露歌、蒿里行。皆爲董卓之亂而作。與原義不同。陳思王植作鞞舞新歌五章。謂古曲謬誤至多。異代之文。不必相襲。爰依前曲。別作新歌。此說一開。後人乃有依樂府之題。而直抒胸臆者。於是樂府之眞又失矣。兩晉以下。諸家所作。不盡仿古。一時君臣。尤喜別翻新調。而民間哀樂纏綿之情。託諸長謠短詠以自見者。亦往往而有。如東晉無名氏作女兒子、休洗紅二曲。梁武帝之江南弄。沈約之六憶詩。其字句音節。率有定格。此卽詞之濫觴矣。蓋詩亡而樂府興。樂府亡而詞作。變遷遞接。皆出自然也。今自隋唐以迄五代。略爲詮論如左。

（第一）　唐人詞略

昔人論詞。皆斷自唐代。誠以唐代以前。如煬帝之淸夜遊湖上曲。侯夫人看梅一點春等。雖在李白、王維以前。而其詞恐爲後人僞託。不可據爲典要。因亦以唐代爲始。按趙璘因話錄。唐初柳範作江南折桂令。當在靑蓮憶秦娥、菩薩蠻之前。而各家選本。皆未及之。其詞蓋久佚矣。皋文以靑蓮首列者。有深意焉。大抵初唐諸作。不過破五七言詩爲之。中盛以後。詞式始定。迨温庭筠出。而體格大備。此唐詞之大概也。爰爲論列之。

（一）李白　白字太白。蜀人。或云。山東人。供奉翰林。錄憶秦娥一首。

簫聲咽。秦娥夢斷秦樓月。秦樓月。年年柳色。灞陵傷別。　樂游原上清秋節。咸陽古道音塵絕。音塵絕。西風殘照。漢家陵闕。

太白此詞。實冠今古。決非後人可以僞託。非如菩薩蠻、桂殿秋、連理枝諸闋。讀者尚有疑詞也。蓋自齊梁以來。陶弘景之寒夜怨。陸瓊飲酒樂。徐孝穆長相思等。雖具詞體。而堂廡未大。至太白而繁情促節。長吟遠慕。遂使前此諸家。悉歸籠化。故論詞不得不首太白也。劉融齋以菩薩蠻、憶秦娥兩首。足抵杜陵秋興。想其情境。殆作於明皇西幸之後。此言前人所未發。因亟錄之。（按太白前。不獨柳範有折桂令一曲也。沈佺期有回波詞。紅友亦收入詞律。實則六言詩耳。又明皇亦有好時光一首。見尊前集。亦係僞作。）

（二）張志和　志和字子同。金華人。擢明經。肅宗命待詔翰林。坐貶。不復仕。自稱煙波釣徒。錄漁歌子一首。

西塞山前白鷺飛。桃花流水鱖魚肥。靑蒻笠。綠簑衣。斜風細雨不須歸。

此詞爲七絕之變。第三句作六字折腰句。按志和所作共五首。詞綜錄其二。餘三首見尊前集。唐人歌曲。皆五七言詩。此漁歌子旣與七絕異。或就絕句變化歌之耳。因念淸平調、陽關曲。擧世傳唱。實皆是詩。淸平調後人擬作者鮮。陽關曲則頗有摹效之者。如東坡小秦王詞。四聲皆依原作。蓋音調存在。不妨被以新詞也。至此詞音節。或早失傳。故東坡增句作浣溪紗。山谷增句作鷓鴣天。不得不就原詞以叶他調矣。

（三）韋應物　應物京兆人。官左司郎中。歷蘇州刺史。錄調笑一首。

胡馬。胡馬。遠放燕支山下。跑沙跑雪獨嘶。東望西望路迷。迷路。迷路。邊草無窮日暮。

應物詞見尊前集者共四首。調笑二、三臺二也。唐人作調笑者至多。如戴叔倫之邊草詞。王建之團扇詞。皆用此調。其後楊柳枝盛行。而此調鮮見。入宋以後。此調句法更變。專供大曲歌舞之用矣。（楊柳枝實卽七絕耳。）

（四）白居易　居易字樂天。下邽人。貞元十四年進士。歷官中書舍人。以刑部尚書致仕。有長慶集。

錄長相思一首。

汴水流。泗水流。流到瓜州古渡頭。吳山點點愁。　思悠悠。恨悠悠。恨到歸時方始休。月明人倚樓。

公所作詞至富。如楊柳枝、竹枝、花非花、浪淘沙、宴桃源等。皆流麗穩協。而一七令體。尤爲古今創作。後人塔體詩。卽依此作也。余細按諸作。惟宴桃源與長相思爲純粹詞體。餘若楊枝、竹枝、浪淘沙。顯爲七言絕句。卽花非花、一七令。亦長短句之詩。不得概目之爲詞也。宴桃源云。前度小花靜院。不比尋常時見。見了又還休。愁卻等閒分散。腸斷腸斷。記取釵橫鬢亂。按格直是如夢令。昔人以後唐莊宗所作爲創。不知已始於白傅矣。余此錄概取唐人之確鑿爲詞者。彼長短句之詩。勿入焉。

（五）劉禹錫　禹錫字夢得。中山人。貞元中進士。仕爲太子賓客。會昌中。檢校禮部尚書。錄憶江南一首。

春去也。多謝洛城人。弱柳從風疑舉袂。叢蘭浥露似沾巾。獨坐亦含顰。

尊前集錄夢得作。有楊柳枝十二首、竹枝十首、紇那曲二首、憶江南一首、浪淘沙九首、瀟湘神二首、拋球樂二首。中惟憶江南爲詞。瀟湘神亦長短句詩耳。(詞云。斑竹枝。斑竹枝。淚痕點點寄相思。楚客欲聽瑤瑟怨。瀟湘深夜月明時。與韓翃章台柳詞。實是一格。韓詞云。章台柳。章台柳。昔日青青今在否。縱使長條似舊垂。也應攀折他人手。所異者一平韻。一仄韻而已。)憶江南一調。據韓偓海山記。隋煬帝泛東湖。製湖上曲八闋。卽爲憶江南句調。後人遂謂隋時所作。不知湖上八曲。皆是雙疊。而雙疊之體。實盛於宋。唐人諸作。無非單調。豈有煬帝時。反有是格哉。故論此調創始。不若以白傅夢得輩爲妥云。

(六)温庭筠　本名岐。字飛卿。太原人。官方山尉。有握蘭、金荃等集。錄更漏子一首。

玉爐香。紅蠟淚。偏照畫堂秋思。眉翠薄。鬢雲殘。夜長衾枕寒。　梧桐樹。三更雨。不道離情正苦。一葉葉。一聲聲。空階滴到明。

唐至温飛卿。始專力於詞。其詞全祖風騷。不僅在瑰麗見長。陳亦峯曰。所謂沈鬱者。意在筆先。神餘言外。寫怨夫思婦之懷。寓孽子孤臣之感。凡交情之冷淡。身世之飄零。皆可於一草一木發之。而發之又必若隱若現。欲露不露。反復纏綿。終不許一語道破。匪獨體格之高。亦見性情之厚。此數語惟飛卿足以當之。學詞者。從沈鬱二字着力。則一切浮響膚詞。自不繞其筆端。顧此非可旦夕期也。飛卿最著者。莫如菩薩蠻十四首。大中時。宣宗愛菩薩蠻。丞相令狐綯。乞其假手以進。戒令勿他泄。而遽言於人。由是疏之。今所傳菩薩蠻諸作。固非一時一境所爲。而自抒性靈。旨歸忠愛。則無弗同焉。張皋文謂皆感士不遇之作。蓋就其寄託深遠者言之。卽其直寫景物。不事雕繢處。亦復絕不可追及。如花落子規啼。綠窗殘夢迷。楊柳又如絲。驛橋煙雨時。鸞鏡與花枝。此情誰得知等語。皆含思悽婉。不必求工。已臻絕詣。豈獨以瑰麗勝人哉。（詞苑叢談。載宣宗時。宮嬪所歌菩薩蠻一首云。在花間集外。其詞殊鄙俚。如下半疊云。風流心上物。本爲風流出。看取薄情人。羅衣無此痕。決非飛卿手筆。故趙選不取。）至其所創各體。如歸國謠、定西番、南歌子、河瀆神、遐方怨、訴衷情、思帝鄉、河傳、蕃女怨、荷葉杯等。雖亦就詩中變化而出。然參差緩急。首首有法度可循。與詩之句調。絕不相類。所謂解其聲。故能製其調也。彭孫遹詞統源流。以爲詞之長短錯落。發源於三百篇。飛卿之詞。極長短錯落之致矣。而出辭都雅。尤有怨悱不亂之遺意。論詞者必以溫氏爲大宗。而爲萬世不祧之俎豆也。宜哉。

（七）皇甫松　松字子奇。湜之子。錄摘得新一首。

酌一巵。須教玉笛吹。錦筵紅蠟燭。莫來遲。繁紅一夜經風雨。是空枝。

松爲牛僧孺甥。以天仙子一詞著名。詞云「晴野鷺鷥飛一隻。水葓花發秋江碧。劉郎此日別天仙。登綺席。淚珠滴。十二晚峯青歷歷。」黃花庵謂不若摘得新爲有達觀之見。余因錄此。元遺山云。皇甫松以竹枝采蓮排調擅場。而才名遠遜諸人。花間集所載。亦止小令短歌耳。余謂唐詞皆短歌。花間諸家。悉傳小令。豈獨子奇。遺山此言。未爲確當。松詞殊不多。尊前集有十首。如怨回紇、竹枝、拋球樂等闋。實皆五七言詩之變耳。

右唐詞凡七家。要以溫庭筠爲山斗。他如李景伯、裴談之回波詞。崔液之踏歌詞。劉長卿、竇弘餘之謫仙怨。概爲五六言詩。杜甫、元結等所撰之新樂府。多至數十韻。自標新題以詠時政。名曰樂府。實不可入詞。無名氏諸作。如後庭宴之千里故鄉。魚游春水之秦樓東風裏。雖證諸石刻定爲唐人所作。然魚游春水爲長調詞。較杜牧之八六子字數更多。未免懷疑也。至若楊妃之阿那曲。柳姬之楊柳枝。劉采春之囉嗊曲。杜秋娘之金縷曲。王麗眞之字字雙。更不能謂之爲詞。余故概行從略焉。

（第二）　五代十國人詞略

陸放翁曰。詩至晚唐五季。氣格卑陋。千人一律。而長短句獨精巧高麗。後世莫及。此事之不可曉者。蓋其時君唱於上。臣和於下。極聲色之供奉。蔚文章之大觀。風會所趨。朝野一致。雖在賢知亦不能自外於習尚也。花間輯錄。重在蜀人。（趙錄共十八人。詞五百首。而蜀人有十三家。如韋莊、薛昭蘊、牛嶠、毛文錫、牛希濟、歐陽炯、顧夐、魏承班、鹿虔扆、閻選、尹鶚、毛熙震、李珣等。皆蜀人也。）並世哲匠。頗多遺佚。後唐西蜀。不乏名言。李氏君臣。亦多奇製。而屏棄不存。一語未采。不得不謂蔽於耳目之近矣。夫五代之際。政令文物。殊無足觀。惟茲長短之言。實爲古今之冠。大氐意婉詞直。首讓韋莊。忠厚纏綿。惟有延己。其餘諸子。亦各自可傳。雖境有哀樂。而辭無高下也。至若吳越王錢俶、閩后陳氏、蜀昭儀李氏、陶學士、鄭秀才之倫。單詞片語。不無可錄。第才非專家。不妨從略焉。

（一）後唐莊宗　錄陽臺夢一首。

薄羅衫子金泥縫。困纖腰怯銖衣重。笑迎移步小蘭叢。嚲金翹玉鳳。　嬌多情脈脈。羞把同心撚弄。楚天雲雨卻相和。又入陽臺夢。

按莊宗詞之可考者。有憶仙姿、一葉落、歌頭、及此首而已。皆見尊前集。憶仙姿卽如夢令。一葉落爲自度曲。此取末三字爲調名。意境卻甚似飛卿也。歌頭一首。分詠四季。其語塵下。疑是僞作。莊宗好優美。或伶工進御之言。故詞中止及四時花事耳。五季君主之能詞者。尙有蜀後主王衍後蜀後主孟昶。而醉妝甘州。殊乏風致。風來水殿。亦屬贗作。余故闕之焉。

（二）南唐嗣主　錄山花子一首。

菡萏香銷翠葉殘。西風愁起綠波間。還與韶光共顦顇。不堪看。　細雨夢回雞塞遠。小樓吹徹玉笙寒。多少淚珠何限恨。倚闌干。

中宗諸作。自以山花子二首爲最。蓋賜樂部王感化者也。此詞之佳。在於沈鬱。夫菡萏銷翠。愁起西風。與韶光無涉也。而在傷心人見之。則夏景繁盛。亦易摧殘。與春光同此憔悴耳。故一則曰不堪看。一則曰何限恨。其頓挫空靈處。全在情景融洽。不事雕琢。淒然欲絕。至細雨小樓二語。爲西風愁起之點染語。鍊詞雖工。非一篇中之至勝處。而世人競賞此二語。亦可謂不善讀者矣。余嘗謂二主詞。中主能哀而不傷。後主則近於傷矣。然其用賦體。不用比興。後人亦無能學者也。此二主之異處也。

（三）南唐後主　錄虞美人一首。

春花秋月何時了。往事知多少。小樓昨夜又東風。故國不堪回首月明中。　雕闌玉砌應猶在。只是朱顏改。問君能有幾多愁。恰似一江春水向東流。

前謂後主詞用賦體。觀此可信。顧不獨此也。憶江南、相見歡、長相思（一重山一首）等。皆直抒胸臆。而復宛轉纏綿者也。至浪淘沙之無限江山。破陣子之淚對宮娥。此景此情。安得不以眼淚洗面。東坡譏其不能痛哭九廟。以謝人民。此是宋人之論耳。余謂讀後主詞。當分爲二類。喜遷鶯、阮郎歸、木蘭花、菩薩蠻（花明月暗一首）等。正當江南隆盛之際。雖寄情聲色。而筆意自成馨逸。此爲一類。至入宋後諸作又別爲一類。（卽前述憶江南、相見歡等。）其悲歡之情固不同。而自寫襟抱。不事寄託。則一也。今人學之。無不拙劣矣。（雕闌玉砌云云。卽浪淘沙玉樓瑤殿、空照秦淮之意也。）

（四）和凝　凝字成績。鄆州人。唐舉進士。官翰林學士。晉天福中。拜中書侍郎同平章事。入後漢。拜太子太傅。封魯國公。有紅葉稿。錄喜遷鶯一首。

曉月墜。宿煙披。銀燭錦屏帷。建章鐘動玉繩低。宮漏出花遲。　春態淺。來雙燕。紅日漸長一線。嚴妝欲罷囀黃鸝。飛上萬年枝。

成績有曲子相公之名。而紅葉稿已佚。詞綜所錄。僅春光好、采桑子、河滿子、漁父四首。尊前集則江城子五首。麥秀兩岐。及此詞而已。皆不如花間集之多也。（花間錄二十首）余案成績諸作。類摹寫宮壼。不獨此詞宮漏出花遲也。（春光好之蘋葉軟。薄命女之天欲曉皆是）江城五支。爲言情者之祖。後人憑空結構。皆本此詞。託美人以寫情。指落花而自喻。古人固有之。亦未可輕議也。

（五）韋莊　莊字端己。杜陵人。乾寧元年進士。入蜀王建辟掌書記。尋召爲起居舍人。建表留之。後官至散騎常侍。判中書門下事。有浣花集。錄歸國遙一首。

金翡翠。爲我南飛傳我意。罨畫橋邊春水。幾年花下醉。　別後只知相愧。淚珠難遠寄。羅幙繡幃鴛被。舊歡如夢裏。

端己菩薩蠻四章。惓惓故國之思。最耐尋味。而此詞南飛傳意。別後知愧。其意更爲明顯。陳亦峯論其詞謂似直而紆。似達而鬱。洵然。雖一變飛卿面目。而綺羅香澤之中。別具疏爽之致。世以溫韋並論。當亦難於軒輊也。菩薩蠻云。未老莫還鄉。還鄉須斷腸。又云。凝恨對斜暉。憶君君不知。應天長云。夜夜綠窗風雨。斷腸君信否。又云。難相見。易相別。又是玉樓花似雪。皆至蜀後思君之辭。時中原鼎沸。欲歸未能。言愁始愁。其情大可哀矣。
又按花間集共錄十八家。自溫庭筠皇甫松外。凡十六家。爲五季時人。而十六家中。除韋莊外。蜀人有
十二人之多。今附列韋莊之下。以見蜀中文物之盛云。
（1）薛昭蘊小重山云　春到長門春草青。玉階華露滴。月朧明。東風吹斷紫簫聲。宮漏促。簾外
曉啼鶯。　愁極夢難成。紅妝流宿淚。不勝情。手挼裙帶繞花行。思君切。羅幌暗塵生。
（2）牛嶠江城子云　鵁鶄飛起郡城東。碧江空。半灘風。越王宮殿、蘋葉藕花中。簾卷水樓魚浪
起。千片雪。雨濛濛。
（3）毛文錫虞美人云　寶檀金縷鴛鴦枕。綬帶盤宮錦。夕陽低映小窗明。南園綠樹語鶯鶯。夢
難成。　玉爐香煖頻添炷。滿地飄輕絮。珠簾不捲度沉煙。庭前閒立畫秋千。豔陽天。
（4）牛希濟謁金門云　秋已暮。重疊關山歧路。嘶馬搖鞭何處去。曉禽霜滿樹。　夢斷禁城鐘
鼓。淚滴枕檀無數。一點凝紅和薄霧。翠蛾愁不語。
（5）歐陽炯鳳樓春云　鳳髻綠雲濃。深掩房櫳。錦書通。夢中相見覺來慵。勻面淚。臉珠融。因想

玉郎何處去。對淑景誰同。小樓中。春思無窮。倚闌凝望。闇牽愁緒。柳花飛趁東風。斜日照簾櫳羅幌香冷粉屏空。海棠零落。鶯語殘紅。

（6）顧敻浣溪沙云　紅藕香寒翠渚平。月籠虛閣夜蛩清。塞鴻驚夢兩牽情。　寶帳玉爐殘麝冷。羅衣金縷暗塵生。小窗孤燭淚縱橫。

（7）魏承班謁金門云　煙水闊。人值清明時節。雨細花零鶯語切。愁腸千萬結。　雁去音徽斷絕。有恨欲憑誰說。無事傷心猶不徹。春時容易別。

（8）鹿虔扆臨江仙云　金鎖重門荒苑靜。綺窗愁對秋空。翠華一去寂無蹤。玉樓歌吹。聲斷已隨風。　煙月不知人事改。夜闌還照深宮。藕花相向野塘中。暗傷亡國。清露泣香紅。

（9）閻選定風波云　江水沉沉帆影過。游魚到晚透寒波。渡口雙雙飛白鳥。煙嫋。蘆花深處隱漁歌。　扁舟短櫂歸蘭浦。人去。蕭蕭竹徑透青莎。深夜無風新雨歇。涼月。露迎珠顆入圓荷。

（10）尹鶚滿宮花云　月沉沉。人悄悄。一炷後庭香嫋。風流帝子不歸來。滿地禁花慵掃。　離恨多。相見少。何處醉迷三島。漏清宮樹子規啼。愁鎖碧窗春曉。

（11）毛熙震菩薩蠻云　梨花滿院飄香雪。高樓夜靜風箏咽。斜月照簾帷。憶君和夢稀。　小窗燈影背。燕語驚愁態。屏掩斷香飛。行雲山外歸。

（12）李珣定風波云　簾外煙和月滿庭。此時閒坐若爲情。小閣擁爐殘酒醒。愁聽。寒風落葉一聲聲。　惟恨玉人芳信阻。雲雨。屏帷寂寞夢難成。斗轉更闌心杳杳。將曉。銀缸斜照綺琴橫。

右十二家。皆見花間集。崇祚爲蜀人。故所錄多本國人諸作。詞家選本。以此集爲最古。其有不見此選者。亦無從搜討矣。夫蜀自王建戊辰改元武成。至後主衍咸康己酉亡。歷十有八年。後蜀自孟知祥甲午改元明德。至後主昶廣政甲子亡。歷三十年。此選成於廣政三年。是時孟氏立國。僅有七載。故此集所采。大氐前蜀人爲多。而韋莊、牛嶠、毛文錫、且爲唐進士也。五季之際。如沸如羹。天宇崩頹。彝教淩廢。深識之士。浮沈其間。懼忠言之觸禍。託俳語以自晦。吾知十國遺黎。必多感嘆悲傷之作。特甄錄無人。乃至湮沒。後人籀諷。獨有趙錄。遂謂聲歌之製。獨盛於蜀。滋可惜矣。今就此十二家言之。惟歐陽炯、顧敻、鹿虔扆爲孟蜀顯官。至閻選、李珣。亦布衣耳。其他皆王氏舊屬。是以緣情託興。萬感橫集。不獨醉妝薄媚。淪落風塵。睿藻流傳。足爲詞讖也。牛希濟之夢斷禁城。鹿虔扆之露泣亡國。言爲心聲。亦可得其大概矣。

（六）孫光憲　字孟文。陵州人。游荊南。高從誨署爲從事。仕南平。累官檢校祕書。曾勸高繼沖獻三州之地。宋太祖授以黃州刺史。將用爲學士。未及而卒。有荊台筆傭橘齋鞏湖諸集。錄謁金門一首。

留不得。留得也應無益。白紵春衫如雪色。揚州初去日。　輕別離。甘拋擲。江上滿帆風疾。卻羨綵鴛三十六。孤鸞還一隻。

陳亦峯云。孟文詞。氣骨甚遒。措語亦多警鍊。然不及溫韋處。亦在此。坐少閒婉之致。余謂孟文之沈鬱處。可與李後主並美。即如此詞。已足見其不事側媚。甘處窮寂矣。他如清平樂云。掩鏡無語眉低。思隨芳草淒淒。是自抱靈修楚纍遺意也。菩薩蠻云。碧煙輕嫋嫋。紅戰燈花笑。蓋諷弋取名利。憧憧往來者也。至閒婉之處。亦復儘多。如浣溪紗云。日送征鴻飛杳杳。思隨流水去茫茫。蘭紅波碧憶瀟湘。又云。花冠閒上午牆啼。思越人云。渚蓮枯。宮樹老。長洲廢苑蕭條。想像玉人空處所。月明獨上溪橋。此等俊逸語。亦孟文所獨有。

（七）馮延己　字正中。唐末。徙家新安。事南唐。官至左僕射。同平章事。有陽春集一卷。錄菩薩蠻一首。

畫堂昨夜西風過。繡簾時拂朱門鎖。驚夢不成雲。雙蛾枕上顰。　金爐煙裊裊。燭暗紗窗曉。殘月尙彎環。玉箏和淚彈。

正中詞纏綿忠厚。與溫韋相伯仲。其蝶戀花諸作。情詞悱惻。可羣可怨。張臯文云。忠愛纏綿。宛然騷辯之義。余最愛誦之。如日日花前常病酒。不辭鏡裏朱顏瘦。淚眼倚樓頻獨語。雙燕來時、陌上相逢否。濃睡覺來鶯亂語。驚殘好夢無尋處。思深意苦。又復忠厚惻怛。詞至此則一切叫囂纖冶之失。自無從犯其筆端矣。他如歸國謠、拋球樂、采桑子、菩薩蠻等。亦含思悽惋。藹然動人。儼然溫韋之意也。其謁金門一首。當係成幼文作。古今詞話曰。幼文爲大理卿。詞曲妙絕。嘗作謁金門曰。風乍起。吹皺一池春水。爲中主所聞。因按獄稽滯。召詰之。且謂曰。卿職在典刑。一池春水干卿何事。幼文頓首以謝。南唐書以爲馮詞。陳振孫書錄解題曰。風乍起詞。世多言馮作。而陽春錄無之。當是成作。不獨庭院深深一首。明是歐作。有李淸照漱玉詞可證也。

又按南唐享國雖不久長。而文學之士。風發雲舉。極一時之盛。如張泌、成幼文、韓熙載、潘佑、徐鉉兄弟、湯悅。俱有才名。即以詞論。諸子皆有可觀。而趙錄於南唐諸人。自張泌外。概不置錄。何也。因附見一二。如前韋端己條例。

（1）張泌臨江仙云　煙收湘渚秋江靜。蕉花露泣愁紅。五雲雙鶴去無蹤。幾回魂斷。凝望向長空。　翠竹暗留珠淚怨。閒調寶瑟波中。花鬟月鬢綠雲重。古祠深殿。香冷雨和風。

（2）成幼文謁金門云　風乍起。吹皺一池春水。閒引鴛鴦香徑裏。手挼紅杏蕊。　鬭鴨闌干偏倚。碧玉搔頭斜墜。終日望君君不至。舉頭聞鵲喜。

（3）徐昌圖臨江仙云　飲散離亭西去。浮生常恨飄蓬。回頭煙柳漸重重。淡雲孤雁遠。寒日暮天紅。　今夜畫船何處。潮平淮月朦朧。酒醒人靜奈愁濃。殘燈孤枕夢。輕浪五更風。

（4）潘佑題紅羅亭梅花殘句云　樓上春寒山四面。桃李不須誇爛熳。已失了東風一半。

右四家惟徐昌圖一首。詞綜入宋詞內。而成肇麐唐五代詞選。則列入馮正中後。且徐籍莆田。是爲南唐人無疑也。潘佑詞不經見。此見羅大經鶴林玉露。惜全詞佚矣。總之五季時詞以西蜀南唐爲最盛。而詞之工拙。以韋莊爲第一。馮延己次之。最下爲毛文錫。葉夢得嘗謂館閣諸公評庸陋之詞。必曰此仿毛司徒。是在宋時已有定論。今亦輯趙錄而傳。崇祚洵詞苑功臣哉。至諸家情至文生。纏綿忠愛。不獨爲蘇黃秦柳之開山。卽宣和紹興之盛。皆兆於此矣。

第七章 概論二 兩宋

論詞至趙宋。可云家懷隋珠。人抱和璧。盛極難繼者矣。然合兩宋計之。其源流遞嬗。可得而言焉。大抵開國之初。沿五季之舊。才力所詣。組織未工。晏歐爲一大宗。二主一馮。實資取法。顧未能脫其範圍也。汴京繁庶。競賭新聲。柳永失意無憀。專事綺語。張先流連歌酒。不乏豔辭。惟託體之高。柳不如張。蓋子野爲古今一大轉移也。前此爲晏歐。爲溫韋。體段雖具。聲色未開。後此爲蘇辛。爲姜張。發揚蹈厲。壁壘一變。而界乎其間者。獨有子野。非如耆卿專工鋪敘。以一二語見長也。迨蘇軾則得其大。賀鑄則取其精。秦觀則極其秀。邦彥則集其成。此北宋詞之大概也。南渡以還。作者愈盛。而撫時感事。動有微言。稼軒之烟柳斜陽。幸免種豆之禍。玉田之貞芳清影。（淸平樂賦所南畫蘭）獨餘故國之思。至若碧山詠物。梅溪題情。夢窗之豐樂樓頭。草窗之禁烟湖上。詞翰所寄。並有微意。又豈常人所易及哉。余故謂紹興以來。聲律之文。自以稼軒、白石、碧山爲優。梅溪、夢窗則次之。玉田、草窗又次之。至竹屋、竹山。純疵互見矣。此南宋詞之大概也。夫倚聲之道。獨盛天水。文藻留傳。矜式萬世。余之論議。不事廣徵者。亦聊見淵源而已。茲更分述之。

（第一）北宋人詞略

言詞者。必曰詞至北宋而大。至南宋而精。然而南北之分。亦有難言者也。如周紫芝、王安中、向子諲、葉夢得輩。皆生於北宋。沒於南宋。論者以周王屬北。向葉屬南者。祇以得名之遲早而已。蓋混而不分。又不能明流別。尙論者約略言之。作一界限。實無與於詞體也。毛晉刻六十一家詞。北宋凡十九家。晏殊、歐陽修、柳永、蘇軾、黃庭堅、秦觀、晏幾道、晁補之、程垓、陳師道、李之儀、毛滂、杜安世、葛勝仲、周紫芝、謝逸、周邦彥、王安中、蔡伸是也。此外若潘閬逍遙詞一卷。王安石半山詞一卷。張先子野詞一卷。賀鑄東山寓聲樂府三卷。皆有成書。而見於他刻也。余謂承十國之遺者。爲晏歐。肇慢詞之祖者。爲柳永。具溫韋之情者。爲張先。洗綺羅之習者。爲蘇軾。得騷雅之意者。爲賀鑄。開婉約之風者。爲秦觀。集古今之成者。

爲邦彥。此外或力非專詣。或才工片言。要非八家之敵也。因論列如左。

（1）晏殊　字同叔。臨川人。官至樞密使。有珠玉詞一卷。錄蝶戀花一首。

南雁依稀迴側陣。雪霽牆陰。偏覺蘭芽嫩。中夜夢餘消酒困。爐香捲穗燈生暈。　急景流年都一瞬。往事前歡。未免縈方寸。臘後花期知漸近。寒梅已作東風信。

宋初如王禹偁、錢惟演輩。亦有小詞。王之點絳脣。錢之玉樓春。雖有佳處。實非專家。故宋詞應以元獻爲首。所作浣溪沙。有無可奈何花落去。似曾相識燕歸來之語。爲一時傳誦。相傳下語爲王琪所對。（見復齋漫錄。）無俟深考。卽重頭歌韻響琤琮。入破舞腰紅亂旋。亦僅形容歌舞之勝。非詞家之極則。總不及此詞之俊逸也。宋初諸家。靡不祖述二主。憲章正中。同叔去五代未遠。馨烈所扇。得之最先。劉攽中山詩話。謂元獻喜馮延己詞。其所自作。亦不減延己。此語亦是。第細讀全詞。頗有可議者。如浣溪沙之「淡淡梳妝薄薄衣。天仙模樣好容儀。」訴衷情之「東城南陌花下。逢着意中人。」又「心心念念。說盡無憑。只是相思」諸語。庸劣可鄙。已開山谷、三變俳語之體。惟「滿目山河空念遠。落花風雨更傷春」二語。較「無可奈何」勝過十倍。而人未之知。何也。

（2）歐陽修　字永叔。廬陵人。官至兵部尚書。有六一居士集。詞附。錄踏莎行一首。

候館梅殘。溪橋柳細。草熏風暖搖征轡。離愁漸遠漸無窮。迢迢不斷如春水。　寸寸柔腸。盈盈粉淚。樓高莫近危闌倚。平蕪盡處是春山。行人更在春山外。

宋初大臣之爲詞者。寇萊公、宋景文、范蜀公、與歐陽公。並有聲藝苑。然數公或一時興到之作。未爲專詣。獨元獻與文忠。學之既至。爲之亦勤。翔雙鵠於交衢。馭二龍於天路。且文忠家廬陵。元獻家臨川。詞之有西江派。轉在詩先。亦云奇矣。公詞純疵參半。蓋爲他人竄易。蔡絛西清詩話云。歐詞之淺近者。謂是劉煇僞作。名臣錄亦云。修知貢舉。爲下第舉子劉煇等所忌。以醉蓬萊、望江南誣之。是讀公詞者。當別具會心也。至生查子元夜燈市。竟誤載淑眞詞中。遂啟升庵之妄論。此則深枉矣。余按公詞以此爲最婉轉。以少年游詠草爲最工切超脫。當亦百世之公論也。

（3）柳永　字耆卿。初名三變。崇安人。官至屯田員外郎。有樂章集。錄雨霖鈴一首。

寒蟬淒切。對長亭晚。驟雨初歇。都門帳飲無緒。方留戀處。蘭舟催發。執手相看淚眼。竟無語凝咽。念去去千里烟波。暮靄沈沈楚天闊。　多情自古傷離別。更那堪冷落淸秋節。今宵酒醒何處。楊柳岸曉風殘月。此去經年。應是良辰好景虛設。便總有千種風情。更與何人說。

能改齋漫錄云。仁宗留意儒雅。務本向道。深斥浮豔虛華之文。初。進士柳三變。好爲淫冶謳歌之曲。傳播四方。嘗有鶴冲天詞云。忍把浮名。換了淺斟低唱。及臨軒放榜。特落之。曰。且去淺斟低唱。何要浮名。景祐元年。方及第。後改名永。方得磨勘轉官。后山詩話云。柳三變游東都南北二巷。作新樂府。骫骳從俗。天下詠之。遂傳禁中。仁宗頗好其詞。每對宴。必使侍從歌之再三。三變聞之。作宮詞。號醉蓬萊。因內官達後宮。且求其助。仁宗聞而覺之。自是不復歌其詞矣。黃花庵云。永爲屯田員外郎。會太史奏老人星現。時秋霽。宴禁中。仁宗命左右詞臣爲樂章。內侍屬柳應制。柳方冀進用。作此詞進。(指醉蓬萊詞)。上見首有漸字。色若不懌。讀至宸游鳳輦何處。乃與御製眞宗挽詞暗合。上慘然。又讀至太液波翻。曰。何不言波澄。投之於地。自此不復擢用。錢塘遺事云。孫何帥錢塘。柳耆卿作望海潮詞贈之。有三秋桂子。十里荷香之句。此詞流播。金主亮聞之。欣然起投鞭渡江之志。據此。則柳之侘傺無聊。與詞名之遠。概見一斑。余謂柳詞僅工鋪敍而已。每首中事實必淸。點景必工。而又有一二警策語。爲全詞生色。其工處在此也。馮夢華謂其曲處能直。密處能疏。奡處能平。狀難狀之景。達難達之情。而出之以自然。自是北宋巨手。然好爲俳體。詞多媟黷。有不僅如提要所云以俗爲病者。此言甚是。余謂柳詞皆是直寫。無比興。亦無寄託。見眼中景色。卽說意中人物。便覺直率無味。況時時有俚俗語。如晝夜樂云。「早知恁地難拚。悔不當初留住。其奈風流端正外。更別有繫人心處。一日不思量。也攢眉千度。」夢還京云。「追悔當初綉閣話別太容易。」鶴冲天云。「假使重相見。還得似當初麼。悔恨無計那。迢迢長夜。自家只恁摧挫。」兩同心云。「箇人人昨夜分明。許伊偕老。」征部樂云。「待這回好好憐伊。更不輕拆。」皆率筆無咀嚼處。諸如此類。不勝枚舉。實不必學。且通本皆摹寫豔情。追述別恨。見一斑已具全豹。正不必字字推敲也。惟北宋慢詞。確創自耆卿。不得不推爲大家耳。

（4）張先　字子野。吳興人。爲都官郎中。有安陸集。錄卜算子慢一首。

溪山別意。煙樹去程。日落采蘋春晚。欲上征鞍。更掩翠簾回面相盼。惜彎彎淺黛長長眼。奈畫閣歡遊。也學狂花亂絮輕散。　水影橫池館。對靜夜無人。月高雲遠。一晌凝思。兩眼淚痕還滿。難遣恨私書。又逐東風斷。縱夢澤層樓萬尺。望湖城那見。

古今詩話云。有客謂子野曰。人皆謂公張三中。卽心中事。眼中淚。意中人也。公曰。何不目之爲張三影。

客不曉。公曰。雲破月來花弄影。嬌柔嬾起。簾壓捲花影。柳徑無人。墮飛絮無影。此皆余平生所得意也。

石林詩話云。張先郎中。能爲詩及樂府。至老不衰。居錢唐。蘇子瞻作倅時。先年已八十餘。視聽尚精強。猶有聲妓。子瞻嘗贈以詩云。詩人老去鶯鶯在。公子歸來燕燕忙。蓋全用張氏故事戲之。是子野生平亦可概見矣。今所傳安陸集。凡詩八首。詞六十八首。詩不論。詞則最著者。爲一叢花、爲定風波、爲玉樓春、爲天仙子、爲碧牡丹、爲謝池春、爲靑門引。余謂子野詞氣度宛似美成。如木蘭花慢云。「行雲去後遙山暝。已放笙歌池院靜。中庭月色正清明。無數楊花過無影。」山亭宴云。「落花蕩漾怨空樹。曉山靜、數聲杜宇。天意送芳菲。正黯淡疏烟短雨。」漁家傲云。「天外吳門淸霅路。君家正在吳門住。贈我柳枝情幾許。春滿縷。爲君將入江南去。」此等詞意。同時鮮有及者也。蓋子野上結晏歐之局。下開蘇秦之先。在北宋諸家中適得其平。有含蓄處。亦有發越處。但含蓄不似溫韋。發越亦不似豪蘇膩柳。規模既正。氣格亦古。非諸家能及也。晁无咎曰。「子野與耆卿齊名。而時以子野不及耆卿。然子野韻高。是耆卿所乏處。」余謂子野若做耆卿。則隨筆可成珠玉。耆卿若效子野。則出語終難安雅。不獨涇渭之分。抑且有雅鄭之別。世有識者。當不河漢。

（5）蘇軾　字子瞻。眉山人。嘉祐初。試禮部第一。歷官翰林學士。紹聖初。安置惠州。徙昌化。元符初。北還。卒於常州。高宗朝。謚文忠。有東坡居士詞二卷。錄水龍吟一首。賦楊花。

似花還似非花。也無人惜從教墜。拋家傍路。思量卻是無情有思。縈損柔腸。困酣嬌眼。欲開還閉。夢隨風萬里。尋郎去處。又還被鶯呼起。　不恨此花飛盡。恨西園落紅難綴。曉來雨過。遺蹤何在。一池萍碎。春色三分。二分塵土。一分流水。細看來不是楊花。點點是離人淚。

東坡詞在宋時已議論不一。如晁无咎云。「居士詞。人多謂不諧音律。然橫放傑出。自是曲子內縛不住者。」陳無己云。「東坡以詩爲詞。如教坊雷大使之舞。雖極天下之工。要非本色。」陸務觀云。「世言東坡不能歌。故所作樂府。詞多不協。晁以道謂紹聖初。與東坡別於汴下。東坡酒酣。自歌古陽關。則公非不能歌。但豪放不喜裁剪以就聲律耳。」又云。「東坡詞。歌之曲終。覺天風海雨逼人。」胡致堂云。「詞曲至東坡。一洗綺羅香澤之態。擺脫綢繆宛轉之度。使人登高望遠。舉首高歌。逸懷浩氣。超乎塵垢之外。於是花間爲皁隸。而耆卿爲輿儓矣。」張叔夏云。「東坡詞清麗舒徐處。高出人表。周秦諸人所不能到。」此在當時毀譽已不定矣。至四庫提要云。「詞至晚唐五季以來。以清切婉麗爲宗。至柳永而一變。如詩家之有白居易。至軾而又一變。如詩家之有韓愈。遂開南宋辛棄疾等一派。尋源溯流。不能不謂之別格。然謂之不工。則不可。」此爲持平之論。余謂公詞豪放縝密。兩擅其長。世人第就豪放處論。遂有鐵板銅琶之誚。不知公婉約處。何讓温韋。如浣溪沙云。「綵索身輕長趁燕。紅窗睡重不聞鶯。」祝英台云。「挂輕帆。飛急槳。還過釣台路。酒病無聊。欹枕聽鳴艣。」永遇樂云。「天涯倦客。山中歸路。望斷故園心眼。燕子樓空。佳人何在。空鎖樓中燕。」西江月云。「高情已逐曉雲空。不與梨花同夢。」此等處。與大江東去。把酒問青天諸作。如出兩手。不獨乳燕飛華屋。缺月挂疏桐諸詞。爲別有寄託也。要之公天性豁達。襟抱開朗。雖境遇迍邅。而處之坦然。卽去國離鄉。初無羈客遷人之感。惟胸懷坦蕩。詞亦超凡入聖。後之學者。無公之胸襟。強爲摹倣。多見其不知量耳。

（6）賀鑄　鑄字方回。衞州人。孝惠皇后族孫。元祐中。通判泗州。又倅太平州。退居吳下。自號慶湖遺老。有東山寓聲樂府。錄柳色黃一首。

薄雨收寒。斜照弄晴。春意空闊。長亭柳蓓纔黃。倚馬何人先折。烟橫水漫。映帶幾點歸鴻。平沙銷盡龍沙雪。猶記出關來。恰而今時節。　將發。畫樓芳酒。紅淚清歌。便成輕別。回首經年。杳杳音塵都絕。

欲知方寸。共有幾許新愁。芭蕉不展丁香結。憔悴一天涯。兩厭厭風月。

張文潛云。「方回樂府。妙絕一世。盛麗如游金張之堂。妖冶如攬嬙施之祛。幽索如屈宋。悲壯如蘇李。」周少隱云。「方回有梅子黃時雨之句。人謂之賀梅子。方回寡髮。郭功父指其髻謂曰。此眞賀梅子也。」陸務觀云。「方回狀貌奇醜。俗謂之賀鬼頭。其詩文皆高。不獨長短句也。」据此。則方回大概可見矣。所著東山寓聲樂府。宋刻本從未見過。今所据者。祇毛刻、王刻、朱刻而已。所謂寓聲者。蓋用舊調譜詞。卽摘取本詞中語。易以新名。後東澤綺語債略同此例。王半塘謂如平園近體。遺山新樂府類。殊不倫也。（詞中清商怨名爾汝歌。思越人名半死桐。武陵春名花想容。南歌子名醉厭厭。一落索名窗下繡。皆就詞句改易。如如此江山、大江東去等是也。）方回詞最傳述人口者。爲薄倖、青玉案、望湘人、踏莎行諸闋。固爲傑出之作。他如踏莎行云。「斷無蜂蝶夢幽香。紅衣脫盡芳心苦。」又云。「當年不肯嫁東風。無端卻被西風誤。」下水船云。「燈火虹橋。難尋弄波微步。」訴衷情云。「秦山險。楚山蒼。更斜陽。畫橋流水。曾見扁舟幾度劉郎。」御街行云。「更逢何物可忘憂。爲謝江南芳草。斷橋孤驛。冷雲黃葉。想見長安道。」諸作皆沉鬱。而筆墨極飛舞。其氣韻又在淮海之上。識者自能辨之。至行路難一首。

頗似玉川長短句詩。諸家選本。概未之及。詞云。「縛虎手。懸河口。車如雞棲馬如狗。白綸巾。撲黃塵。不知我輩可是蓬蒿人。衰蘭送客咸陽道。天若有情天亦老。作雷顛。不論錢。誰問旗亭美酒斗十千。　酌大斗。更爲壽。靑鬢常靑古無有。笑嫣然。舞翩然。當壚秦女十五語如絃。遺音能寄秋風曲。事去千年猶恨促。攬流光。繫扶桑。爭奈愁來一日卻爲長。」與江南春七古體相似。爲方回所獨有也。要之騷情雅意。哀怨無端。蓋得力於風雅。而出之以變化。故能具綺羅之麗。而復得山澤之淸。（別東山詞云。雙攜纖手別烟蘿。紅粉淸泉相照。可云自道詞品。）此境不可一蹴卽幾也。世人徒知黃梅雨佳。非眞知方回者。

（7）秦觀　觀字少游。高郵人。登第後。蘇軾薦於朝。除太學博士。遷正字。兼國史院編修。坐黨籍遣戍。有淮海詞三卷。錄踏莎行一首。

霧失樓臺。月迷津渡。桃源望斷無尋處。可堪孤館閉春寒。杜鵑聲裏斜陽暮。　驛寄梅花。魚傳尺素。砌成此恨無重數。郴江幸自繞郴山。爲誰流下瀟湘去。

晁无咎云。「近來作者。皆不及少游。如斜陽外。寒鴉數點。流水繞孤村。雖不識字人。亦知是天生好言語。」蔡伯世云。「子瞻辭勝乎情。耆卿情勝乎辭。辭情相稱者。惟少游而已。」張綖云。「少游多婉約。子瞻多豪放。當以婉約爲主。」葉少蘊云。「少游樂府。語工而入律。知樂者謂之作家歌。子瞻戲之。山抹微雲秦學士。露花倒影柳屯田。微以氣格爲病也。」諸家論斷。大氐與子瞻並論。余謂二家不能相合也。子瞻胸襟大。故隨筆所之。如怒瀾飛空。不可狎視。少游格律細。故運思所及。如幽花媚春。自成馨逸。其滿庭芳諸闋。大半被放後作。戀戀故國。不勝熱中。其用心不逮東坡之忠厚。而寄情之遠。措語之工。則各有千古。他作如望海潮云。「柳下桃蹊。亂分春色到人家。西園夜飲鳴笳。有華燈礙月。飛蓋妨花。」水龍吟云。「花下重門。柳邊深巷。不堪回首。」風流子云。「斜日半山。暝烟兩岸。數聲橫笛。一葉扁舟。」鵲橋仙云。「兩情若是久長時。又豈在朝朝暮暮。」千秋歲云。「春去也。飛紅萬點愁如海。」浣溪沙云。「自在飛花輕似夢。無邊絲雨細如愁。」此等句皆思路沉着。極刻畫之工。非如蘇詞之縱筆直書也。北宋詞家以縝密之思。得遒鍊之致者。惟方回與少游耳。今人以秦柳並稱。柳詞未足相比哉。（高齋詩話云。少游自會稽入都。見東坡。東坡曰。不意別後卻學柳七作詞。少游曰。某雖無學。亦不如是。東坡曰。銷魂當此際。非柳七語乎。据此則少游雅不顧與柳齊名矣。）惟通觀集中。亦有俚俗處。

如望海潮云。「妾如飛絮。郎如流水。相沾便肯相隨。」滿園花云。「近日來非常羅皁醜。佛也須眉皺。怎掩得旁人口。」迎春樂云。「怎得香香深處。作箇蜂兒抱。」品令云。「幸自得。一分。索強教人難喫。好好地惡了十來日。恰而今較些不。」又云。「簾兒下時把鞋兒踢。語低低。笑咭咭。」又云。「人前強不欲相沾識。把不定。臉兒赤。」竟如市井荒傖之言。不過應坊曲之請求。留此惡札。詞家如此。最是魔道。不得以宋人之作。為之文飾也。但全集止此三四首。尚不足為盛名之累。

（8）周邦彥　字美成。錢唐人。元豐中。獻汴都賦。召為太學正。徽宗朝。仕至徽猷閣待制。提舉大晟府。出知順昌府。晚居明州卒。自號清眞居士。有清眞集。錄瑞龍吟一首。

章臺路。還見褪粉梅梢。試花桃樹。愔愔坊陌人家。定巢燕子。歸來舊處。　黯凝佇。因記箇人癡小。乍窺門戶。侵晨淺約宮黃。障風映袖。盈盈笑語。　前度劉郎重到。訪鄰尋里。同時歌舞。惟有舊家秋娘。聲價如故。吟牋賦筆。猶記燕臺句。知誰伴名園露飲。東城閒步。事與孤鴻去。探春盡是傷離意緒。官柳低金縷。歸騎晚。纖纖池塘飛雨。斷腸院落。一簾風絮。

陳郁藏一話腴云。「美成自號清眞。二百年來。以樂府獨步。貴人學士。市儈妓女。皆知美成詞為可愛。」

樓攻媿云。「清眞樂府播傳。風流自命。顧曲名堂。不能自已。」貴耳錄云。「美成以詞行。當時皆稱之。不知美成文章。大有可觀。可惜以詞掩其他文也。」强煥序云。「美成詞橅寫物態。曲盡其妙。」陳質齋云。「美成詞多用唐人詩。檃括入律。混然天成。長調尤善鋪敍。富豔精工。詞人之甲乙也。」張叔夏云。「美成詞渾厚和雅。善於融化詩句。」沈伯時云。「作詞當以清眞爲主。蓋清眞最爲知音。且下字用意。皆有法度。」此宋人論清眞之說也。余謂詞至美成。乃爲大宗。前收蘇秦之終。後開姜史之始。自有詞人以來。爲萬世不祧之宗祖。究其實亦不外沈鬱頓挫四字而已。卽如瑞龍吟一首。其宗旨所在。在「傷離意緒」一語耳。而入手先指明地點曰章臺路。却不從目前景物寫出。而云「還見」。此卽沈鬱處也。須知梅梢桃樹。原來舊物。惟用「還見」云云。則令人感慨無端。低徊欲絕矣。首疊末句云。「定巢燕子。歸來舊處。」言燕子可歸舊處。所謂前度劉郎者。卽欲歸舊處而不得。徒彳亍於愔愔坊陌。章臺故路而已。是又沈鬱處也。第二疊「黯凝佇」一語爲正文。而下文又曲折不言其人不在。反追想當日相見時狀態。用「因記」二字。則通體空靈矣。此頓挫處也。第三疊「前度劉郎。」至「聲價如故。」言倘人不見。但見同里秋娘。未改聲價。是用側筆以襯正文。又頓挫處也。燕臺句。用義山柳枝故事。情景恰合。名園露飲。東城閒步。當日己亦爲之。今則不知伴着誰人。賡續雅舉。此「知誰伴」三字。又沈鬱之至矣。「事與孤鴻去」三語。方說正文。以下說到歸院。層次井然。而字字淒切。末以飛雨風絮作結。寓情於景。倍覺黯然。通體僅「黯凝佇」「前度劉郎重到」「傷離意緒」三語。爲作詞主意。此外則頓挫而復纏綿。空靈而又沈鬱。驟視之。幾莫測其用筆之意。此所謂神化也。他作亦復類此。不能具述。總之。詞至清眞。實是聖手。後人竭力摹效。凡不能形似也。至說部紀載。如風流子爲溧水主簿姬人作。少年游爲道君幸李師師家作。瑞鶴仙爲睦州夢中作。此類頗多。皆稗官附會。或出之好事忌名。故作訕笑。等諸無稽。倘史傳所謂邦彥疏雋少檢。不爲州里推重者此歟。

右北宋八家。皆造長壇坫。爲世誦習者也。其有詞不甚高。聲譽頗盛。雖非作家之極。亦在附庸之列。成作咸在。不可廢也。因復總述之。

（1）王安石 桂枝香 登樓縱目。正故國晚秋。天氣初肅。千里澄江似練。翠峯如簇。征帆去棹斜陽裏。背西風、酒旗斜矗。綵舟雲淡。星河鷺起。畫圖難足。 念自昔、豪華競逐。歎門外樓頭。悲恨相續。千古憑高。對此漫嗟榮辱。六朝舊事隨流水。但寒烟衰草凝綠。至今商女。時時猶唱。後庭遺曲。金陵荆公不以詞見長。而桂枝香一首。大爲東坡嘆賞。各家選本。亦皆采錄。第其詞祇穩愜而已。他如菩薩蠻、漁家傲、清平樂、浣溪沙等。間有可觀。至浪淘沙之「伊呂兩衰翁。」望江南之「歸依三寶贊。」直俚語耳。

（2）晏幾道臨江仙夢後樓臺高鎖。酒醒簾幕低垂。去年春恨卻來時。落花人獨立。微雨燕雙飛。記得小蘋初見。兩重心字羅衣。琵琶絃上說相思。當時明月在。曾照綵雲歸。

小山詞之最著者。如此詞之落花二句。及鷓鴣天之「舞低楊柳樓心月。歌盡桃花扇底風。」又「今宵剩把銀釭照。猶恐相逢是夢中。」又「夢魂慣得無拘檢。又踏楊花過謝橋。」浣溪沙之「戶外綠楊春繫馬。牀頭紅燭夜呼盧。」皆爲世人盛稱者。余謂豔詞自以小山爲最。以曲折嬌婉。淺處皆深也。

（3）李之儀卜算子我住長江頭。君住長江尾。日日思君不見君。共飲長江水。　此水幾時休。此恨何時已。只願君心似我心。定不負、相思意。

此詞盛傳於世。以爲古樂府俊語是也。但不善學之。易流於滑易。姑溪詞中佳者殊鮮。如千秋歲之「東風半落梅梢雪。」南鄉子之「西墻。猶有輕風遞暗香。」亦工。此外皆平直而已。

（4）周紫芝朝中措 雨餘庭院冷蕭蕭。簾幙度輕飈。鳥語喚回殘夢。春寒勒住花梢。 無聊睡起。新愁黯黯。歸路迢迢。又是夕陽時候。一鑪沈水烟銷。

孫競謂竹坡樂章。淸麗婉曲。非苦心刻意爲之。此言極是。竹坡少師張耒。行輩稍長李之儀。而詞則學小山者也。入第賞其鷓鴣天之「梧桐葉上三更雨。葉葉聲聲是別離。」醉落魄之「曉寒誰看伊梳掠。雪滿西樓。人在闌干角。」生查子之「不忍上西樓。怕看來時路。」諸語實皆聰俊句耳。余最愛品令登高詞。其後半云「黃花香滿。記白苧吳歌軟。如今卻向亂山叢裏。一枝重看。對着西風。搔首爲誰腸斷。」沈着雄快。似非小山所能也。

（5）葛勝仲鷓鴣天 小榭幽園翠篠垂。雲輕日薄淡秋暉。菊英露浥淵明徑。藕葉風吹叔寶池。酬素景。泥芳巵。老人癡鈍強伸眉。懽華莫遣笙歌散。歸路從教燈影稀。

魯卿與常之。亦如元獻、小山也。然門第譽望。可以齊驅。至論詞。則虎賁之與中郎矣。魯卿以驀山溪、天穿節二首得盛譽。其詞亦平平。蓋名高而實不足副也。余愛其點絳脣末語。「亂山無數。斜日荒城鼓。」可與范文正「長烟落日孤城閉」並美。餘不稱矣。

（6）黃庭堅虞美人天涯也有江南信。梅破知春近。夜闌風細得香遲。不道曉來開徧向南枝。玉臺弄粉花應妬。飄到眉心住。平生箇裏願杯深。去國十年老盡少年心。宜州見梅作

晁无咎謂山谷詞。不是當行家。乃著腔唱好詩。此言洵是。陳后山乃云。今代詞手。惟秦七與黃九。此實阿私之論。山谷之詞。安得與太虛並稱。卽如念奴嬌下片。如「共倒金尊家萬里。難得尊前相屬。老子平生。江南江北。愛聽臨風曲。」一世謂可並東坡。不知此僅豪放耳。安有東坡之雄俊哉。

（7）張耒風流子亭皋木葉下。重陽近。又是擣衣秋。奈愁入庾腸。老侵潘鬢。漫簪黃菊。花也應羞。楚天晚、白蘋烟盡處。紅蓼水邊頭。芳草有情。夕陽無語。雁横南浦。人倚西樓。 玉容知安否。香箋共錦字。兩處悠悠。空恨碧雲離合。青鳥沉浮。向風前懊惱。芳心一點。寸眉兩葉。禁甚閒愁。情到不堪言處。分付東流。

此詞僅芳草四語爲俊語。通體布局。宛似耆卿。故下片說到本事。卽如強弩之末矣。元祐諸公。皆有樂府。惟張僅見少年游、秋蕊香、及此詞。胡元任以爲不在元祐諸公之下。非公論也。（少年游秋蕊香二詞。爲營伎劉淑奴作。）

（8）陳師道 清平樂 秋光燭地。簾幕生秋意。露葉翻風驚鵲墜。暗落青林紅子。 微行聲斷長廊。熏爐衾換生香。滅燭卻延明月。攬衣先怯微涼。

胡元任云。后山自謂他文未能及人。獨於詞不減秦七黃九。其自矜如此。而放翁題跋則云。陳無已詩妙天下。以其餘作詞。宜其工矣。顧乃不然。殆未易曉也。余謂后山詞。較文潛爲優。如菩薩蠻云。「急雨洗香車。天回河漢斜。」蝶戀花云。「路轉河回寒日莫。連峯不許重回顧」等語皆勝。放翁所云。亦非公也。

（9）程垓 南浦 金鴨嬾薰香。向晚來、春酲一枕無緒。濃綠漲瑤窗。東風外、吹盡亂紅飛絮。無言佇立。斷腸惟有流鶯語。碧雲欲暮。空惆悵韶華。一時虛度。 追思舊日心情。記題葉西樓。吹花南浦。老去覺歡疏。傷春恨、多付斷雲殘雨。黃昏院落。問誰猶在憑闌處。可堪杜宇。空只解聲聲。催他春去。

毛子晉云。正伯與子瞻。中表兄弟也。故集中多溷蘇作。如意難忘、一翦梅之類。余按今傳書舟詞。已無蘇作。子晉已删汰矣。其酷相思、四代好、折紅英諸作。盛爲升庵推許。蓋其詞以淒婉綿麗爲宗。爲北宋人別開生面。自是以後。字句間凝鍊漸工。而昔賢疏宕之致微矣。

（10）毛滂臨江仙聞道長安燈夜好。雕輪寶馬如雲。蓬萊清淺對觚稜。玉皇開碧落。銀界失黃昏。誰見江南憔悴客。端憂懶步芳塵。小屏風畔冷香凝。酒濃春入夢。窗破月尋人。都城元夕

滂以惜分飛贈伎詞得盛名。陳質齋且云。澤民他詞雖工。未有能及此者。所見太狹矣。東堂詞中佳者殊多。如浣溪沙云「小雨初收蝶做團。和風輕拂燕泥乾。秋千院落落花寒。」七娘子云。「雲外長安。斜暉脈脈。西風吹夢來無跡。」驀山溪楊花云「柔弱不勝春。任東風吹來吹去。」皆俊逸可喜。安得云惜分飛爲最乎。卽此詞之酒濃二句。何減雲破月來風調。

（11）晁補之摸魚兒買陂塘旋栽楊柳。依稀淮岸湘浦。東皋雨足輕痕漲。沙觜鷺來鷗聚。堪愛處。最好是、一川夜月光流渚。無人自舞。任翠幕張天。柔茵藉地。酒盡未能去。　青綾被休憶金閨故步。儒冠曾把身誤。弓刀千騎成何事。荒了邵平瓜圃。君試覷滿靑鏡、星星鬢影今如許。功名浪語。便做

得班超。封侯萬里。歸計恐遲暮。

无咎詞酷似東坡。不獨此作然也。如滿江紅之東武城南。永遇樂之松菊堂深。皆直摩子瞻之壘。而靈氣往來。自有天然之秀。胡元任盛稱其洞仙歌（泗州中秋作。）謂如常山之蛇。救首救尾。可云知無咎者矣。

（12）晁端禮水龍吟倦遊京洛風塵。夜來病酒無人問。九衢雪少。千門月淡。元宵燈近。香散梅梢。凍銷池面。一番春信。記南城醉裏。西城宴闋。都不管人春困。 屈指流年未幾。早驚人潘郎雙鬢。當時體態。而今情緒。多應瘦損。馬上牆頭。縱教瞥見。也難相認。憑闌干但有、盈盈淚眼。把羅襟搵。

次膺爲无咎叔。蔡京薦於朝。詔乘驛赴闕。次膺至。適禁中嘉蓮生。遂屬詞以進。名並蒂芙蓉。上覽稱善。除大晟府協律。不克受而卒。今琴趣外篇。有鴨頭綠、黃河清慢。皆所創也。其才亦不亞於清眞云。

（13）万俟雅言昭君怨春到南樓雪盡。驚動燈期花信。小雨一番寒。倚闌干。 莫把闌干頻倚。一望幾重烟水。何處是京華。暮雲遮。

雅言自號詞隱。與淸眞堂名顯曲。其旨相同。崇寧中充大晟府製撰。又與淸眞同官。今大聲集雖不傳。而如春草碧、三台、卓牌兒諸詞。固流播千古也。黃叔暘謂其詞平而工。和而雅。洵然。

右附錄十三家。姑溪、竹坡、丹陽三家。則學晏氏父子者也。文潛、后山、正伯、東堂、无咎。則屬於蘇門者也。次膺、詞隱、爲邦彥同官。討論古音古調。又復增演慢曲、引、近。或爲三犯、四犯之曲。皆知音之士。故當繫諸淸眞之下。荆公山谷。實非專家。盛譽難沒。因附入焉。

（第二）　南宋人詞略

詞至南宋。可云極盛時代。黃昇散花庵中興以來絕妙詞選十卷。始於康與之。終於洪瑹。周密絕妙好詞七卷。始於張孝祥。終於仇遠。合計不下二百家。二書皆選家之善本。學者必須探討。顧由博返約。首當抉擇。茲選論七家。爲南渡詞人之表率。卽稼軒、白石、玉田、碧山、梅溪、夢窗、草窗是也。此外附錄所及。各以類聚。亦可略見大概矣。

（1）辛棄疾　字幼安。歷城人。耿京聚兵山東。節制忠義軍馬。留掌書記。紹興中。令奉表南歸。高宗召見。授承務郎。累官浙東安撫使。進樞密都承旨。有稼軒長短句十二卷。錄詞一首。

賀新郎 獨坐停雲作

甚矣吾衰矣。悵平生交遊零落。只今餘幾。白髮空垂三千丈。一笑人間萬事。問何物能令公喜。我見青山多嫵媚。料青山見我應如是。情與貌。略相似。 一尊搔首東窗裏。想淵明停雲詩就。此時風味。江左沈酣求名者。豈識濁醪妙理。回首叫雲飛風起。不恨古人吾不見。恨古人不見吾狂耳。知我者。二三子。

陳子宏云。「蔡元工於詞。靖康中。陷金。辛幼安以詩詞謁蔡。曰。子之詩則未也。他日當以詞名家。」劉潛夫云。「公所作大聲鏜鞳。小聲鏗鍧。橫絕六合。掃空萬古。其穠麗綿密者。又不在小晏秦郎之下。」毛子晉云。「詞家爭鬭穠纖。而稼軒率多撫時感事之作。磊落英多。絕不作妮子態。宋人以東坡爲詞詩。稼軒爲詞論。善評也。」陳亦峯云。「稼軒詞自以賀新郎一篇爲冠。別茂嘉十二弟。沈鬱蒼涼。跳躍動盪。古今無此筆力。」余謂學稼軒詞。須多讀書。不用書卷。徒事叫囂。便是蔣心餘、鄭板橋。去沈鬱二字遠矣。辛詞着力太重處。如破陣子「爲陳同甫賦壯詩以寄之」。瑞鶴仙「南澗雙溪樓」等作。不免劍拔弩張。至如鷓鴣天云。「卻將萬字平戎策。換得東郊種樹書。」讀之不覺衰颯。臨江仙云。

一別浦鯉魚何日到。錦書封恨重重。海棠花下去年逢。也應隨分瘦。忍淚覓殘紅。」婉雅芊麗。孰謂稼軒不工緻語耶。又蝶戀花云。「元日立春」「今歲花朝消息定。只愁風雨無憑準。」蓋言榮辱不定。遭讒無常。言外有多少疑懼哀怨。而仍是含蓄不盡。此等處。雖迦陵且不能知。遑論餘子。世以摸魚子一首爲最佳。亦有見地。但啓譏諷之端。陳藏一之詠雪。德祐太學生之百字令。往往易招愆尤也。

（2）姜夔　字堯章。鄱陽人。蕭東父識之於年少。妻以兄子。因寓居吳興之武康。與白石洞天爲鄰。自號白石道人。慶元中。曾上書乞正太常雅樂。有白石詩一卷。詞五卷。錄詞一首。

霓裳中序第一

亭皋正望極。亂落江蓮歸未得。多病卻無氣力。況紈扇漸疏。羅衣初索。流光過隙。歎杏梁雙燕如客。人何在。一簾淡月。彷彿照顏色。　幽寂。亂蛩吟壁。動庾信清愁似織。沉思年少浪跡。笛裏關山。柳下坊陌。墜紅無信息。漫暗水涓涓流碧。漂零久。而今何意。醉臥酒壚側。

宋人詞如美成樂府。僅注明宮調而已。宮調者。即說明用何等管色也。如仙呂用小工。越調用六字類。蓋爲樂工計耳。白石詞凡舊牌皆不註明管色。而獨於自度腔十七支。不獨壽明宮調。並樂譜亦詳載之。宋代曲譜。今不可見。惟此十七闋。尚留歌詞之法於一線。因悟宋人歌詞之法。皆用舊譜。故白石於舊牌各詞。概不中說。而於自作諸譜。不殫詳錄也。何以明之。白石詞滿江紅序云。滿江紅舊詞用仄韻。多不協律。如末句云。無心撲三字。歌者將心字融入去聲。方諧音律。又云。末句云聞珮環。則協律矣。是白石明知舊譜心字之不協。乃爲此珮字之去聲以就歌譜焉。故此詞不注旁譜。以見韻雖用平。而歌則仍舊也。又吳夢窗西子妝。亦自度腔也。而張玉田和之。且云。夢窗自製此曲。余喜其聲調嫻雅。久欲效而未能。又云。惜舊譜零落。不能倚聲而歌也。据此。則宋調之能歌者。皆非舊譜零落之詞。夢窗此調。雖嫻雅可觀。而譜法已佚。無從按拍。苟可不拘舊譜。則玉田儘可補苴罅漏。別訂新聲。今寧使闕疑。不敢妄作者。正足見宋人歌詞之法。概守舊腔。非如南北曲之隨字音清濁而爲之挪移音節也。是以吳詞自製腔九支。以不自作譜。元明以來。賡和者絕少。姜詞十七譜具存。故繼姜而作者至多。於此見譜之存逸。關繫於詞之隆替者至重。而宋詞譜之守定成式者。亦緣此可悟矣。南渡以後。國勢日非。白石目擊心傷。多於詞中寄慨。不獨暗香、疏影。發二帝之幽憤。傷在位之無人也。特感慨全在虛處。無迹可尋。人自不察耳。蓋詞中感喟。祇可用比興體。卽比興中亦須含蓄不露。斯爲沉鬱。若慷慨發越。終病淺題。如揚州慢自胡馬窺江去後。廢池喬木猶厭言兵。已包涵無數傷亂語。又如點絳脣丁未過吳淞作。通首只寫眼前景物。至結處云。今何許。憑闌懷古殘柳參差舞。其感時傷事只用今何許三字提唱。無窮哀感。都在虛處。他如淒涼犯翠樓吟諸作。當亦有感而發。特未敢肊斷耳。

（3）張炎　字叔夏。號玉田。循王後裔。居臨安。自號樂笑翁。有玉田詞三卷。仇遠鄭思肖爲之序。錄詞一首。

南浦　春水

波煖綠粼粼。燕飛來、好是蘇堤纔曉。魚沒浪痕圓。流紅去。翻嘆東風難埽。荒橋斷浦。柳陰撐出扁舟小。回首池塘青欲徧。絕似夢中芳草。　和雲流出空山。甚年年淨洗。花香不了。新綠乍生時。孤村路。猶憶那回曾到。餘情渺渺。茂林觴詠如今悄。前度劉郎從去後。溪上碧桃多少。

玉田詞皆雅正。故集中無俚鄙語。且別具忠愛之致。玉田詞皆空靈。故集中無拙滯語。且又多婉麗之態。自學之者多效其空靈。而立意不深。即流於空滑之弊。豈知玉田用筆。各極其致。而琢句之工。尤能使意筆俱顯。人僅賞其精警。而作者詣力之深。曾未知其甘苦也。如憶舊遊、大都長春宮云。古臺半壓琪樹。引袖拂寒星。結云。鶴衣散彩都是雲。壺中天、夜渡古黃河云。扣舷歌斷。海蟾飛上孤白。渡江雲、山陰久客寄王菊存云。山空天入海。倚樓望極。風急暮潮初。湘月、山陰道中云。疏風迎面。濕衣原是空翠。清平樂云。只有一枝梧葉。不知多少秋聲。甘州、寄沈堯道云。短夢依然江表。老淚灑西州。一字無題處。落葉都愁。又云。折蘆花贈遠。零落一身秋。又餞草窗西歸云。料瘦筇歸後。閒鎖北山雲。臺城路、送周方山云。晴草埋沙。明波洗月。誰念天涯羈旅。又寄太白山人陳又新云。雁沙動月。嘆千里悲歌。唾壺敲缺。又云。同潮似咽。送一點愁心。故人天末。江影沉沉。夜涼鷗夢闊。長亭怨、餞菊泉云。記橫笛玉關高處。萬疊沙寒。雪深無路。西子妝、江上云。楊花點點是春心。替風前萬花吹淚。憶舊遊、登蓬萊閣云。海日生殘夜。看臥龍和夢。飛入秋冥。還聽水聲東去。山冷不生雲。此類皆精警無匹。可與堯章頡頏。又如邁陂塘結處云。深更靜。待散髮吹簫。鶴背天風冷。憑高露飲。正碧落塵空。光搖半壁。月在萬松頂。沈鬱以清超出之。飄飄有凌雲氣概。自在草窗、西麓之上。至如長亭怨、餞菊泉結云。且莫把孤愁。說與當時歌舞。三姝媚、送舒亦山云。賀監猶存。還散跡、千山風露。又云。布襪青鞋。休誤入桃源深處。甚是時菊泉、亦山。各有北游。語帶箴規。又復自明不仕之志。君國之感。離別之情。言外自見。此亦足見玉田生平矣。玉田用韻至雜。往往真文、青庚、侵尋同用。亦有寒刪間雜覃鹽者。此等處實不足法。惟在入聲韻。則又謹嚴。屋沃不混覺藥。質陌不混月屑。亦不雜他韻。學者當從其謹嚴處。勿藉口玉田。爲文過之地也。

（4）王沂孫　字聖與。號碧山。又號中仙。會稽人。至元中。曾官慶元路學正。有碧山樂府二卷。錄詞一首。

齊天樂　餘閒書院擬賦蟬

一襟遺恨宮魂斷。年年翠陰庭宇。乍咽涼柯。還移暗葉。重把離愁低訴。西園過雨。漸金錯鳴刀。玉箏調柱。鏡掩妝殘。爲誰嬌鬢尚如許。　銅仙鉛淚似洗。歎移盤去遠。難貯零露。病翼驚秋。枯形閱世。消得斜陽幾度。餘音更苦。甚獨抱清商。頓成淒楚。漫想薰風。柳絲千萬縷。

大抵碧山之詞。皆發於忠愛之忱。無刻意爭奇之意。而人自莫及。論詞品之高。南宋諸公。當以花外爲巨擘焉。其詠物諸篇。固是君國之憂。時時寄託。卻無一筆犯複。字字貼切故也。天香龍涎香一首。當爲謝太后作。其前半多指海外事。推後疊云。荀令如今漸老。總忘卻尊前舊風味。必有寄託。但不知何所指耳。至如南浦春水云。簾影離樓陰。芳流去。應有淚珠千點。滄浪一舸。斷魂重唱蘋花怨。寄慨處淸麗紆徐。斯爲雅正。又慶春宮水仙云。歲華相誤。記前度湘皋怨別。哀絃重聽。都是淒涼。未須彈徹。後疊云。國香到此誰辨。煙冷沙昏。頓放愁絕。結云。試招仙魄。怕今夜瑤簪凍折。攜盤獨出。空想咸陽。故宮落月。淒涼哀怨。其爲王淸惠輩作乎。（淸惠等詩詞具見汪水雲湖山類稿）又無悶雪意後半云。淸致。悄無似。有照水南枝。已攙春意。誤幾度憑闌。暮愁凝睇。應是梨雲夢好。未肯放東風來人世。待翠管吹破蒼茫。看取玉壺天地。無限怨情。出以渾厚之筆。張皋文詞選碧山詞止取四首。除齊天樂賦蟬外。有眉嫵新月、高陽臺梅花、慶淸朝榴花三闋。且於每詞下各注案語。眉嫵云。此喜君有恢復之志。而惜無賢臣也。高陽臺云。此傷君臣宴安。不思國恥。天下將亡也。慶淸朝云。此言亂世尚有人才。惜世不用也。是知碧山一片熱腸。無窮哀感。小雅怨誹不亂之旨。諸詞有焉。以視白石之暗香、疏影。亦有過之無不及。詞至此蔑以加矣。

（5）史達祖　字邦卿。汴人。有梅溪詞。四朝聞見錄。韓侂胄爲平章。專倚省吏史達祖擬行文字。擬帖擬旨。皆出其手。侍從柬札。至用申呈。韓敗。遂黥焉。有梅溪詞一卷。錄詞一首。

三姝媚

烟光搖縹瓦。望晴簷多風。柳花如灑。錦瑟橫床。想淚痕塵影。鳳絃長下。倦出犀帷。頻夢見、王孫驕馬。諱道相思。偷理綃裙。自驚腰衩。　惆悵南樓遙夜。記翠箔張燈。枕肩歌罷。又入銅駝。徧舊家門巷。首訊聲價。可惜東風。將恨與閒花俱謝。記取崔徽模樣。歸來暗寫。

邦卿爲平原堂吏。千古無不惜之。樓敬思云。史達祖南宋名士。不得進士出身。以彼文采。豈無論薦。乃甘作權相堂吏。至被彈章。不亦降志辱身之至耶。讀其書懷滿江紅詞。好領青衫。全不向詩書中得。三徑就荒秋自好。一錢不値貧相逼。亦自怨自艾者矣。又讀其出京滿江紅詞。更無人擫笛傍宮牆。苔花碧、又云。老子豈無經世術。詩人不預平邊策。是亦善於解嘲焉。然集中又有留別社友龍吟曲。楚江南每爲神州未復。闌干靜。慵登眺。新亭之泣。未必不勝於蘭亭之集也。乃以詞客終其身。史臣亦不屑道其姓氏。科目之困人如此。豈不可嘆。然則詞人立品。爲尤要矣。戈順卿謂周清眞善運化唐人詩句。最爲詞中神妙之境。而梅溪亦擅其長。筆意更爲相近。又云。若仿張爲作詞家主客圖。周爲主。史爲客。未始非定論也。其傾倒梅溪。可爲盡至。余謂白石、梅溪。皆祖清眞。白石化矣。梅溪或稍遜耳。至其高者。亦未嘗不化。如湘江靜云。三年夢冷。孤吟意短。慶烟鐙津鼓。屐齒厭登臨。移鐙後幾番涼雨。又臨江仙結何云。枉教裝得舊時多。向來簫鼓地。曾見柳婆娑。慷慨生哀極悲極鬱。居然美成復生。較臨斷岸新綠生時。是落紅帶愁流處。尤爲沉着。此種境地。卻是梅溪獨到處。

（6）吳文英　字君特。四明人。從吳履齋諸公游。有夢窗甲乙丙丁稿四卷。錄詞一首。

鶯啼序。

殘寒正欺病酒。掩沉香繡戶。燕來晚飛入西城。似說春事遲暮。畫船載清明過卻。晴烟冉冉吳宮樹。念羈情。遊蕩隨風化爲輕絮。　十載西湖。傍柳繫馬。趁嬌塵軟霧。遡紅漸招入仙谿。錦兒偸寄幽素。倚銀屏春寬夢窄。斷紅溼歌紈金縷。暝隄空。輕把斜陽總還鷗鷺。　幽蘭旋老。杜若還生。水鄉尚寄旅。別後訪六橋無信。事往花委。瘞玉埋香。幾番風雨。長波妒盼。遙山羞黛。漁燈分影春江宿。記當時短楫桃根渡。青樓彷彿。臨分敗壁題詩。淚墨慘澹塵土。　危亭望極。草色天涯。歎鬢侵半苧。暗點檢離痕歡唾。尚染鮫綃。嚲鳳迷歸。破鸞慵舞。殷勤待寫。書中長恨。藍霞遼海沉過雁。漫相思彈入哀箏柱。傷心千里江南。怨曲重招。斷魂在否。

按夢窗詞以綿麗爲尚。運意深遠。用筆幽邃。鍊字鍊句。迥不猶人。貌觀之。雕繢滿眼。而實有靈氣行乎其間。細心吟繹。覺味美于回。引人入勝。既不病其晦澀。亦不見其堆垛。此與清眞、梅溪、白石。並爲詞學之正宗。一脈眞傳。特稍變其面目耳。猶之玉溪生之詩。藻采組織。而神韻流轉。旨趣永長。未可妄譏其獺祭也。昔人評隲。多有未當。卽如尹惟曉以夢窗並清眞。不知置東坡、少游、方回、白石等於何地。學之未免溢量。至沈伯時謂其太晦。其實夢窗才情超逸。何嘗沈晦。夢窗長處。正在超逸之中。見沈鬱之思。烏得轉以沈鬱爲晦耶。若叔夏七寶樓台之喻。亦所未解。夢窗詞。合觀通篇。固多警策。卽分摘數語。亦自入妙。何嘗不成片段耶。張臯文詞選。獨不收夢窗詞。而以蘇辛爲正聲。此門戶之見。乃以夢窗與耆卿、山谷、改之輩同列。此眞不知夢窗也。董氏續詞選。祇取夢窗唐多令、憶舊游兩篇。此二篇絕非夢窗高詣。唐多令一篇。幾於油腔滑調。在夢窗集中最屬下乘。續選獨取此兩篇。豈故收其下者。以實臯文之言耶。謬矣。）

夢窗精於造句。超逸處、則仙骨珊珊。洗脫凡豔。幽索處、則孤懷耿耿。別締古歡。如高陽臺落梅云。宮粉彫痕。仙雲墮影。無人野水荒灣。古石埋香。金沙鎖骨連環。南樓不恨吹橫笛。恨曉風千里關山。半飄零。

庭院黃昏。月冷闌干。又云。細雨歸鴻。孤山無限春寒。瑞鶴仙云。怨柳淒花。似曾相識。西風破屐。林下路。水邊石。祝英臺近、除夜立春云。剪紅情。裁綠意。花信上釵股。殘日東風。不放歲華去。又春日客龜溪遊廢園云。綠暗長亭。歸夢趁風絮。水龍吟、惠山酌泉云。艷陽不到青山。淡煙冷翠成秋苑。滿江紅、澱山湖云。對兩蛾猶鎖。怨綠烟中。秋色未教飛盡雁。夕陽長是墜疏鐘。點絳唇、試燈夜初晴云。情如水。小樓薰被。春夢笙歌裏。又云。征衫貯。舊寒一縷。淚濕風簾絮。八聲甘州、游靈巖云。箭徑酸風射眼。膩水染花腥。又云。遥呼酒。上琴臺去。秋與雲平。俱能超妙入神。

（7）周密　字公謹。號草窗。濟南人。流寓吳興。居弁山。自號弁陽嘯翁。又號蕭齋。又號四水潛夫。淳祐中。爲義烏令。有蠟屐集、草窗詞二卷。一名蘋洲漁笛譜。錄詞一首。

曲遊春

禁苑東風外。颺暖絲晴絮。春思如織。燕約鶯期。惱芳情偏在、翠深紅隙。漠漠香塵隔。沸十里亂絲叢笛。看畫船盡入西泠。閒卻半湖春色。　柳陌。新烟凝碧。映簾底宮眉。堤上遊勒。輕暝籠烟。怕梨雲夢冷。杏香愁冪。歌管酬寒食。奈蝶怨良宵岑寂。正滿湖碎月搖花。怎生去得。

按草窗詞。盡洗靡曼。獨標清麗。有綿渺之思。與夢窗旨趣相侔。二窗並稱。允矣無忝。其於詞律。亦極嚴謹。蓋交游甚廣。深得切劘之益。如集中所稱霞翁。乃楊守齋也。守齋名纘。字繼翁。又號紫霞翁。善彈琴。明宮調。詞法有紫霞洞簫譜。嘗著作詞五要。于填詞按譜之法。詳言之。守律甚細。一字不苟作。草窗與之交。宜其詞律之細矣。觀其一萼紅登蓬萊閣有感一闋。蒼茫感慨。情見乎詞。當爲草窗集中壓卷。雖使美成、白石爲之。亦無以過。惜不多覯耳。詞云。步深幽。正雲黃天淡。雪意未全休。鑑曲寒沙。茂林烟草。俯仰今古悠悠。歲華晚。飄零漸遠。誰念我同載五湖舟。磴古松斜。厓陰苔老。一片清愁。回首天涯歸夢。幾魂飛西浦。淚灑東州。故國山川。故園心眼。還似王粲登樓。最負他秦鬟妝鏡。好江山何事此時游。爲喚狂吟老監。共賦銷憂。又法曲獻仙音弔雪香亭梅云。一片古今愁。但廢綠平烟空遠。無語消魂。對斜陽衰草淚滿。又西泠殘笛。低送數聲春怨。卽杜詩回首可憐歌舞地之意。以詞發之。更覺淒惋。水龍吟白蓮云。擎露盤深。憶君涼夜。時傾鉛水。想鴛鴦正結。梨雲好夢。西風冷。還驚起。詞意兼勝。似此亦不亞碧山也。

右七家皆南宋詞壇領袖。歷百世不祧者也。其他潛研音呂。敷陳華藻。正不乏人。復擇其著者。附錄之。

得十四家。

（1）陸游　字務觀。山陰人。以蔭補登仕郎。隆興初。賜進士出身。范成大帥蜀。爲參議官。人譏其頹放。因自號放翁。有劍南集。詞二卷。錄水龍吟一首。

摩訶池上追遊路。紅綠參差春晚。韶光妍媚。海棠如醉。桃花欲煖。挑菜初閒。禁煙將近。一城絲管。看金鞍爭道。香車飛蓋。爭先占新亭館。　惆悵年華暗換。黯消魂雨收雲散。鏡奩掩月。釵梁拆鳳。秦箏斜雁。身在天涯。亂山孤壘。危樓飛觀。嘆春來只有楊花。和恨向東風滿。春日游摩訶池

劉潛夫云。「放翁、稼軒。一掃纖豔。不事斧鑿。但時時掉書袋。要是一癖。」余謂務觀與稼軒。不可並列。放翁豪放處不多。今傳誦最著者。如雙頭蓮、鵲橋仙、眞珠簾等。字字馨逸。與稼軒大不相同。至南園一記。蒙垢今古。釵頭別鳳。寄慨家庭。平生家國間。眞有隱痛矣。

（2）張孝祥　字安國。蜀人。紹興二十四年。廷試第一。歷官至顯謨閣直學士。有于湖詞一卷。錄念奴嬌一首。

洞庭青草。近中秋更無一點風色。玉界瓊田三萬頃。着我扁舟一葉。素月分輝。明河共影。表裏俱

澄澈。悠然心會。妙處難與君說。　應念嶺表經年。孤光自照。肝膽皆冰雪。短髮蕭疏襟袖冷。穩泛滄溟空闊。盡吸西江。細斟北斗。萬象爲賓客。叩舷獨嘯。不知今夕何夕。過洞庭

此作絕妙好詞。冠諸簡端。其氣象固是豪雄。惟用韻不甚合耳。于湖他作。如西江月之「東風吹我過湖船。楊柳絲絲拂面」、滿江紅之「點點不離楊柳外。聲聲只在芭蕉裏」。皆俊妙可喜。陳郡湯衡序于湖詞云。「元祐諸公。嬉弄樂府。寓以詩人句法。無一毫浮靡之氣。實自東坡發之也。于湖紫微張公之詞。同一關鍵」。以于湖並東坡。論亦不謬。惟才氣較薄弱耳。

（3）陳亮　字同甫。婺州人。紹熙四年。擢進士第一。有龍川集。詞三卷。錄水龍吟一首。

鬧紅深處層樓。畫簾半捲東風軟。春歸翠陌。平莎茸嫩。垂楊金淺。遲日催花。淡雲閣雨。輕寒輕煖。恨芳菲世界。游人未賞。都付與鶯和燕。　寂寞憑高念遠。向南樓一聲歸雁。金釵鬥草。青絲勒馬。風流雲散。羅綬分香。翠綃封淚。幾多幽怨。正消魂又是、疏煙淡月。子規聲斷。

葉水心云。「同甫長短句四卷。每一章成。輒自歎曰。平生經濟之懷。略已陳矣」。周草窗云。「龍川好談天下大略。以節氣自居。而詞亦疏宕有致」。毛子晉云。「龍川詞讀至卷終。不作一妖語媚語。殆所

稱不受人憐者歟。」余謂龍川與幼安。往來至密。集中賀新郎三首。足見氣誼。故詞境亦近之。而如此作。又復幽秀妍麗。能者固無所不能也。

（4）劉過 字改之。太和人。嘗伏闕上書。請光宗過宮。復以書抵時宰。陳恢復方略。不報。放浪湖海間。有龍洲詞一卷。錄沁園春一首。

古豈無人。可以似吾。稼軒者誰。擁七州都督。雖然陶侃。機明神鑒。未必能詩。常袞何如。公羊聊爾。千騎東方候會稽。中原事。總匈奴未滅。畢竟男兒。　平生出處天知。算整頓乾坤終有時。問湖南賓客。侵尋去矣。江西戶口。流落何之。盡日樓臺。四邊屏障。目斷江山魂欲飛。長安道。算世無劉表。王粲疇依。寄辛稼軒

改之詞學幼安。而橫放傑出。尤較幼安過之。叫囂之風。於此開矣。黃花庵云。「如別妾天仙子、詠雲眉小桃紅諸闋。稼軒集中能有此纖秀語耶。」毛子晉又述此語為改之辯護。余以為改之諸作。如美人指甲、美人足。雖傳述人口。實是穢褻。不足為法。至豪邁處又一放不可收。蓋學幼安而不從沈鬱二字着力。終無是處也。集中沁園春至多。斗酒彘肩一首尤著名。亦謔語耳。細檢一過。惟賀新郎老去相如

一闋。是其最勝者矣。

（5）盧祖臯　字申之。永嘉人。與四靈相唱和。盛稱江湖間。慶元五年進士。爲軍器少監。嘉定十四年。權直學士。有蒲江詞。錄水龍吟一首。

會昌湖上扁舟。幾年不醉西山路。流光又是。宮衣初試。安榴半吐。千里江山。滿川煙草。蕭風淮楚。念離騷恨遠。獨醒人去。闌干外。誰懷古。　亦有魚龍戲舞。豔晴川綺羅歌鼓。鄉情節意。尊前同是。天涯羈旅。滿綠池塘。翠陰庭院。歸期無據。問明年此夜。一眉新月。照人何處。淮西重午

蒲江詞僅二十五闋。而佳者頗多。如賀新郎之釣雪亭、倦尋芳之春思、西江月之中春、清平樂之春恨。字字工協。毛子晉謂其有古樂府佳句。猶在字句間求之。論其詞境。可與玉田、草窗並美云。

（6）高觀國　字賓王。山陰人。有竹屋癡語一卷。錄解連環一首。

浪搖新綠。漫芳洲翠渚。雨痕初足。蕩霽色流入橫塘。看風外灩灩。皺紋如縠。藻荇縈迴。似留戀鴛飛鷗浴。愛嬌雲蘸色。媚日挼藍。遠迷心目。　仙源漾舟岸曲。照芳容幾樹。香浮紅玉。記那回西洽橋邊。濺帬翠傳情。玉纖輕掬。三十六陂。錦鱗渺、芳音難續。隔垂楊、故人望斷。浸愁千斛。春水

賓王與梅溪交誼頗摯。詞亦各有長處。集中如賀新郎之賦梅、喜遷鶯之秋懷、花心動之梅意、解連環之詠柳、瑞鶴仙之節枝。皆情意悱惻。得少游之意。陳造序其詞云。「高竹屋與史梅溪皆周秦之詞。所作要是不經人道語。其妙處。少游、美成亦未及也。」此論雖推崇過當。惟以竹屋爲周秦之詞。是確有見地。大抵南宋以來。如放翁、如于湖、則學東坡。如龍川、如龍洲、則學稼軒。至蒲江、賓王輩。以江湖叫囂之習。非倚聲家所宜。遂瓣香周秦。而詞境亦閒適矣。諸家造詣。固有不同。論其大概。不外乎此。

（7）張輯　字宗瑞。號東澤。鄱陽人。馮深居目爲東仙。有欸乃集、東澤綺語債二卷。錄疏簾淡月一首。

梧桐雨細。漸滴做秋聲。被風驚碎。潤逼衣篝。線裊蕙爐沈水。悠悠歲月天涯醉。一分秋、一分憔悴。紫簫吹斷。素牋恨切。夜寒鴻起。　又何苦淒涼客裏。負草堂春綠。竹溪空翠。落葉西風。吹老幾番塵世。從前諳盡江湖味。聽商歌、歸興千里。露侵宿酒。疏簾淡月。照人無寐。

東澤得詩法於姜堯章。詞亦學之。但少堯章清剛之氣耳。集中詞共二十三首。皆摘取詞中語標作牌名。與方回寓聲正同。顧賀張二家則可。今人則萬不能學也。諸作中亦有效蘇辛者。如貂裘換酒、一即賀新郎）乙未冬別馮可久、淮甸春、（卽念奴嬌）訪淮海事迹、東仙、（卽沁園春）馮可遷號余爲東仙。故賦。皆雄健可喜。不似疏雁淡月之婉約矣。惟杏梁燕、（卽解連環）則與梧桐雨細情韻相類。蓋東澤能融合豪放婉麗爲一也。

（8）劉克莊　字潛夫。號後村。莆田人。以蔭仕。淳祐中。賜同進士出身。官至龍圖閣直學士。有後邨別調一卷。錄滿江紅一首。

赤日黃埃。夢不到清溪翠麓。空健羨、君家別墅。幾株幽獨。骨冷肌清偏要月。天寒日暮尤宜竹。想主人杖屨繞千回。山南北。　寧委澗。嫌金屋。寧映水。羞銀燭。歎出羣風韻。背時裝束。競愛東鄰姬傅粉。誰憐空谷人如玉。笑林逋何遜漫爲詩。無人續。

後邨別調五卷。張叔夏謂直致近俗。乃效稼軒而不及者。洵然。集中沁園春二十五首。念奴嬌十九首。賀新郎四十二首。滿江紅三十一首。可云多矣。而奔放跅弛。殊無含蓄。且壽人自壽諸作。觸目皆是。詞品實不高也。古今詞話。以清平樂「貪與蕭郎眉語。不知舞錯伊州。」二句爲妙語。亦不過聰俊人口吻。非詞家之極則。惟南岳一稿。幾與大獄。詔禁作詩。詞學遂盛。此則於倚聲家頗有關係。今讀訪梅絕句。雖可發一粲。而當時禁網可知矣。（後村賀新郎云。君向柳邊花底問。看貞元朝士誰存者。桃滿觀。幾開謝。又云。老子平生無他過。爲梅花受取風流罪。皆爲江湖集獄而發。）

（9）蔣捷　字勝欲。陽羨人。德祐進士。自號竹山。遁跡不出。有竹山詞。錄高陽臺一首。

燕捲晴絲。蜂黏落絮。天教綰住閒愁。閒裏清明。匆匆粉澀紅羞。燈搖縹緲茸窗冷。語未闌娥影分收。好傷春。春也難留。人也難留。　芳塵滿目悠悠。問縈雲佩響。還繞誰樓。別酒纔斟。從前心事都休。飛鶯縱有風吹轉。奈舊家苑已成秋。莫思量。楊柳灣西。且棹吟舟。送翠英

竹山詞亦有警策處。如賀新郎之浪湧孤亭起、夢冷黃金屋二首。確有氣度。竹垞詞綜推爲南宋一家。且謂源出白石。亦非無見。惟其學稼軒處。則叫囂奔放。與後邨同病。如水龍吟落梅一首。通體用些字韻。無謂之至。沁園春云。「若有人尋。只教童道。這屋主人今自居。」又次強雲卿韻云。「結算平生。風流債負。請一筆勾。蓋攻性之兵。花圍錦陣。毒身之鴆。笑齒歌喉。」又云。「迷因底。嘆晴乾不去。待雨淋頭。」念奴嬌壽薛稼堂云。「進退行藏。此時正要。一着高天下。」又云。「自古達官酣富貴。往往遭人描畫。」賀新郎鍰狂士云。「據我看來何所似。一似韓家五鬼。又一似楊家風子。」此等處令人絕倒。

學稼軒至此。眞屬下下乘矣。大抵後村竹山未嘗無筆力。而風骨氣度。全不講究。是心餘、板橋輩所祖。乃詞中左道。有志復古者。當從梅溪、碧山用力也。

（10）陳允平　字君衡。四明人。有日湖漁唱二卷。繼周集一卷。錄醉江月一首。

霽空虹雨。傍啼螿莎草。宿鷺汀洲。隔岸人家砧杵急。微寒先到簾鉤。步屧廊高。征衫酒潤。誰熨玉香篝。風燈微暗。夜長頻換更籌。　應是雁柱調箏。鴛梭織錦。付與兩眉愁。不似尊前今夜月。幾度同上南樓。紅葉無情。黃花有恨。孤負十分秋。歸心如醉。夢魂飛趁東流。

張叔夏云。「詞欲雅而正。志之所之。一爲物所役。則失其雅正之音。近代陳西麓所作平正。亦有佳者」。夫平正則難見其佳。平正而有佳者。乃眞佳也。其詞取法淸眞。刻意摹效。繼周一集。皆和周韻。多至百二十一首。（繼周集共詞百二十三首。和周韻者百二十一首。惟過秦樓前一首。琴調相思引。並非周韻。疑宋本片玉詞。別有存此二首者也。）其傾倒美成。可與方千里楊澤民並傳。然其面目。並不十分相似。此卽脫胎法。可見古人用力之方矣。集中諸詞。喜改平韻。如絳都春、永遇樂及此詞。別具幽秀之致。亦白石法也。西湖十詠。多感時之語。時時寄託。忠厚和平。可亞中仙。非草窗所可及。其詞作於景定癸亥歲。閱十餘年宋亡矣。是故讀西麓詞。一切流蕩忘返之失。自然化去耳。

（11）施岳　字仲山。號梅川。吳人。其詞無專集。錄曲遊春一首。

畫舸西泠路。占柳陰花影。芳意如織。小楫衝波。度麴塵扇底。粉香簾隙。岸轉斜陽隔。又過盡別船簫笛。傍斷橋翠繞紅圍。相對半篙晴色。　頃刻。千山暮碧。向沽酒樓前。猶繫金勒。乘月歸來。正梨花夜縞。海棠煙冪。院宇明寒食。醉乍醒一庭春寂。任滿身露濕東風。欲眠未得。清明湖上

梅川詞見於絕妙好詞者。止有六首。其詞亦法清真。如水龍吟、蘭陵王二作可知也。此清明詞。蓋與草窗同作者。草窗和詞有「看畫船盡入西泠。閒卻半湖春色」之句。爲一時傳誦。此云相對半篙晴色。可云工力悉敵。西湖游幸記云「西湖、杭人無時不游。凡締姻賽社。會親送葬。經會獻神。無不在焉。故杭諺有銷金鍋之號。」觀草窗、梅川二詞。可見盛況矣。沈義甫云「梅川音律有源流。故其聲無舛誤。讀唐詩多。故語雅淡。」此數語論梅川至當。

（12）孫惟信　字季蕃。號花翁。開封人。嘗有官。棄去不仕。錄燭影搖紅一首。

一朵輕紅。寶釵壓鬢東風溜。年時也是牡丹時。相見花邊酒。初試夾紗半袖。與花枝盈盈鬭秀。對

花臨景。爲景牽情。因花感舊。 題葉無憑。曲溝流水空回首。夢雲不到小山屏。真箇歡難偶。別後知他安否。軟紅街、清明還又。絮飛春盡。天遠書沈。日長人瘦。牡丹

花翁集今不傳。其詞僅見絕妙好詞所錄五首而已。劉後村花翁墓誌云。「始昏於婺。後去婺游。留蘇杭最久。一榻之外無長物。躬爨而食。書無乞米之帖。文無逐貧之賦。終其身如此。」是花翁平生亦略見矣。沈伯時云「孫花翁有好詞。亦善運意。但雅正中時有一二市井語。」余謂翁集旣佚。無可評騭。就弁陽所錄。固無此病也。

（13）李清照 自號易安居士。濟南人。格非女。趙明誠妻。有漱玉集。錄壺中天一首。

蕭條庭院。又斜風細雨。重門須閉。寵柳嬌花寒食近。種種惱人天氣。險韻詩成。扶頭酒醒。別是閒滋味。征鴻過盡。萬千心事誰寄。 樓上幾日春寒。簾垂四面。玉闌干慵倚。被冷香消新夢覺。不許愁人不起。清露晨梳。新桐初引。多少游春意。日高煙斂。更看今日晴未。

易安詞最傳人口者。如如夢令之綠肥紅瘦。一翦梅之紅藕香殘。醉花陰之簾捲西風。鳳凰臺之香冷金猊。世皆謂絕妙好詞也。其聲聲慢一首。尤爲羅大經、張端義所激賞。其實此詞收二語。頗有傖氣。非

易安集中最勝者。大抵易安諸作。能疏俊而少沈着。即如永遇樂元宵詞。人咸謂絕佳。此事感懷京洛。須有沈痛語方佳。詞中如「如今憔悴風鬟霧鬢。怕向花間重去。」固是佳語。而上下文皆不稱。上云。「鋪翠冠兒。燃金雪柳。簇帶爭濟楚。」下云。「不如向簾兒底下。聽人笑語。」皆太質率。明者自能辨之。惟其論詞語絕精。因摘錄之。其言曰。本朝柳屯田永。變舊聲作新聲。出樂章集。大得聲稱於世。雖協音律。而詞語塵下。又有張子野、宋子京兄弟、沈唐、元絳、晁次膺輩繼出。雖時時有妙語。而破碎何足名家。至晏丞相、歐陽永叔、蘇子瞻、學際天人。作爲小歌詞。直如酌蠡水於大海。然皆句讀不葺之詩耳。又往往不協音律。（中略）王介甫、曾子固文章似西漢。若作小歌詞。則人必絕倒。不可讀也。乃知詞別是一家。知之者少。後晏叔原、賀方回、黃魯直出。始能知之。而晏苦無鋪敍。賀苦少典重。秦少游專主情致。而少故實。譬如貧家美女。雖極妍麗丰逸。而終乏富貴態。黃即尚故實。而多疵病。譬如良玉有瑕。價自減半矣。其譏彈前輩。能切中其病。世不以爲刻論也。至玉壺獻金之疑。汝舟改嫁之謬。俞理初、陸剛甫、李蒓客輩。論之詳矣。不贅述。

（14）朱淑真　自號幽棲居士。錢唐人。世居桃村。不得志歿。宛陵魏仲恭輯其詩。名斷腸集。錄詩平樂一首。

惱煙摧露。留我須臾住。攜手藕花湖上路。一霎黃梅細雨。　嬌癡不怕人猜。隨羣暫遣愁懷。最是分攜時候。歸來懶傍妝臺。

居士生查子一詞。爲升庵誣謗。今已大白於世。無庸贅論矣。余按斷腸詞止三十一首。且非全眞。安得魏端禮原輯。及稽瑞樓汴本。重付校讎也。就此三十一首中論之。如菩薩蠻之濕雲不度。憶秦娥之彎彎曲。柳梢青之玉骨冰肌。蝶戀花之樓外垂楊。皆諧婉可誦。朱文公謂本朝婦人能文者。唯魏夫人、及李易安。而不及淑眞。今魏夫人詞。僅有菩薩蠻一首。無可評論。而淑眞尚存數十首。足資研討。余故錄以爲殿焉。

右十四家。南宋詞之著者略具矣。竹山、後村。仍復論列者。蓋以見蘇辛詞實不能學。雖宋人且不能佳也。至南宋詞人之盛。實多不勝數。講學家如朱元晦、胡澹庵輩。亦有小詞流傳。（朱有水調歌頭。胡有醉落魄。）大臣如眞德秀、魏了翁、周必大等。又各有樂府名世。（眞有蝶戀花。魏有壽詞一卷。周有省齋近體樂府。）緇流如仲殊、祖可。羽流如葛長庚、丘長春。所作亦沖雅俊邁。（仲殊有訴衷情。祇可有小重山。長庚有酹江月。長春有無俗念。）名妓如蘇瓊、嚴蕊。復通詞翰。斯已奇矣。（蘇有西江月。嚴有卜算子、鵲橋仙等。）至詞苑叢談載李全之子璮水龍吟一首。有投筆書懷。枕戈待旦。隴西年少之語。是綠林之豪。亦知柔翰。更不勝臚舉也。余故約略論之。聊疏流別而已。

第八章　概論三　金元

前述唐五代兩宋人之作。爲詞學極盛之期。自是而後。此道衰矣。金元諸家。惟吳、蔡、遺山爲正。餘皆略事聲歌。無當雅奏。元人以北詞見長。文人心力。僅注意於雜劇。且有以詞入曲者。雖有疏齋、仁近、蛻巖諸子。亦非專家之業也。今綜金元二代略論之。

（第一）　金人詞略

完顏一朝。立國淺陋。金宋分界。習尚不同。程學行於南。蘇學行於北。一時文物。亦未謂無人。惟前爲宋所掩。後爲元所壓。遂使豪俊無聞。學術未顯。識者惜之。然而中州一編。悉金源之文獻。歸潛十卷。實藝苑之掌故。稽古者所珍重焉。至論詞學。北方較衰。雜劇搊彈盛行。而雅詞幾廢。間有操翰倚聲。亦日爲習詩餘技。遠非兩宋可比也。綜其傳作言之。風雅之始。端推海陵。南征之作。豪邁無及。章宗穎悟。亦多題詠。聚骨扇詞。一時絕唱。密國公璹。才調尤富。如庵小稿。存詞百首。宗室才望。此其選矣。至若吳蔡體行。詞風始正。於是黃華、玉峯、稷山二妙。諸家並起。而大集其成。實在遺山樂府。所集三十六家。知人論世。金人小史也。因就裕之所錄。略志如左。

（七）章宗　金史稱帝天資聰悟。詩詞多有可稱者。並紀其宮中絕句。命翰林待制朱瀾侍夜飲詩。殘橙爲軟金盃詞。皆清逸可誦。要未若聚骨扇詞之勝也。詞云。

蝶戀花　聚骨扇

幾股湘江龍骨瘦。巧樣翻騰。疊作湘波皺。金縷小鈿花草鬪。翠條更結同心扣。　金殿日長承宴久。□□招來。暫喜清風透。忽聽傳宣須急奏。輕輕褪入香羅袖。

帝詞僅見此首。雖爲賦物。而雅鍊不苟。自來宸翰。率多俚鄙。似此寡矣。他如鐵券行、送張建致仕歸、玉庭翁諸作。今皆不可見。飛龍記亦不存。

（2）密國公璹 璹字仲寶。一字子瑜。世宗之孫。越王允常子。自號樗軒居士。著有如庵小稿。錄沁園春詞一首。

壯歲耽書。黃卷青燈。留連寸陰。到中年贏得。清貧更甚。蒼顏明鏡。白髮輕簪。衲被蒙頭。草鞋着脚。風雨蕭蕭秋意深。淒涼否。餅中貯粟。指下忘琴。 一篇梁父高吟。看谷變陵遷古又今。便離騷經了。靈光賦就。行歌白雪。愈少知音。試問先生。如何即是。布袖長垂不上襟。掀髯笑。一杯有味。萬事無心。

公詞今止存七首。爲朝中措、春草碧、青玉案、秦樓月、西江月、臨江仙、及此詞也。宣宗南渡。防忌同宗。親王皆有門禁。公以開府儀同三司奉朝請。家居。止以講誦吟詠爲樂。潛與士大夫唱酬。然不敢彰露。其遭遇亦有可悲者。觀其西江月云。一百八般佛事。二十四考中書。山林朝市等區區。着甚來由自苦。臨江仙云。醉向繁臺臺上問。滿川細柳新荷。及此詞谷變陵遷古又今。蓋心中有難言之隱也。天興初。北兵犯河南。公已臥疾。嘗語人曰。敵勢如此。不能支。止可以降。全吾祖宗。且本邊塞。如得完顏氏一族歸我國中。使女直不滅。則善矣。餘復何望。其言至沈痛也。公喜與文士遊。一時學子如雷希顏、元裕之、李長源、王飛伯。皆游其門。飛伯嘗有詩云。宣平坊裏榆林巷。便是臨淄公子家。寂寞華堂豪貴少。時容詞客聽琵琶。一時以爲實錄。劉君叔亦云。其舉止談笑。眞一老儒。殊無驕貴之態。則其風度可思矣。

（3）吳激　激字彥高。建州人。米宰相扶子。米芾婿。使金留不遣。官翰林待制。皇統初。出知深州。卒。有東山集。詞一卷。錄風流子一首。蓋感舊作也。

書劍憶游梁。當時事。底處不堪傷。望蘭楫嫩漪。向吳南浦。杏花微雨。窺宋東牆。鳳城外、燕隨青步障。絲惹紫游韁。曲水古今。禁煙前後。暮雲樓閣。春草池塘。　回首斷人腸。流年去如電。鏡鬢成霜。獨有蟻尊陶寫。蝶夢悠揚。聽出塞琵琶。風沙淅瀝。寄書鴻雁。煙月微茫。不似海門潮信。猶到潯陽。

按游梁云云。卽指使金事。故有寄書鴻雁。潮信潯陽之語。蓋亦故國之思也。彥高以人月圓一詞得盛名。見中州樂府。先是宇文叔通主文盟。視彥高爲後進。止呼爲小吳。會飲酒間。有一婦人。宋宗室子。流落。諸公感嘆。皆作樂章一闋。宇文作念奴嬌有云。宗室家姬。陳王幼女。曾嫁欽慈族。干戈浩蕩。事隨天地翻覆。次及彥高。彥高作人月圓詞云。南朝千古傷心事。猶唱後庭花。舊時王謝。堂前燕子。飛向誰家。恍然一夢。仙肌勝雪。宮鬢堆鴉。江州司馬。青衫淚濕。同是天涯。虛中覽之大驚。自後人求樂府者。叔通卽云。吳郎近以樂府名天下。可徑求之。余謂彥高詞。篇數不多。皆精美盡善。雖多用前人語。而點綴殊自然也。

（4）蔡松年　松年字伯堅。眞定人。累官至吏部尚書。參知政事。卒。封吳國公。著有蕭閑公集。詞名明秀集。見四印齋刻本。已殘矣。錄石州慢一首。

東海蓬萊。風鬟霧鬢。不假梳掠。仙衣捲盡雲霓。方見宮腰纖弱。心期得處。世間言語非眞。海犀一點通寥廓。無物比情濃。覓無情相博。　離索。曉來一枕餘香。酒病賴花醫卻。灩灩金尊。收拾新愁重酌。片帆雲影。載將無際關山。夢魂應被楊花覺。梅子雨疏疏。滿江干樓閣。

按此詞爲高麗使還日作。故事上國使至。設有伎樂。此首卽爲伎作也。明秀集今止見殘本。惟目錄尚全。（見四印齋刊詞。）此詞止載中州樂府而已。余嘗考元以北散套見長。而楊朝英陽春白雪集。別有大樂一闋。以東坡念奴嬌、無名氏蝶戀花、晏叔原鷓鴣天、鄧千江望海潮、吳彥高春草碧、辛稼軒摸魚子、柳耆卿雨霖鈴、朱淑眞生查子、張子野天仙子。及伯堅此詞實之。蓋當時此詞。因流傳歌者之口也。元人雜劇。有蔡蕭閑醉寫石州慢。當卽演此事。今雖不傳。而其詞之聲價可知矣。伯堅他詞尚富。中州樂府選十二首。多有四印齋刊本中未見者。

（5）劉仲尹　仲尹字致君。遼陽人。正隆中進士。以潞州節度副使。召爲都水監丞。有龍山集。錄鷓鴣天四首。

滿樹西風鎖建章。宮黃未裹頁前霜。（句疑有誤字。）誰能載酒陪花使。終日尋香過苑牆。　脩月客。弄雲娘。二喬清興入琳瑯。草堂入病風流減。自洗銅缾煮蜜嘗。（其一）　騎鶴峯前第一人。不應着意怨王孫。當年豔態題詩處。好在香痕與淚痕。　調雁柱。引蛾顰。綠窗絃管合箏纂。砌臺歌舞陽春後。明月朱扉幾斷魂。（其二）　樓宇沈沈翠幾重。轆轤亭下落梧桐。川光帶晚虹垂雨。樹影涵秋鵲喚風。　人不見。思何窮。斷腸今古夕陽中。碧雲猶作山頭恨。一片西飛一片東。（其三）　璧月池南翦木犀。六朝宮袖窄中宜。新聲蹙巧蛾顰黛。纖指移簪雁着絲。　朱戶小。畫簾低。細香輕夢隔涪溪。西風只道悲秋瘦。卻是西風未得知。（其四）

按中州樂府錄龍山作十一首。而詞綜僅選其二。遺山選擇至嚴。此十一首。無一率語。不知竹垞如何去取也。致君爲李欽叔外祖。少擢第。終管義軍節度副使。能詩。學江西諸公。其墨梅、梅影二詩。尤爲人稱重。世人知者鮮矣。

（6）王庭筠　字子端。熊岳人。大定中登第。官至翰林修撰。晚年卜居黃華山。自稱黃華老人。中州樂府錄詞十二首。子端詞無集。止以元選爲準。錄一首。

百字令　癸巳莫冬小雪家集作

山堂晚色。滿疏籬寒雀。煙橫高樹。小雪輕盈如解舞。故故穿簾入戶。埽地燒香。團圞一笑。不道因風絮。冰澌生硯。問誰先得佳句。　有夢不到長安。此心安穩。只有歸耕去。試問雪溪無恙否。十里淇園佳處。修竹林邊。寒梅樹底。准擬全家住。柴門新月。小橋誰埽歸路。

按黃華得名最早。趙閑閑曾賦贈一詩云。寄語雪溪王處士。年來多病復何如。浮雲世態紛紛變。秋草人情日日疏。李白一杯人影月。鄭虔三絕畫詩書。情知不得文章力。乞與黃華作隱居。時閑閑尚未有盛名。由是益著稱也。

（7）趙可　字獻之。高平人。貞元二年進士。仕至翰林直學士。有玉峯散人集。

驀山溪　賦崇福荷花。崇福在太原晉溪。

雲房西下。天共滄波遠。走馬記狂遊。正芙蕖半鋪鏡面。浮空闌檻。招我倒芳尊。看花醉。把花歸。扶路清香滿。　水楓舊曲。應逐歌塵散。時節又新涼。料開遍橫湖清淺。冰姿好在。莫道總無情。殘月下。曉風前。有恨何人見。

按獻之少時。赴舉。及御簾試王業艱難賦。程文畢。於席尾上戲書小詞云。趙可可。肚裏文章可可。三場捱了兩場。過只有這番解火。恰如合眼跳黃河。知他是過也不過。試官道王業艱難。好交你知我。時海陵御文明殿。望見之。使左右趣錄以來。有旨諭考官。此人中否。當奏之。已而中選。不然。亦有異恩矣。後仕世宗朝。爲翰林修撰。因夜覽太宗神射碑。反覆數四。明日。會世宗親饗廟。立碑下。召學士院官讀之。適有可在。音吐鴻暢。如宿習然。世宗異之。數日遷待制。及冊章宗爲皇太孫。適可當筆。有云念天下大器。可不正其本歟。而世嫡皇孫。所謂無以易者。人皆稱之。後章宗即位。偶問向者冊文誰爲之。左右以可對。即擢直學士。可少輕俊。尤工樂章。有玉峯集行世。晚年奉使高麗。故事。上國使至館中。例有侍伎。獻之作望海潮以贈。爲世所傳誦。與蔡伯堅後先輝映。惟蔡之宮腰纖弱。與趙之離觴草草。均不免爲人嗤議也。

（8）劉迎 字無黨。東萊人。大定中進士。除豳王府記室。改太子司經。有詩文集。樂府號山林長語。

烏夜啼

離恨遠縈楊柳。夢魂常繞梨花。青衫記得章臺月。歸路玉鞭斜。 翠鏡啼痕印袖。紅牆醉墨籠紗。相逢不盡平生事。春思入琵琶。

（9）韓玉 字溫甫。北平人。擢第入翰林。爲應奉文字。後爲鳳翔府判官。有東浦詞。

賀新郎

柳外鶯聲醉。晚晴天、東風力軟。嫩寒初退。花底覓春春已去。時見亂紅飛墜。又閒傍闌干十二。闌外青山煙縹緲。遠連空、愁與眉峯對。凝望處。兩疊翠。 鴛鴦結帶靈犀珮。綺屏深香羅帳小。寶篆燈背。誰道彩雲和夢斷。青鳥阻尋後會。待都把相思情綴。便做錦書難寫恨。奈菱花都見人憔悴。那更有。枕函淚。

按玉詞。中州樂府所未見。僅見詞綜。尚有感皇恩一首。題作廣東與康伯可。是玉曾南遊者矣。詞中有

「故鄉何在。夢寐草堂溪友。」又「老去生涯殢尊酒。」又「故人今夜月。相思否。」之句。則王斿由南入北者也。

（10）党懷英　字世傑。其先馮翊人。後居泰安。官翰林承旨。有竹溪集。

鷓鴣天

雲步凌波小鳳鉤。年年星漢踏淸秋。只緣巧極稀相見。底用人間乞巧樓。　天外事。兩悠悠。不應也作可憐愁。開簾放入窺窗月。且盡新涼睡美休。

按世傑得第。適值章宗卽位之初。是時詔修遼史。世傑與郝俁同充纂修官。一時遼時碑銘墓誌。及諸家文集。或記遼事者。悉上送官。至泰和初。詔分紀志列傳刊修官。世傑尋卒。人咸以不覩全史爲恨。其後陳大任繼成遼史。或不如世傑遠矣。區區詞曲。不足見其學也。

（11）王渥　字仲澤。太原人。擢第。令寧陵。召爲省掾。使宋回。爲太學助教。天興中。出援武仙。戰歿。錄詞一首。

水龍吟　從商帥國器獵。同裕之賦。

短衣匹馬清秋。慣曾射虎南山下。西風白水。石鯨鱗甲。山川圖畫。千古神州。一時勝事。賓僚儒雅。快長堤萬弩。平岡千騎。波濤卷魚龍夜。　落日孤城鼓角。笑歸來長圍初罷。風雲慘淡。貔貅得意。旌旗閒暇。萬里天河。更須一洗。中原兵馬。看鞬櫜嗚咽。咸陽道左。拜西還駕。

按仲澤使宋至揚州。應對華敏。宋人重之。其擢第時。爲奧屯邦獻完顏斜烈所知。故多在兵間。後擬武仙於鄭州。蓋從赤盞合喜、道遇北兵。歿於軍陣。時論惜之。凝性明俊不羈。博學無所不通。長於談論。工尺牘。字畫遒美。有晉人風。詩多佳句。其過潁亭云。九山西絡煙霞去。一水南吞澗壑流。賓主唱酬空翠球。干戈橫絕自滄洲。又贈李道人云。簿領沈迷嫌我俗。雲山放浪覺君賢。又潁州西湖云。破除北客三年恨。慚愧西湖五月春。世人多稱道之。

（12）景覃　字伯仁。華陽人。自號渭濱野叟。錄詞一首。

天香

市遠人稀。林深犬吠。山連水村幽寂。田里安閒。東隣西舍。准擬醉時歡適。社祈雩禱。有簫鼓喧天吹擊。宿雨新晴。隴頭閒看。露桑風麥。　無端短亭暮驛。恨連年此時行役。何似臨流蕭散。緩衣輕幘。炊黍烹雞自勞。有脆綠甘紅薦芳液。夢裏春泉。糟牀夜滴。

（13）李獻能　字欽叔。河中人。擢第。入翰林。爲應奉文字。出爲鄜州觀察判官。再入。遷修撰。正大末。授河中帥府經歷官。詞不多作。錄一首。

春草碧

紫簫吹破黃州月。簌簌小梅花。飄香雪。寂寞花底風鬟。顏色如花命如葉。千里涴兵塵。淩波襪。

心事鑑影鸞孤。箏絃雁絕。舊時雪堂人。今華髮。腸斷金縷新聲。杯深不覺琉璃滑。醉夢繞南雲。花上蝶。

按金史。李家故饒財。盡于貞祐之亂。在京師無以自資。其母素豪奢。厚於自奉。小不如意。則必訶譴。人視之殆不堪憂。獻能處之自若也。欽叔爲人眇小而黑色。頗多髯。善談論。工詩。有志於風雅。又刻意樂章。在翰院。應制得體。趙閑閑、李屏山嘗云。李欽叔今世翰苑才。故諸公薦之。不令出館。詞雖不多見。而氣度風格。酷似秦少游。中州樂府又錄其江梅引、浣溪紗二首。卓然名手也。

（14）趙秉文　字周臣。磁州人。擢第。入翰林。因言事外補。後再入館。爲修撰。轉禮部郎中。又出典郡守。南渡後。爲直學士。拜禮部尚書。自號閑閑居士。有滏水集。

水調歌頭

四明有狂客。呼我謫仙人。俗緣千刼不盡。回首落紅塵。我欲騎鯨歸去。只恐神仙官府。嫌我醉時嗔。笑拍羣仙手。幾度夢中身。 倚長松。聊拂石。坐看雲。忽然黑霓落手。醉舞紫毫春。寄語滄浪流水。曾識閑閑居士。好爲濯冠巾。卻返天台去。華髮散麒麟。

按此詞爲公述志之作。公嘗自擬蘇子美。此詞自序云。「昔擬栩仙人王雲鶴贈余詩云。寄與閑閑傲浪仙。枉隨詩酒墮凡緣。黃塵遮斷來時路。不到蓬山五百年。其後玉龜山人云。子前身赤城子也。余因以詩記之云。玉龜山下古仙眞。許我天台一化身。擬折玉蓮騎白鶴。他年滄海看揚塵。吾友趙禮部庭玉說。丹陽子謂余再世蘇子美也。赤城子則吾豈敢。若子美則庶幾焉。尙媿詞翰微不及耳」據此則公之徽尙可見矣。公幼年詩法王庭筠。晚則雄肆跌宕。魁然爲一時文士領袖。金源一代。好奬勵後進者。惟遺山與公而已。

（15）辛愿 字敬之。福昌人。自號女几山人。又號溪南詩老。錄詞一首。

臨江仙　河山亭留別欽叔裕之

誰識虎頭峯下客。少年有意功名。清朝無路到公卿。蕭蕭華屋。白髮老諸生。　邂逅對床逢二妙。揮毫落紙堪驚。他年聯袂上蓬瀛。春風蓮燭。莫忘此時情。

按敬之以詩名。金史入隱逸傳。而此詞虎頭功名。蓬瀛聯袂之句。是亦非忘情仕宦者。惟中年爲人連誣。遂無遠志耳。（金史愿爲河南府治中高廷玉客。廷玉爲府尹溫迪罕福興所誣。愿亦被訊掠。幾不得免。）平生不爲科舉計。且未嘗至京師。儼然中州一逸士也。嘗謂王鬱曰。王侯將相。世所共嗜者。聖人有以得之。亦不避。得之不以道。與夫居之不能行己之志。是欲澡其身而伏於厠也。其志趣如此。金史錄其詩。獨取黃綺暫來爲漢友。巢由終不是唐臣二語。以爲眞處士語。洵然。詞則僅見此闋而已。

（16）元好問　字裕之。秀容人。興定五年進士。歷官左司都事。轉行尚書省左司員外郎。金亡不仕。有遺山樂府。

邁坡塘　雁邱

問世間情是何物。直教生死相許。天南地北雙飛客。老翅幾回寒暑。歡樂趣。離別苦就中更有癡兒女。君應有語。渺萬里層雲。千山暮雪。隻影向誰去。 橫汾路。寂寞當年簫鼓。荒烟依舊平楚。招魂楚些何嗟及。山鬼暗啼風雨。天也妬。未信與鶯兒燕子俱黃土。千秋萬古。爲留待騷人。狂歌痛飲。來訪雁丘處。

按此詞。裕之自序云「太和五年乙丑歲。赴試幷州。道逢捕雁者云。今日獲一雁。殺之矣。其脫網者。悲鳴不能去。竟自投於地而死。余因買得之。葬之汾水之上。累石爲識。號曰雁邱。」此詞卽遺山首唱也。諸人和者頗多。而裕之樂府。深得稼軒三昧。張叔夏云「遺山詞深於用事。精于鍊句。風流蘊藉處。不減周秦。」余謂遺山竟是東坡後身。其高處酷似之。非稼軒所可及也。其樂府自序云。「子故言宋詩大概不及唐。而樂府歌詞過之。此論殊然。樂府以來。東坡爲第一。以後便到辛稼軒。此論亦然。東坡稼軒卽不論。且問遺山得意時。自視秦晁賀晏諸人爲何如。予大笑拊客背云。那知許事。且噉蛤蜊。」是遺山平昔之旨可見也。晚年尤以著作自任。以金源氏有天下。典章法度。庶幾漢唐。國亡史作。己所當任。時金國實錄。在順天張萬戶家。乃言于張。願爲撰述。旣而爲樂夔所沮。好問曰。不可令一代之跡。泯而不傳。乃構亭於家。著述其上。因名曰野史。凡金源君臣遺言往行。采摭所聞。輒以寸紙細字爲記錄至百餘萬言。其後纂修金史。多本其所著焉。是以遺山所作。輒多故國之思。如木蘭花云。冰井猶殘石甃。露盤已失金莖。石州慢云。生平王粲。而今憔悴登樓。江山信美非吾土。鷓鴣天云。三山宮闕空銀海。萬里風埃暗綺羅。又云。舊時逆旅黃粱飯。今日田家白板扉。又云。墓頭不要征西字。元是中原一布衣。皆可見其襟抱也。（鄧千江望海潮一首。在當時負盛名。元人且以之入大曲。實則尋常語耳。尚不如龍洲上郭殿帥之沁園春也。）

（第二）　元人詞略

元人以北詞登場。而歌詞之法遂廢。其時作者。如許魯齋之滿江紅。張弘範之臨江仙。不過餘技及之。非專家之業。即如劉太保之乾荷葉。馮子振之鸚鵡曲。亦爲北詞小令。非眞兩宋人之詞也。蓋入元以來。詞曲混而爲一。（始自董西廂。如醉落魄、點絳唇、哨遍、沁園春之類。皆取詞名入曲。元人雜劇。仍之不變。）而詞之譜法。存者無多。且有詞名仍舊。而歌法全非者。是以作家不多。即作亦如長短句之詩。未必如兩宋之可按管絃矣。至如解語花之歌驟雨打新荷。陳鳳儀之歌一絡索。殊不可見也。總一朝論之。開國之初。若燕公楠、程鉅夫、盧疏齋、楊西庵輩。偶及倚聲。未擷門戶。逮仇仁近振起於錢唐。此道遂盛。趙子昂、虞道園、薩雁門之徒。咸有文彩。而張仲舉以絕塵之才。抱憂時之念。一身耆壽。親見盛衰。故其詞婉麗諧和。有南宋之舊格。論者謂其冠絕一時。非溢美也。其後如張埜、倪瓚、顧阿瑛、陶宗儀。又復賡續雅音。纏綿贈答。及邵復孺出。合白石、玉田之長。寄烟柳斜陽之感。其埽花游蘭陵王諸作。尤近夢窗。殿步一朝。良無愧怍。此其大較也。爰分述之如左。

（1）燕公楠　字國材。江州人。至元初。辟贛州通判。累官至湖廣行中書省右丞。

摸魚兒　答程雪樓見壽

又浮生平頭六十。登樓悵望荊楚。出山小草成何事。閒卻竹松烟雨。空自許。早搖落江潭。一似瑯琊樹。蒼蒼天路。漫伏櫪心長。銜圖志短。歲晏欲誰與。　梅花賦。飛墮高寒玉宇。鐵腸還解情語。英雄操與君侯耳。過眼萃兒誰數。霜鬢縷。衹夢聽枝頭。翡翠催歸去。清觴飛羽。且細酌盱泉。酣歌郢雪。風致美無度。

公深通音律。惜詞不多見。所著五峯集。復不傳。元人盛推劉太保、盧疏齋。蓋就北曲言。以詞論。當推公爲首。（劉秉忠有三奠子詞。張弘範有鷓鴣天詞。皆非當行語。不備錄。）

（2）程鉅夫。以字行。建昌人。仕世祖。官至翰林學士承旨。謚文憲。有雪樓集。

摸魚子　次韻盧疏齋題歲寒亭

問疏齋湘中朱鳳。何如江上鸚鵡。波寒木落人千里。客裏與誰同住。茅屋趣。吾自愛吾亭。更愛參天樹。勞君爲賦。渺雪雁南飛。雲濤東下。歲晚欲何處。　疏齋老。意氣經文緯武。平生握手相許。江南江北尋芳路。共看碧雲來去。黃鵠舉。記我度秦淮。君正臨清句。（原註宣城水名。）歌聲緩與。怕徑竹能醒。庭花起舞。驚散夜來雨。

按鉅夫宏才博學。被遇四朝。忠亮鯁直。爲時名臣。所傳雪樓集。春容大雅。有北宋館閣餘風。所作詞不多。詞綜所錄。尚有壽燕五峯摸魚兒、送王盞臣點絳脣、答西野使君清平樂三首。

（3）楊果　字西庵。蒲陰人。金正大中進士。入元爲北京宣撫使。出爲淮孟路總管。謚文獻。

摸魚兒　同遺山賦雁邱

恨千年雁飛汾水。秋風依舊蘭渚。網羅驚破雙棲夢。孤影亂翻波素。還碎羽。算古往今來。只有相思苦。朝朝暮暮。想塞北風沙。江南烟月。爭忍自來去。　埋恨處。依約并州舊路。一邱寂寞寒雨。世間多少風流事。天也有心相妬。休說與。還怕卻、有情多被無情誤。一杯待舉。待細讀悲歌。滿傾清淚。爲爾酹黃土。

遺山雁邱詞見前。此爲西庵和作。同時和者甚多。不讓雙蕖怨故事也。李仁卿亦有和作。見遺山詞集中。西庵詞無集。而其北詞小令。散見陽春白雪、太平樂府中者至多。如小桃紅云。采蓮人和采蓮歌。柳外蘭舟過。不管鴛鴦夢驚破。應如何。有人獨上江樓臥。傷心莫唱、南朝舊曲。司馬淚痕多。又云。玉簫聲斷鳳凰樓。憔悴人非舊。留得啼痕滿羅袖。去來休。樓前風景渾依舊。當初只恨、無情烟柳。不解繫行舟。清新俊逸。不亞東籬小山也。

（4）仇遠　字仁近。錢塘人。官溧陽州儒學教授。有山村集。

齊天樂　賦蟬

夕陽門巷荒城曲。淸音早鳴秋樹。薄剪綃衣。涼生鬢影。獨飲天邊風露。朝朝暮暮。奈一度凄吟。一番凄楚。尚有殘聲。驀然飛過別枝去。　齊宮前事漫省。行人猶說與。當日齊女。雨歇空山。月籠古柳。彷彿舊曾聽處。離情正苦。甚懶拂冰箋。倦拈琴譜。滿地霜紅。淺莎尋蛻羽。

按遠有金淵集。皆官溧陽日所作。故取投金瀨事以爲名。遠在宋末。與白珽齊名。號曰仇白。厥後張翥、張羽。以詩詞鳴於元代者。皆出其門。他所與唱和者。如周密、趙孟頫、吾丘衍、鮮于樞、方回、黃溍等。皆一時有名之士。故其所作。格律高雅。往往頡頏古人。其詞亦淸俊拔俗。與南宋諸公相類。蓋遠雖爲元人。而所居在南方。且往來酬酢。多宋代遺臣。故所作與北人不同也。此詞見樂府補題。是書皆宋末遺民唱和之作。共十三人。中如王沂孫、周密、唐珏、張炎。爲尤著稱。論元詞者。當以遠爲巨擘焉。

（5）王惲　字仲謀。汲縣人。官至翰林學士承旨。謚文定。有秋澗集詞四卷。

水龍吟　賦秋日紅梨花

纖苞淡貯幽香。玲瓏輕鎖秋陽麗。仙根借煖。定應不待。荆王翠被。瀟灑輕盈。玉容渾是。金莖露氣。甚西風宛轉。東闌暮雨。空點綴、眞妃淚。　誰遣司花妙手。又一番角奇爭異。使君高臥。竹亭閒寂。

故來相慰。燕几螺屏。一枝披拂。繡簾風細。約洗妝快寫。玉屏芳酒。枕秋蟾醉。

按惲有秋澗集百卷。皆以論事見長。蓋惲之文章。源出元好問。故其波瀾意度。皆不失前人矩矱。其所作中堂事紀、烏臺筆補、玉堂嘉話。皆足備一朝掌故。文章經濟。照耀一時。不徒以詞章著焉。其詞精密弘博。自出機杼。春從天上來一支。尤多故國之感。自製腔如平湖樂。直是小令。而後庭花破子。即爲北詞仙呂後庭花之濫觴。詞云。綠樹遠連洲。青山壓樹頭。落日高城望。烟霏翠滿樓。木蘭舟。彼汾一曲、春風佳可遊。較呂止庵小令無異。元人詞中。往往有與曲相混處。不可不察。非獨天淨沙、翠裙腰而已也。(趙子昂亦有此調。較多一襯字。)

(6)趙孟頫　字子昂。宋宗室。僑湖州。至元中。以程鉅夫薦授兵部郎中。累官至翰林學士承旨。諡文敏。有松雪齋詞一卷。

蝶戀花

儂是江南游冶子。烏帽靑鞋。行樂東風裏。落盡楊花春滿地。萋萋芳草愁千里。　扶上蘭舟人欲醉。日暮靑山。相映雙蛾翠。萬頃湖光歌扇底。一聲吹下相思淚。

按孟頫以宋朝皇族。改節事元。遂不諧於物議。然其晚年和姚子敬詩。有同學少年今已稀。重嗟出處寸心違之句。是未嘗不知愧悔。且風流文采冠絕當時。不獨翰墨爲元代第一。即其詩文亦揖讓於虞楊范揭之間。固非陋儒所可議也。其詞迢逸。不拘拘於法度。而意之所至。時有神韻。邵復孺云。公以承平王孫。晚嬰世變。黍離之感。有不能忘情者。故長短句深得騷人意度。其在李叔固席上贈歌者貴貴。有浣溪紗一首云。滿捧金卮低唱詞。尊前再拜索新詩。老夫慚愧鬢成絲。羅袖染將修竹翠。粉香須上小梅枝。相逢不似少年時。說者謂承平結習。未能盡除。不知此正杜牧之鬢絲禪榻。粉碎虛空時也。讀公詞。宜平恕。

（7）詹正　字可大。一號天游。郢人。官翰林學士。

霓裳中序第一　古鏡

一規古蟾魄。嘗過宣和幾春色。知那箇柳鬆花怯。曾搓玉團香。塗雲抹月。龍章鳳刻。是如何、兒女消得。便孤了、翠鸞何限。人更在天北。　磨滅古今離別。幸相從、薊門仙客。蕭然林下秋葉。對雲淡星疏。屑青影白。佳人已傾國。漫贏得、癡銅舊畫。興亡事、道人知否。見了也華髮。

按此詞天游至元間。監醮長春宮。見羽士丈室古鏡。狀似秋葉。背有金刻宣和御寶四字。因賦此闋也。余見天游諸作。如三姝媚題云。古衛舟子謂曾載錢塘宮人。齊天樂題云。贈童甕天兵後歸杭。其故國之思。時流露於筆墨間。蓋亦由宋入元者矣。

（8）虞集　字伯生。號邵庵。崇仁人。累官至翰林直學士。兼國子祭酒。有道園集。

蘇武慢　和馮尊師

放棹滄浪。落霞殘照。聊倚岸迴山轉。乘雁雙鳧。斷蘆飄葦。身在畫圖秋晚。雨送灘聲。風搖燭影。深夜尚披吟卷。算離情何必天涯。咫尺路遙人遠。　空自笑、洛陽書生。襄陽耆舊。夢底幾時曾見。老矣浮邱。賦詩明月。千仞碧天長劍。雪霽瓊樓。春生瑤席。容我故山高宴。待雞鳴日出。羅浮飛度。海波清淺。

按公詩文。爲四家之冠。當時虞楊范揭。並見稱一時。而伯生自評所作。儗諸老吏斷獄。則其自信有素也。詞不多作。輟耕錄載其短柱折桂令。極險窄之苦。而能揮翰自如。不爲韻縛。才大者亦工小技。信爲一代宗匠焉。

（9）薩都剌。字天錫。雁門人。登泰定進士。官鎮江錄事。終河北廉訪經歷。薩都剌者。漢言猶濟善也。有雁門集。尙書干文傳爲之序。詞學東坡。頗有豪致。

滿江紅　金陵懷古

六代豪華。春去也、更無消息。空悵望、山川形勝。已非疇昔。王謝堂前雙燕子。烏衣巷口曾相識。聽夜深寂寞打孤城。春潮急。　思往事。愁如織。懷故國。空陳迹。但荒煙衰草。亂鴉斜日。玉樹歌殘秋露冷。胭脂井壞寒螿泣。到如今、只有蔣山青。秦淮碧。

天錫詞不多作。而長調有蘇辛遺響。大抵元詞之始。實皆受遺山之感化。子昂以故國王孫。留意詞翰。涵養既深。英才輩出。雲石海涯。以綺麗淸新之派。振起於前。而天錫繼之。元詞以此時爲盛矣。天錫小詞。亦有法度。如小闌云。去年人在鳳凰池。銀燭夜彈絲。沈水香消。梨雲夢煖。深院繡簾垂。今年冷落江南夜。心事有誰知。楊柳風柔。海棠月淡。獨自倚闌時。殊淸婉可誦。余按天錫以宮詞得盛名。其詩淸新綺麗。自成一家。虞道園作傅若金詩序。亦盛推之。而獨不言其詞。獨明寧獻王曾品評其詞格。蓋詞爲詩名所掩矣。

（10）張翥 字仲舉。晉寧人。至正初。以薦爲國子助教。累官至河南行省平章政事。兼翰林學士承旨。有蛻巖詞三卷。

多麗 西湖泛舟

晚山青。一川雲樹冥冥。正參差烟凝紫翠。斜陽畫出南屏。館娃歸、吳臺游鹿。銅仙去、漢苑飛螢。懷古情多。憑高望極。且將尊酒慰飄零。自湖上、愛梅仙遠。鶴夢幾時醒。空留得、六橋疏柳。孤嶼危亭。待蘇堤、歌聲散盡。更須攜妓西泠。藕花深、雨涼翡翠。菰蒲軟、風弄蜻蜓。澄碧生秋。鬧紅駐景。采菱新唱最堪聽。一片水天無際。漁火兩三星。多情月。爲人留照。未過前汀。

仲舉此詞。氣度沖雅。用韻尤嚴。較兩宋人更細。多麗一調。終以此爲正格。仲舉他作皆佳。至此調三首。亦以此爲首也。仲舉少時。負才不羈。好蹴鞠。喜音樂。不以家業屑意。一旦翻然悔悟。受業於李存之門。又學於仇仁近。由是以詩文知名。薄遊揚州。衆聞其名。爭延致之。仲舉肢體昂藏。行則偏竦一肩。韓介玉以詩嘲之云。垂柳陰陰翠拂簷。倚闌紅袖玉纖纖。先生掉臂長街上。十里朱簾盡下簾。坐中皆失笑。晚年嘗集兵興以來死節之人爲一編。曰忠義錄。識者韙之。仲舉詞爲元一代之冠。樹骨既高。寓意亦遠。元詞之不亡。賴有此耳。其高處直與玉田、草窗相驂靳。非同時諸家所及。如綺羅香云。水閣雲窗。總是慣曾經處。曾信有客裏關河。又怎禁夜深風雨。刻意學白石。冲淡有致。又水龍吟蓼花云。瘦葦黄邊。疏蘋白外。滿汀煙穟。用黄邊白外四字殊新。又云。船窗雨後數枝。低入香雰粉碎。不見當年、秦淮花月。竹西歌吹。係以感慨。意境便厚。船窗數語。更合蓼花神理。此等處皆仲舉特長。規撫南宋諸家。可云神似。

（11）倪瓚　字元鎮。無錫人。有清閟閣集詞一卷。

人月圓

傷心莫問前朝事。重上越王臺。鷓鴣啼處。東風草綠。殘照花開。　悵然孤嘯。青山故國。喬木蒼苔。當時明月。依依素影。何處飛來。

此詞沈鬱悲壯。即南宋諸公爲之。亦無以過。吳彥高以此調得盛名。實不及元鎮作也。他詞如江城子感舊、柳梢青、小桃紅諸作。亦蘊藉可喜。蓋元鎮先世以貲雄于鄉。元鎮不事生產。強學好修。藏書數千卷。手自勘定。性又好潔。避俗若浼。故所作無塵垢氣。句曲張雨、錢唐俞和、嘗繕錄其稿。論者謂如白雲流天。殘雪在地。洵合其高潔也。元鎮與陸友仁善。因得其詞學。集中有懷友仁詩云。歸埽松陰苔。遲君躡幽約。可見兩人之交誼。宜其詞之雅潔也。

（12）顧阿瑛　字仲瑛。崑山人。舉茂才。署會稽教諭。力辭不就。後以子官封武略將軍。錢唐縣男。晚稱金粟道人。有玉山草堂集。

青玉案

春寒惻惻春陰薄。整半月、春蕭索。晴日朝來升屋角。樹頭幽鳥。對調新語。語罷還飛卻。　紅入花腮青入萼。盡不爽、花期約。可恨狂風空自惡。朝來一陣。晚來一陣。難道都吹落。

阿瑛世居界溪之上。輕財結客。年三十。始折節讀書。購古書名畫。三代以來彝鼎祕玩。集錄鑒賞。殆無虛日。築玉山草堂園池亭館聲伎之盛。甲於天下。四方名人。如張仲舉、楊廉夫、柯九思、倪元鎮、方外張伯雨輩。常主其家。日夜置酒賦詩。風流文雅。著稱東南焉。淮張據吳。遯隱嘉興之合溪。母喪歸綽溪。張氏再辟之。斷髮廬墓。繙閱釋典。自稱金粟道人云。其詞不多作。竹垞詞綜僅錄三首。青玉案外。尚有蝶戀花、清平樂二支。詞境雖不高。而風趣特勝。遭世亂離。壯懷消歇。嘗自題其像云。儒衣僧帽道人鞋。天下靑山骨可埋。若說當時豪俠興。五陵鞍馬洛陽街。其晚境亦可悲焉。

（13）白樸　字太素。又字仁甫。眞定人。有天籟集。

水龍吟　遺山先生有醉鄉一詞。僕飲量素慳。不知其趣。獨閒居嗜睡有味。因爲賦此。

醉鄉千古人行。看來直到亡何地。如何物外。華胥境界。昇平夢寐。鸞馭翩翩。蝶魂栩栩。俯觀羣蟻。恨周公不見。莊生一去。誰眞解、黑甜味。　聞說希夷高臥。占三峯華山重翠。尋常羨殺。淸風嶺上。白雲堆裏。不負平生。算來惟有、日高春睡。有林間剝啄、忘機幽鳥喚先生起。

太素少時。鞠養於元遺山。元白爲中州世契。兩家子弟。每舉長慶故事。以詩文相往還。太素爲寓齋仲子。於遺山爲通家姪。甫七歲。遭壬辰之難。寓齋以事遠適。明年春。京城變。遺山遂挈以北渡。自是不茹葷血。人問其故。曰、俟見吾親則如故。嘗罹疫。遺山晝夜抱持。凡六日。竟於臂上得汗而愈。蓋視親子弟不啻過之。讀書穎悟異常兒。日親炙遺山。謦欬談笑。悉能默記。數年。寓齋北歸。以詩謝遺山云。顧我眞成喪家狗。賴君曾護落巢兒。居無何。父子卜居於滹陽。律賦爲專門之學。而太素有能聲。號後進之翹楚者。遺山每過之。必問爲學次第。嘗贈之詩曰。元白通家舊。諸郎獨汝賢。未幾。生長見聞。學問博覽。然自幼經喪亂。倉皇失母。便有山川滿目之歎。逮亡國。恆鬱鬱不樂。以故放浪形骸。期於適意。中統初。開府史公。將以所業力薦於朝。再三遜謝。棲遲衡門。視榮利蔑如也。其詞出語遒上。寄情高遠。音節協和。輕重穩愜。凡當歌對酒。感事興懷。皆自肺腑流出。眞如天籟。因以天籟名集。江陰孫大雅云。先生少有志於天下。已而事乃大謬。顧其先爲金世臣。旣不欲高蹈遠引。以抗其節。又不欲使爵祿以干其身。於是屈己降志。玩世滑稽。徙家金陵。從諸遺老放情山水間。日以詩酒優游。用示雅志。以忘天下。是仁甫身世亦可惋也。詞中如咸陽懷古、感南唐故宮諸作。頗多故國之感。賦詠金陵名勝。亦有狡童禾黍之意。而沁園春辭謝辟召一詞。竟擬諸嵇康山濤絕交故事。是其志尙。非同時諸子所能盡知也。今人讀仁甫梧桐雨雜劇。僅目爲詞人。又烏知先生出處之大節哉。

（14）邵亨貞　字復孺。號淸溪。華亭人。著有野處集、及蛾術詞選四卷。

蘭陵王　歲晚憶王彥強而作

暮天碧。長是登臨望極。松江上、雲冷雁稀。立盡斜陽耿相憶。憑闌起太息。人隔、吳王故國。年華晚、煙水正深。難折梅花寄寒驛。　東風舊游歷。記草暗書簾。苔滿吟屐。無情征旆催離席。嗟月墮寒影。夜移清漏。依稀曾向夢裏識。恍疑見顏色。　空惜。鬢毛白。恨莫趁金鞍。猶誤塵跡。何時弭棹蘇臺側。共漉酒紗帽。放歌瑤瑟。春來雙燕。定到否、舊巷陌。

按復孺以眉目、沁園春二詞。得盛名於時。實是側豔語。不足見復孺之眞面也。其自序云。龍洲先生以此詞詠指甲小腳。爲絶代膾炙。繼其後者。獨未之見。是復孺僅學龍洲耳。不知龍洲二詞。亦非改之最得意作。而世顧盛推之。世人遂以二詞概復孺。亦可謂不知復孺者矣。復孺通博敏贍。雖陰陽醫卜佛老書。靡弗精覈。元時訓導松江府學。以子詿誤戍潁上。久乃赦還。入明方卒。年九十三。其詞如擬古十首。凡清眞、白石、梅溪、稼軒。學之靡不神似。卽此可見詞學之深。又和趙文敏十詞。自序云。余生十有四年而公薨。每見先輩談公典型學問。如天上人。未嘗不神馳夢想。昔東坡先生。自謂不識范文正公。爲半生遺恨。其意蓋可想見。是復孺託契前人。足徵微尚。豈僅詞章云爾哉。

第九章　概論四　明清

明詞蕪陋。清詞則中興時也。流派頗繁。疏論如左。

（第一） 明人詞略

論詞至明代。可謂中衰之期。探其根源。有數端焉。開國作家。沿伯生、仲舉之舊。猶能不乖風雅。永樂以後。兩宋諸名家詞。皆不顯於世。惟花間、草堂諸集。獨盛一時。於是才士模情。輒寄言於閨闥。藝苑定論。亦揭櫫於香匳。託體不尊。難言大雅。其蔽一也。明人科第。視若登瀛。其有懷抱沖和。率不入鄉黨之月旦。聲律之學。大率扣槃。迨夫通籍以還。稍事研討。而藝非素習。等諸面牆。花鳥託其精神。贈答不出臺閣。庚寅攬揆。或獻以諛詞。俳優登場。亦寵以華藻。連章累篇。不外酬應。其蔽二也。又自中葉。王李之學盛行。壇坫自高。不可一世。微吾長夜。于鱗既跋扈於先。才勝相如。伯玉復簸揚於後。品題所及。淵膝隨之。謏聞下士。狂易成風。守升庵詞品一編。讀弇州卮言半册。未悉正變。動肆詆諆。學壽陵邯鄲之步。拾溫韋牙後之慧。衣香百合。（用修如夢令）止崇祚之餘音。落英千片。（弇州玉蝴蝶）亦草堂之墜響。句摭字捃。神明不屬。其弊三也。況南詞歌謳。徧於海内。白苧新奏。盛推崑山。寧庵吳歈。遂傳白下。一時才士。競尚側豔。美談極於利祿。雅情儗諸桑濮。以優孟纏達之言。作樂府風雅之什。小盎機杼。義仍祇工回文。細雨窗紗。圓海惟長綺語。好行小慧。無當雅言。其蔽四也。作者既雅鄭不分。讀者亦涇渭莫辨。正聲既絕。繁響遂多。删汰之責。是在後賢。爰自青田、青邱而下。及於臥子。略爲論次之。

（1）劉基　字伯溫。青田人。元進士。洪武初官至御史中丞。論佐命功。封誠意伯。爲胡惟庸毒死。正德中追謚文成。有覆瓿集、犂眉公集。

千秋歲

淡煙平楚。又送王孫去。花有淚。鶯無語。芭蕉心一寸。楊柳絲千縷。今夜雨。定應化作相思樹。　憶昔懽游處。觸目成前古。良會知何許。百盃桑落酒。三疊陽關句。情未與。月明潮上迷津渚。

公詩爲開國第一。詞則與季迪並稱。其佳處雖不逮宋人。固足爲朱明冠冕也。小令頗有思致。如臨江仙、小重山、少年遊諸作。清逸可誦。惟氣骨稍薄耳。蓋明初諸家。尚不失正宗。所可議者。氣度之間。終不如兩宋。降至升庵輩。句琢字鍊。枝枝葉葉爲之。益難語於大雅。自馬浩瀾、施閬仙輩。淫詞穢語。無足置喙。詞至於此。風雅掃地矣。迨季世陳臥子出。能以穠麗之筆。傳淒婉之神。始可當一代高手。此明詞大略也。公詞於長調不擅勝場。小令如謁金門云。風嫋嫋。吹綠一庭春草。轉應曲云。秋雨秋雨。窗外白楊自語。青門引云。相憐自有明月。照人肺腑清如水。漁家傲云。亂鴉啼破樓頭鼓。踏莎行云。愁如溪水暫時平。雨聲一夜依然滿。渡江雲云。定巢新燕子。瞬起雕梁。對立整烏衣。此皆清俊者也。公在元時。有和王文明詩云。夜涼月白西湖水。坐看三台上將星。好事者遂傅會之。謂公望西湖雲氣。語坐客云。後十年有帝者起。吾當輔之。此妄也。當公覊管紹興時。感憤至欲自殺。藉門人密里沙抱持。得不死。明祖既定婺州。猶佐石抹宜孫相守。是豈預計身爲佐命者耶。其題太公釣渭圖云。偶應飛熊兆。尊爲帝者師。則公自道也。世多以前知目公。至凡緯讖堪輿。動多妄託。豈其然乎。

（2）高啓　字季迪。長洲人。隱吳淞江之青邱。自號青邱子。洪武初召修元史。授編修。擢戶部侍郎。坐魏觀蘇州府上梁文罪腰斬。有扣舷詞一卷。

沁園春　雁

木落時來。花發時歸。年又一年。記南樓望信。夕陽簾外。西窗驚夢。夜雨燈前。寫月書斜。戰霜陣整。橫破瀟湘萬里天。風吹斷。見兩三低去。似落箏絃。　相呼共宿寒煙。想只在蘆花淺水邊。恨嗚嗚戍角。忽催飛起。悠悠漁火。長照愁眠。隴塞間關。江湖冷落。莫戀遺糧猶在田。須高舉。教弋人空慕。

雲海茫然。

青邱樂府。大致以疏曠見長。行香子賦芙蓉。亦一時傳誦者也。世傳青邱買禍。因題宮女圖。其詩云。女奴扶醉踏蒼苔。明月西園侍宴回。小犬隔花空吠影。夜深宮禁有誰來。孝陵猜忌。容或有之。然集中又有題畫犬詩云。獨兒初長尾茸茸。行響金鈴細草中。莫向瑤堦吠人影。羊車半夜出深宮。此則不類明初掖庭事。二詩或刺庚申君而作。好事者因之傅會也。總之明祖猜疑羣下。恐有不臣之心。故於魏觀罪且不赦。因波及青邱耳。假令觀建府治。不在淮張故基。雖有讒者。亦未必入太祖之耳也。吾鄉明初有北郭十友之名。今傳者無一二矣。

（3）楊基　字孟載。嘉州人。大父仕江左。遂家吳中。洪武初。知滎陽縣。歷山西按察副使。有眉庵集。詞附。

燭影搖紅　簾

花影重重。亂紋匝地無人卷。有誰惆悵立黃昏。疏映宮妝淺。只有楊花得見。解匆匆尋芳覓便。多情長在。暮雨迴廊。夜香庭院。　曾記揚州。紅樓十里東風軟。腰肢半露玉娉婷。猶恨蓬山遠。閒悶如今怎遣。看草色青青似翦。且教高揭。放數點殘春。一雙新燕。

孟載少時。曾見楊廉夫。命賦鐵笛詩成。廉夫喜曰。吾意詩境荒矣。今當讓子一頭地。當時因有老楊小楊之目。眉庵詞更新俊可喜。尤宜於小令。如清平樂、浣溪紗諸調。更爲擅場。蓋眉庵聰慧。故出語便媚。其佳處並不摹倣花間、草堂。與中葉後元美、升庵諸作。不可同日語矣。靜志居詩話云。孟載詩芳草漸於歌館密。落花偏向舞筵多。細柳已黃千萬縷。小桃初白兩三花。布穀雨晴宜種藥。葡萄水煖欲生芹。雨頡風頏枝外蝶。柳遮花映樹頭鶯。燕子綠蕪三月雨。杏花春水一犂鵝。江浦荷花雙鷺雨。驛亭楊柳一蟬風諸聯。試塡入浣溪紗。皆絕妙好詞也。洵然。

（4）瞿佑　字宗吉。錢塘人。洪武中。以薦歷仁和、臨安、宜陽訓導。升周府長史。永樂間謫保安。洪熙元年放還。有樂府遺音五卷。餘情詞一卷。

摸魚子　蘇堤春曉

望西湖柳煙花霧。樓臺非遠非近。蘇堤十里籠春曉。山色空濛難認。風漸順。忽聽得鳴榔。驚起沙鷗陣。瑤階露潤。把繡幕微搴。紗窗半啓。未審甚時分。　憑闌處。水影初浮日暈。游船未許開盡。賣花聲裏香塵起。羅帳玉人猶困。君莫問。君不見繁華易覺光陰迅。先尋芳信。怕綠葉成陰。紅英結子。留作異時恨。

宗吉風情麗逸。著翦燈新話、及樂府歌詞。多偎紅倚翠之語。爲時傳誦。及謫戍保安。當興安失守。邊境蕭條。永樂己亥。降佛曲於塞外。選子弟唱之。時値元宵。作望江南五首。詞旨凄絕。聞者皆爲泣下。又淩彥翀於宗吉爲大父行。曾作梅詞霜天曉角、柳詞柳梢靑各一百首。號梅柳爭春。宗吉一日盡和之。彥翀大驚嘆。呼爲小友。宗吉以此知名。後彥翀自南荒歸葬西湖。宗吉以詩送之云。一去西川隔夜臺。忽看白壁瘞蒼苔。酒朋詩友凋零盡。只有存齋冒雨來。其敦友誼如此。詞不多作。四聲平仄。時有舛失。而琢語固精勝也。

（5）王九思　字敬夫。鄠縣人。弘治丙辰進士。選庶吉士。授檢討。調吏部主事。陞郎中。坐劉瑾黨。降壽州同知。尋勒致仕。有碧山樂府。

蝶戀花　夏日

門外長槐窗外竹。槐竹陰森。繞屋重重綠。人在綠陰深處宿。午風枕簟涼如沐。　樹底轆轤聲斷續。短夢驚回石鼎茶方熟。笑對碧山歌一曲。紅塵不到人間屋。

敬夫與德涵。俱以詞曲見長。德涵之中山狼。敬夫之杜甫游春。皆盛年屏棄、無聊洩憤之作。而敬夫尤稱能手。詞則多酬應率意。集中壽詞。多至數十首。亦可知其頹唐不經意矣。此蝶戀花一首。雖隨筆所之。而集中尙是上乘者。大抵康王雖以詞曲著名。實皆注意散套。故論曲家則不可不推上座。論詞則曾未升堂也。世傳敬夫將塡詞。以厚貲募國工。杜門學習琵琶三絃。熟按諸曲。盡其技而後出之。故其詞雄放奔肆。儼然有關馬之遺。余讀其游春記。及康德涵中山狼。嬉笑詼浪。力詆西涯。無怪爲世人詬病也。德涵小令云。眞箇是不精不細醜行藏。怪不得沒頭沒腦受災殃。從今後花底朝朝醉。人間事事忘。剛方奚落了膺和滂。荒唐周旋了籍與康。頗有東籬遺響。詞亦不稱盛名云。

（6）楊愼　字用修。新都人。正德辛未賜進士第一。授翰林修撰。以議大禮泣諫。杖謫永昌。天啓初。追謚文憲。有升庵集。

水調歌頭　牡丹

春宵微雨後。香徑牡丹時。雕闌十二。金刀誰翦兩三枝。六曲翠屏深掩。一架銀箏緩送。且醉碧霞扈。輕寒香霧重。酒暈上來遲。　席上歡。天涯恨。雨中姿。向人欲訴飄泊。粉淚半低垂。九十春光堪惜。萬種心情難寫。彩筆寄相思。曉看紅濕處。千里夢佳期。

用修所著書百餘種。號爲博洽。金華胡應麟、嫌其熟於稗史。不嫻於正史。作筆叢以駁之。然楊所輯百琲真珠、詞林萬選。亦詞家功臣也。所著詞品。雖多偏駁。顧考覈流別。研討正變。碻有爲他家所不如者。在永昌日。曾紅粉傅面。作雙丫髻插花。令諸妓扶觴遊行。了不愧怍。吳江沈自晉、曾爲譜簪花髻雜劇。詞場豔稱之。大抵用修文學。一依茶陵衣缽。自北地修言復古。力排茶陵。用修乃沈酣六朝。覽采晚唐。創爲淵博靡麗之詞。其意欲壓倒李何。爲茶陵別張壁壘。其用力固至正也。惟措辭運典。時出輕心。援據博則乖誤良多。摹仿熟則瑕疵互見。竄改古人。假託往籍。英雄欺人。亦時有之。要其鉤索淵深。藻彩繁會。自足牢籠一世。即以詞曲論之。如轉應曲云。「花落花落日暮長門寂寞。」又「門掩門掩數盡寒城漏點。」昭君怨云。「樓外東風到早。染得柳條黃了。低拂玉闌干。怯春寒。」皆不弱兩宋人之作。他如陶情樂府。警句尤多。如「費長房縮不盡相思地。女媧氏補不完離恨天。」又「別淚銅壺共滴。愁腸蘭焰同煎。」又「和愁和悶經歲經年。」又「傲霜雪鏡中紫髯。任光陰眼前赤電。仗平安頭上青天。」諸語皆未經人道者。

（7）王世貞 字元美。太倉州人。嘉靖丁未進士。歷官至刑部尚書。有弇州四部稿。

漁家傲

細雨輕煙裝小暝。重衾不耐春寒横。島盡博山孤篆影。閒自省。天涯有箇人同病。 十二巫峯闌晝永。黄鶯可喚梨花醒。雨點芳波揩不定。臨晚鏡。眞珠簌簌臙脂冷。

弇州四部稿。盛行海內。毁譽翕集。彈射四起。實則晚年亦自深悔也。世皆以王李並稱。然元美才氣。十倍于鱗。惟病在愛博。筆削千兔。詩截兩牛。自以爲靡所不有。方成大家。究之千篇一律。安在其靡所不有也。藝苑卮言爲弇州少作。其中論詞諸篇。頗多可采。其自言云。作卮言時。年未四十。與于鱗輩是古非今。此長彼短。未爲定論。行世已久。不能復祕。惟有隨事改正。勿誤後人。元美之虚心克己。不自掩護如此。又自述詩云。野夫興就不復刪。大海迴風吹紫瀾。言雖夸大。亦實語也。其詞小令特工。如浣溪紗云。「權把來青鉤午夢。起沽村釀潑春愁。」虞美人云。「鴨頭爐染最長條。醞造離亭清淚幾時消。」又「珊瑚翠色新豐酒。解醉愁人否。」皆當行語。獨世傳鳴鳳記。譜介溪相國楊忠愍公事。則時有失律欠當處。或云。爲同時人假託者。亦可信也。

（8）張綖　字世文。高郵人。正德癸酉舉人。官武昌通判。遷知光州。有南湖集。

風流子

新陽上簾幌。東風轉、又是一年華。正駝褐寒侵。燕釵春裊。句翻詞客。簪鬭宮娃。堪娛處、林鶯啼煖樹。渚鴨睡晴沙。繡閣輕煙。翦燈時候。青旗殘雪。賣酒人家。　此時應重省。瑶臺畔、曾遇翠蓋香車。惆悵塵緣猶在。密約還賒。念鱗鴻不見。誰傳芳信。瀟湘人遠。空采蘋花。無奈疏梅風景。碧草天涯。

世文學詞曲於王西樓。西樓名磐。亦高郵人。爲南湖外舅。今南湖西樓樂府弁言所云。不肖甥張守中者。即綖也。中論西樓家世甚詳。不啻王博文之序天籟集也。南湖詞所可見者。僅詞綜所錄風流子、蝶戀花兩首。古今詞話。亦盛推之。目爲風流蘊藉。足以振起一時。亦非溢美。惟所著詩餘圖譜一書。略有可議而已。四庫提要云。「是編取宋人歌詞。擇聲調合節者。一百十首。彙而譜之。各圖其平仄於前。而綴詞於後。有當平當仄、可平可仄二例。而往往不據古詞。意爲填注。於古人故爲拗句以取抗墜之節者。多改諧詩句之律。又校讎不精。所謂黑圍爲仄、白圍爲平、半黑半白爲平仄通者。亦多混淆。殊非善本。」此言碻中張氏之弊。宜爲萬氏所譏也。

（9）馬洪　字浩瀾。仁和人。有花影集三卷。

東風第一枝　梅花

餌玉餐香。夢雲惜月。花中無此清瑩。儼然姑射仙人。華珮明璫新整。五銖衣薄。應怯瑤臺淒冷。自驂鸞來下人間。幾度雪深煙暝。　孤絕處、江波流影。憔悴也、春風銷粉。相思千種閒愁。聲聲翠禽啼醒。西湖東閣。休說當時風景。但留取一點芳心。他日調羹鼎。

詞品云。鶴窗善詠詩。尤工長短句。雖皓首韋布而含吐珠玉。錦繡胸腸。居然若貴介王孫也。詞名花影。蓋取月下燈前。無中生有之意。余案、明有二花影集。一爲鶴窗。一爲施子野也。鶴窗氣度春容。不入小家態。子野則流於纖麗矣。鶴窗少年游云。「原來卻在瑤階下。獨自踏花行。笑摘朱櫻。微揎翠袖。枝上打流鶯。」行香子云。「惜月前宵。病酒今朝。」滿庭芳落花云。「誰道天機繡錦。都化作紫陌塵埃。」頗有雋永意味。非子野所及也。

（10）陳子龍　字臥子。青浦人。崇禎十年進士。官兵科給事中。進兵部侍郎。明亡。殉節。清諡忠裕。

有湘眞閒詞，

蝶戀花

雨外黃昏花外曉。催得流年。有恨何時了。燕子乍來春又老。亂紅相對愁眉埽。　午夢闌珊歸夢杳。醒後思量。踏徧閒庭草。幾度東風人意惱。深深院落芳心小。

大樽文宗兩漢。詩軼三唐。蒼勁之色。與節義相符。乃湘眞一集。風流婉麗。言內意外。已無遺議。柴虎臣所謂華亭腸斷。宋玉魂銷。惟臥子有之。所微短者。長篇不足耳。余嘗謂明詞。非用於酬應。卽用於閨闥。其能上接風騷。得倚聲之正則者。獨有大樽而已。三百年中。詞家不謂不多。若以沈鬱頓挫四字繩之。殆無一人可滿意者。蓋制舉盛而風雅衰。理學熾而詞意熄。此中消息。可以參核焉。至臥子則屛絕浮華。具見根柢。較開國時伯溫、季迪。別有沈着語。非用修、弇州所能到也。他作如山花子云。「楊柳淒迷曉霧中。杏花零落五更鐘。寂寂景陽宮外月。照殘紅。蝶化彩衣金縷盡。蟲銜畫粉玉樓空。惟有無情雙燕子。舞東風。」淒麗近南唐二主。詞意亦哀以思矣。又江城子後半疊云。「楚宮吳苑草茸茸。戀芳叢。繞游蜂。料得來年相見畫屛中。人自傷心花自笑。憑燕子。駡東風。」亦綿邈悽惻。不落凡響。先生於詩學至深。曾選明人詩。其自序略云。「一篇之收。互爲諷詠。一韻之疑。互相推論。覽其色矣。必準繩以觀其體。符其格矣。必吟諷以求其音。協其調矣。必淵思以研其旨」論詩能於色澤氣韻中辨之。自是深得甘苦語。宜其詞之淵懿大雅。爲一代之殿也。丹徒陳亦峯云。「明末陳人中。能以濃豔之筆。傳悽惋之神。在明代便算高手。然視國初諸老。已難同日而語。更何論唐宋哉。」寓貶於褒。持論未免過刻矣。

（第二） 清人詞略

詞至清代。可謂極盛之期。惟門戶派別。頗有不同。二百八十年中。各遵所尙。雖各不相合。而各具異采也。其始沿明季餘習。以花草爲宗。繼則竹垞獨取南宋。而分虎、符曾佐之。風氣爲之一變。至樊榭而浙中諸子。咸稱彬彬焉。皋文、朗甫。獨工寄託。去取之間。號爲嚴密。於是毘陵遂樹幟騷壇矣。鹿潭雄才。得白石之清。而俯仰身世。動多感喟。庾信蕭瑟。所作愈工。別裁僞體。不附風氣。駸駸入兩宋之室。幼霞之與小坡。南北不相謀也。而幼霞之嚴。小坡之精。各抒稱心之言。咸負出塵之譽。風塵澒洞。家國飄搖。讀其詞者。即可知其身世焉。一代才彥。迴出朱明之上。迨及季世。彊村、夔笙。並稱瑜亮。而新亭故國之感。

尤非煙柳斜陽所可比擬矣。（朱況兩家。以人皆生存。未便輯入云。）蓋嘗總而論之。清初蕭較諸公。尊前酒邊。借長短句以吐其胸中之氣。始而微有寄託。久則務爲諧暢。而吳越操觚家聞風競起。選者作者。妍媸糅雜。漁洋數載廣陵。實爲此道總持。迨納蘭容若才華門地。直欲牢籠一世。享年不永。同聲悲惋。此一時也。竹垞以出類之才。平生宗尚獨在樂笑。江湖載酒。盡埽陳言。而一時裙屐。亦知趨武姜張。叫囂奔放之風。變而爲敦厚溫柔之致。二李繼軌。更暢宗風。又得太鴻羽翼。如萬花谷中。雜以芳杜。揚州二馬。太倉諸王。具臻妙品。而東坡詞詩。稼軒詞論。骯髒激揚之調。遂爲世所詬病。此一時也。自樊榭之學盛行。一時作家。咸思拔幟於陳朱之外。又遇大力者負之以趨。窈曲幽深。詞格又非昔比。武進張氏。別具論古之懷。大汰言情之作。詞非寄託不入。皋文已揭櫫於前。言非宛轉不工。子遠又聯騑於後。而黃仲則、左仲甫、惲子居、張翰風輩。操翰鑄辭。絕無飣餖之習。又有介存周子。接武毘陵。標趙宋爲四家。合諸宗於一軌。其壯氣毅力。有非同時彝匠可並者。此一時也。洪楊之亂。民苦鋒鏑。水雲一卷。頗多傷亂之語。以南宋之規模。寫江東之兵革。平生自負。接步風騷。論其所造。直得石帚神理。復堂雅製。品骨高騫。窺其胸中。殆將獨秀。而藝非專嗜。難並鹿潭。篋中詞品題所及。亦具巨眼。闢比興之端。結浙中之局。體義不愆。根柢具在。月坡樵風。無所不賅。持較半塘。未云才弱。其精到之處。雅近玉田。而茗雅一卷。又有筱䨇離黍之悲焉。此又一時也。至於論律諸家。亦以清代爲勝。紅友訂詞。實開橐鑰。順卿論韻。亦推輪墨。而其所作。率皆頹唐。不稱其才。豈知者未必工。工者未必盡知之歟。於是綜核一代之言。復爲論次之。

（1）曹溶 字潔躬。嘉興人。崇禎十年進士。清官至戶部侍郎。有靜惕堂集。詞附。

滿江紅 錢唐觀潮

浪湧蓬萊。高飛撼宋家宮闕。誰盪激靈胥一怒。惹冠衝髮。點點征帆都卸了。海門急鼓聲初發。似萬㩳風馬驟銀鞍。爭超越。 江妃笑。堆成雪。鮫人舞。圓如月。正危樓湍轉。晚來愁絕。城上吳山遮不住。亂濤穿到嚴灘歇。是英雄未死報仇心。秋時節。

先生爲浙詞之最先者。故竹垞最爲心折。其言曰「余壯日從先生南游嶺表。西北至雲中。酒闌燈灺。往往以小令慢詞。更迭唱和。念倚聲雖小道。當其爲之。必崇爾雅。斥淫哇。極其能事。亦足宣昭六義。鼓吹元音。往者明三百祀。詞學失傳。先生搜輯遺傳。余曾表而出之。數十年來。浙西塡詞者。家白石而戶玉田。春容大雅。風氣之變。實由於此。」觀竹垞此言。亦猶惜抱之與海峯也。其詞雖不盡工。然頗得空靈之趣。如題靜志居琴趣後、鳳凰臺上憶吹簫云。「無限柔腸宛轉。秋雨夜夢想朱唇。」又「眞眞。者番瘦也。酒醒後新詞、只索休題。」雅有玉田遺意。

（2）王士禎　字貽上。號阮亭。新城人。順治十八年進士。官至刑部尚書。有衍波詞。

浣溪紗　紅橋

北郭清溪一帶流。紅橋風物眼中秋。綠楊城郭是揚州。　西望雷塘何處是。香魂零落使人愁。澹煙芳草舊迷樓。

漁洋小令。能以風韻勝。仍是做七絕慣技耳。然自是大雅。但少沈鬱頓挫之致。昔人謂漁洋詞爲詩掩。非篤論也。詞固以含蓄爲主。惟能含蓄。而不能深厚。亦是無益。若謂北宋皆如是、爲文過之地。正清初諸子之失。不獨漁洋也。長調殊不見佳。詞綜所錄。拜星月踏青一首。亦非衍波集中妙文。惟鳳凰臺上憶吹簫一首和漱玉韻者。可云集中之冠。因並錄之。「鏡影圓冰。釵痕卻月。日光又上樓頭。正羅幃夢覺。紅褪綃鉤。睡眼初開未起。夢裏事、尋憶難休。人不見、便須含淚。強對殘秋。　悠悠。斷鴻南去。便瀟湘千里。好為儂留。又斜陽聲遠。過盡西樓。顛倒相思難寫。空望斷南浦雙眸。傷心處、青山紅樹。萬點新愁。」思深意苦。幾欲駕易安而上之。衍波集中。僅見此篇。

（3）曹貞吉　字升六。安邱人。順治十七年舉人。官禮部員外郎。有珂雪詞二卷。

水龍吟　白蓮

平湖煙水微茫。箇人彷彿橫塘住。碧雲乍起。羽衣初試。靚妝楚楚。露下三更。月明千里。悄無尋處。想蘆花蘋葉。空濛一色。迷玉井峯頭路。　莫是苧蘿未嫁。曳明璫若耶歸去。游仙夢杳。瑤天笙鶴。凌波微步。宿鷺飛來。依稀難認。風吹一縷。泛木蘭舟小。輕綃掩映。問誰家女。

浙派詞喜詠物。徵故實。為後人操戈之地在此。升六固不在此例。然如龍涎香、白蓮、蓴、蟬等篇。寔道以後。詞家率喜舉步。而所作未必工也。余故謂律不可不細。詠物題可不作。至於借守律之嚴。恕隨文之拙。吾不願士夫效之。清初諸老。惟珂雪最為大雅。才力雖不逮朱陳。而取徑則正大也。其詞大抵風華掩映。寄託遙深。古調之中。緯以新意。蓋其天分於此事獨近耳。至詠物諸作。為陳迦陵推挹者。吾甚無取也。

（4）吳綺　字薗次。江都人。由選貢生官湖州知府。有藝香詞。

釵頭鳳　冬閨

燈花滴。爐香熄。屏風靜掩遙山碧。簫難弄。衾長空。五更簾幙。月和霜重。凍、凍、凍。　閒尋覓。無消息。淚痕冰惹紅綿濕。愁難送。情還種。巫雲昨夜。同騎雙鳳。夢、夢、夢。

小令學花間。長調學蘇辛。清初詞家通例也。然能情語者。未必工壯語。薗次則兩者皆工。故竹垞論其詞。謂選調寓聲。各有旨趣。其和平雅麗處。絕似西麓。亦非溢美。余讀其滿江紅醉吟。有髀肉晚銷燕市馬。鄉心秋冷揚州鶴。又云。海上文章蘇玉局。人間游戲東方朔。出語又近迦陵。蓋薗次與迦陵爲異姓昆季。是以詞境有相同處。

（5）顧貞觀　字華峯。號梁汾。無錫人。康熙五年舉人。官國史院典籍。有彈指詞。

雙雙燕　用史邦卿韻

單衣小立。正秋雨槐花。鬢絲吹冷。屏山幾曲。猶憶畫眉人並。殘葉暗飄金井。問燕子歸期未定。傷心社日辭巢。不是隔年雙影。　碧甃生憐苔潤。伴欲折垂條。越加輕俊。爲他縈繫。絮語一簾煙暝。

容易離梁占穩。待二十四番風信。重來喚取疏狂。半刻下肩偷凭。筵中詞多異文

梁汾詞以金縷曲二首寄漢槎爲最著。詞云「季子平安否。便歸來、生平萬事。那堪回首。行路悠悠誰慰藉。母老家貧子幼。記不起從前杯酒。魑魅搏人應見慣。料輸他覆雨翻雲手。冰與雪。周旋久。淚痕莫滴牛衣透。數天涯依然骨肉。幾家能彀。比似紅顏多薄命。更不如今還有。只絕塞苦寒難受。廿載包胥承一諾。盼烏頭馬角終相救。置此札。君懷袖。」次章云。「我亦飄零久。十年來、深恩負盡。死生師友。夙昔齊名非忝竊。試看杜陵消瘦。曾不減夜郎僝僽。薄命長辭知己別。問人生到此淒涼否。千萬恨。爲兄剖。兄生辛未吾丁丑。共此時冰霜摧折。早衰蒲柳。詞賦從今須少作。留取心魂相守。但願得河清人壽。歸日急翻行戍稿。把空名料理傳身後。言不盡。觀頓首。」二詞純以性情結撰而成。悲之深。慰之至。丁寧告語。無一字不從肺腑流出。此華峯之勝處也。惟不悟沈鬱之致。終非上乘。

（6）彭孫遹 字駿孫。號羨門。海鹽人。康熙十八年鴻博第一。歷官至吏部侍郎。有延露詞三卷。

綺羅香 春盡日有寄

繫遠浮空。紅殘欲滴。簾捲青山無數。舊事難尋。春色半歸塵土。撲蝶會如夢光陰。研花箋相思圖

譜。怪東風不爲吹愁。凝眸又見碧雲暮。　年來淪落已慣任一身長是飄零吳楚。珠淚緘題。恨字分明寄與。想南樓柳絮飛時。是玉人夜來憑處。應望斷遠水歸帆。濛濛江上雨。

清初諸家。羨門較爲深厚。嚴繩孫云。羨門驚才絕豔。長調數十闋。固堪獨步江左。至其小詞啼香怨粉。怯月淒花。不減南唐風格。此朋友標榜之語。原非定論。余謂羨門長調小令。咸有可觀。惟不能沉着。故仍以聰明見長。蓋力量未足。不得不以巧勝也。憶王孫寒食、蘇幕遮、嬰江寄家信等篇。頗得北宋人遺韻。

（7）陳維崧　字其年。宜興人。康熙十八年。舉鴻博。授檢討。有迦陵詞三十卷。

江南春　和倪雲林韻

風光三月連櫻筍。美人躡蹀白日靜。小樓空翠颭東風。不見其餘見衫影。無端料峭春閨冷。忽憶青驄別鄉井。長將妾淚黦紅巾。願作征夫車畔塵。　人歸遲。春去急。雨絲滿院流光濕。錦書道遠嗟奚及。半守吳山一春碧。何日功成還馬邑。雙倚枇杷花樹立。夕陽飛絮化爲萍。攬之不得徒營營。

清初詞家。斷以迦陵爲巨擘。曹秋岳云。「其年與錫鬯。並負軼世才。同舉博學鴻詞。交又最深。其爲詞。亦工力悉敵。烏帽載酒。一時未易軒輊也。」後人每好揚朱而抑陳。以爲竹垞獨得南宋眞脈。蓋亦偏激之論。世之所以抑陳者。不過詆其粗豪耳。而迦陵不獨工於壯語也。丁香竹蒻、齊天樂遼后妝樓、過秦樓疏香閣、愁春未醒春曉、月華清諸闋。婉麗嫻雅。何亞竹垞乎。即以壯語論之。其氣魄之壯。古今殆無敵手。滿江紅、金縷曲多至百餘首。自來詞家有此雄偉否。雖其間不無粗率處。而波瀾壯闊。氣象萬千。卽蘇辛復生。猶將視爲畏友也。短調點絳唇云。悲風吼。臨洺驛口。黃葉中原走。醉太平云。估船運租。江樓醉呼。西風流落丹徒。想劉家寄奴。好事近云。別來世事一番新。只吾徒猶昨。話到英雄末路。忽涼風索索。平敍中峯巒疊起。力量最雄。非餘子所能及也。長調滿江紅諸曲。縱筆所之。無不雄大。如生子何須李亞子。少年當學王曇首。(爲陳九之字題扇)又被酒我思張子布。臨江不見甘興霸。汴京懷古樊樓一章下半云。風月不須愁變換。江山到處堪歌舞。恰西湖甲第又連天。申王府。此類皆極蒼涼。又極雄麗。而老辣處幾駕稼軒而上之。其年眞人傑哉。至如月華清後半云。如今光景難尋。似晴絲偏脆。水煙終化。碧浪朱闌。愁殺隔江如畫。將半帙南國香詞。倣一夕西窗閒話。吟寫。被淚痕占滿。銀箋桃帕。沁園春題徐渭文鍾山梅花圖後半云。如今潮打孤城。只商女船頭月自明。歎一夜啼烏落花有恨。五陵石馬流水無聲。持去疑無看來似夢。一幅生綃淚寫成。攜此卷作水天閒話。江海餘生。情詞兼勝。骨韻都高。幾合蘇、辛、周、姜爲一手矣。

（8）性德 原名成德。字容若。滿洲正白旗人。康熙十二年進士。有飲水詞三卷。

一叢花 詠並蒂蓮

闌珊玉珮罷霓裳。相對綰紅妝。藕絲風送凌波去。又低頭軟語商量。一種情深。十分心苦。脈脈背斜陽。 色香空盡轉生香。明月小銀塘。桃根桃葉終相守。作殷勤雙宿鴛鴦。菰米漂殘。沈雲作黑。同夢寄瀟湘。

容若小令。悽惋不可卒讀。顧梁汾、陳其年皆低首交稱之。究其所詣。洵足追美南唐二主。清初小令之工。無有過於容若者矣。同時佟世南有東白堂詞。較容若略遜。而意境之深厚。措詞之顯豁。亦可與容若相埒。然如臨江仙寒柳、天仙子淥水亭秋夜、酒泉子荼蘼謝後作。非容若不能作也。又菩薩蠻云。楊柳乍如絲。故園春盡時。悽惋閒麗。較驛橋春雨更進一層。或謂容若是李煜轉生。殆專論其詞也。承平

第九章 概論四 一百六十三

宿衛。又得通儒爲師。蒐輯舊籍。刊布蓺林。其志尚自足千古。豈獨琢詞之工已哉。

（9）朱彝尊　字錫鬯。號竹垞。秀水人。康熙十八年以布衣召試鴻博授檢討。有江湖載酒集三卷。静志居琴趣一卷。茶煙閣體物集二卷。蕃錦集一卷。

解珮令　自題詞集

十年磨劍。五陵結客。把平生涕淚都飄盡。老去填詞。一半是空中傳恨。幾曾圍燕釵蟬鬢。　不師秦七。不師黄九。倚新聲玉田差近。落拓江湖。且分付歌筵紅粉。料封侯白頭無分。

竹垞諸作。載酒集灑落有致。茶煙閣組織甚工。蕃錦集運用成語。別具匠心。皆無甚大過人處。惟静志居琴趣一卷。盡掃陳言。獨出機杼。豔詞有此。不獨晏歐所不能。卽李後主、牛松卿。亦未易過之。生香眞色。得未曾有。其前後次序。略可意會。不必穿鑿求之也。余嘗謂竹垞自比玉田。故詞多瀏亮。惟秦七與黄九。不可相提並論。秦之工處。北宋殆無與抗。非黄九所能望其肩背。竹垞不學秦而學玉田。蓋獨標南宋之幟耳。然而竹垞詞託體之不能高。卽坐此病。知音者當以余言爲然也。近人偏於陳朱之名。以爲國朝冠冕。不知陳朱雖足弁冕一朝。究其所詣。尚未絶倫。有志於古者。當宜取法乎上也。

（10）李良年 字符曾。秀水人。康熙十八年舉鴻博。有秋錦山房詞二卷。

疏影 黃梅

歲闌記否。著淺檀宮樣。初染庭樹。懶趁羣芳。雪後春前。年年點綴寒圃。橫斜月淡蜂黃影。只傍短垣低護。倚茜裙欲撚芳枝。凍鳥一雙飛去。 依約荷圓磬小。翦來越鏡裏。先映眉嫵。蓓蕾勻拈。細絞銀絲。欲冷玉魚偏處。還愁羯鼓催無力。沸蟹眼膽瓶新注。正嫁香夢落江南。忘了隴頭人苦。

秋錦論詞。必盡掃蹊徑。嘗謂南宋詞人。夢窗之密。玉田之疏。必兼之乃工。斯言最碻。然秋錦自作諸詞。不能踐此言也。夢窗固密。惟有靈氣往來。玉田固疏。而其沉着處。雖白石亦且不及。浙詞專學玉田之疏。於是打油腔格。搖筆即來。如「別有一般天氣」「禁得天涯羈旅」等語。一時詞稿中。幾幾觸目皆是。又好運用書卷。秋錦催雪之紅梅。用比紅兒詩。必注明羅虬。解連環送孫以愷使朝鮮。用雌圖別敍。又須注明孝經緯。不知詞之佳處。不必以書卷見長。搬運類書。最無益於詞境也。符曾所作。純疵互見。如好事近云。五十五年舊事。聽白頭人語。高陽臺云。一笛東風。斜陽淡壓荒煙。踏莎行云。游人休弔六朝春。百年中有傷心處。勝國之感。妙于淡處描寫。味雋意長。似非竹垞所能到者。

（二）李符　字分虎，一字耕客，嘉興人，布衣，有耒邊詞二卷。

齊天樂　菰南道中

野塘水漫孤城路，曉來載詩移櫂。柳惲汀荒，邱遲宅壞，急雨鳴蓑千點。綠蕪如染，映翠藻參差，鵁鶄能占。沽酒何村，花明獨樹小橋店。　昔遊如昨日耳，記深深院宇，羅綺春豔。妝閣懸蛛，舞衫化蛺，滿目繁華都減。濕雲乍斂，露浮玉遙峯，相看無厭。漁唱滄浪，荻根燈又閃。

竹垞論分虎詞云：分虎游屐所向，南湖萬里，詞帙繁富，殆善學北宋者。頃復示我近稿，益精研于南宋諸名家詞，乃變而愈上矣。斯言也，蓋郎爲自己張旗鼓也。是時長調詞學南宋者不多，分虎與竹垞同旨，宜其水乳交融矣。案南宋詞格律居先，而齊天樂四處去上，分虎竟未遵守，是詞律亦有舛誤也。惟集中佳句頗多，賦物體亦有絃外意，較秋錦誠不愧弟兄耳。如河滿子經阮司馬故宅云：憔悴君王去國，風流司馬無家。歌扇舞衣行樂地，祗餘衰柳棲鴉。贏得名傳樂部，春燈燕子桃花。疏影帆影云：忽遮紅日江樓暗，只認是涼雲飛度。待翠蛾簾底凴看，已過幾重煙浦。釣船笛云：曾去釣江湖，腥浪黏天無際。淺岸平沙自好，算無如鄉里。從今只住鴨兒邊，遠或泛苕水，三十六陂秋到，宿萬荷花裏。此等隨手揮灑。別具天然風骨。

（12）厲鶚　字太鴻。錢唐人。康熙五十九年舉人。乾隆元年薦舉鴻博。有樊榭山房詞二卷。續集二卷。

齊天樂　秋聲館賦秋聲

簟淒燈暗眠還起。清商幾處催發。碎竹虛廊。枯蓮淺渚。不辨聲來何葉。桐飄又接。盡吹入潘郎。鬢愁髮。已是難聽。中宵無用怨離別。　陰蟲還更切切。玉窗挑錦倦。驚響簷鐵。漏斷高城。鐘疏野寺。遙送涼潮嗚咽。微吟漸怯。訝籬豆花開。雨篩時節。獨自開門。滿庭都是月。

清朝詞人。樊榭可謂超然獨絕者矣。論者謂其沐浴白石、梅溪。洵是至言。大抵其年、錫鬯、太鴻三人。負其才力。皆欲於宋賢外別樹一幟。而窈曲幽深。當以樊榭爲最。學者循是以求深厚。則去姜史不遠矣。集中佳處。指不勝僂。如國香慢素蘭云。月中何限怨。念王孫草綠。孤負空香。冰絲初弄清夜。應訴悲涼。下。新相思一點。算除是連理唐昌。閒堦澹成夢。白鳳梳翎。寫影雲窗。聲調清越。是其本色。亦是其所長。又百字令云。萬籟生山。一星在水。鶴夢疑重續。拏音遙去。西巖漁父初宿。無一字不清俊。下云。林淨藏煙。峯危限月。帆影搖空綠。隨風飄蕩。白雲還臥深谷。鍊字鍊句。歸於純雅。此境亦未易到。至於造句之工。亦雅近樂笑翁。世有陸輔之定錄人詞眼也。如齊天樂云將花插帽向第一峯頭倚空長嘯。高陽臺云秘翠分峯。凝花出土。憶舊游云迴溪流雲去。樹約風來。山翦秋眉。又云又送蕭蕭響。盡平沙霜信。吹上僧衣。憑高一聲彈指。天地人斜暉。諸如此類。是樊榭獨到處。

（13）江炳炎 字研南。錢唐人。有琢春詞江昱、江昉刻。

垂楊 柳影

輕寒乍煖。算碧陰占地。畫閒庭院。欲折偏難。巧鶯空送聲千囀。休嫌雲暗章臺畔。怕纖雨楚腰吹斷。正依稀低映江潭。共夕陽飄亂。 辛苦長亭夜半。是搖漾瘦魂。晃華初滿。誤了閨人。也曾描出春前怨。還教學綴修蛾淺。但漠漠如煙一片。秋來待寫疏痕。愁又遠。

研南在清代不甚顯。然學南宋處。頗有一二神解。與賓谷晉趣相同。賓谷得南宋之意趣。研南得南宋之神理。若橙里則句琢字鍊。歸於純雅。惟不能深厚。此三江詞之工力皆不能到沉鬱地步也。清朝詞家多犯此病。故驟覽之。居然姜史復生。深求之。皆姜史之糟粕而已。

（14）王策　字漢舒。太倉人。諸生。有香雪詞鈔二卷。時翔附。

薄倖　秋槎題余香雪詞。似有宋玉之疑。賦此奉答。

心花落盡。似寂寞枯禪退院。便吟出曉風殘月。那是蘭陵眞面。只鈞天一夢消魂。顏溼淚洗腸輪轉。嘆雨絮前緣。霜蘭現業。負盡三生恩眷。卻是詩因墨果。休猜做世間情戀。況天荒地老。名閒影隔。東風不認樓中燕。秋墳露濺。倘知音憐我。客嘲昔製招魂。換裝來玳瑁。留抵返生香片。

太倉諸王。皆工詞翰。漢舒尤爲傑出。惜其享年不永。未盡所長。其筆分固甚高也。作詞貴在悲鬱中見忠厚。若悲怨而激烈。則其人非窮則夭。漢舒念奴嬌秋思一首。頗有衰颯氣象。如浮生皆夢。可憐此夢偏惡。又云。看取西去斜陽。也如客意。不肯多躭擱。皆悲慘語耳。卒至早夭。言爲心聲。便成詞讖矣。漢舒外惟小山爲佳。小山工爲綺語。才不高而情勝。措語亦自婉雅。無綺羅惡態。如病容扶起淡黃時。又云。燕子尋人。巷口斜陽記不眞。又云。一雙紅豆寄相思。遠帆點點春江路。又云。燈微屏背影。淚暗枕留痕。皆情詞淒惋。晏歐之流亞也。

（15）史承謙　字位存。宜興人。諸生。有小眠齋詞四卷。

雙雙燕　過紅橋懷立甫

春愁易滿。記紅到櫻桃。乍逢歡侶。幾番攜手。醉裏聽殘杜宇。曾向花源問渡。是水國風光多處。可憐酒帶香留。不記江南春雨。　南浦。淸陰如故。誰料得重來。暗添淒楚。月蓬煙櫂。載了冷吟人去。可惜千條弱柳。更難繫輕帆頻住。如今綠徧橋頭。盡作情絲恨縷。

清詞中其年雄麗。竹垞淸麗。樊榭幽麗。位存則雅麗。皆一代點才。位存稍得其正而已。如團扇先秋生薄怨。小池風不斷。神似溫韋語。然非心中眞有怨情。亦不能如此沉摯。他詞如采桑子云。淚滴寒花。漸漸逢人說鬢華。滿江紅云。更不推辭花下酒。最難消受黃昏雨。非天才學力兼到者不能。同時如朱雲翔、吳荀叔、朱秋潭、汪對琴諸君。皆以詞名東南。然概不如位存也。

（16）任曾貽　字淡存。荆溪人。諸生。有矜秋閣詞一卷。

百字令　立春前一日。寄懷儲丈滿津。

短蓬聽雨。共江干秋晚。幾番潮汐。不道煙帆分別浦。一水迢迢長隔。貰酒當壚。敲詩午夜。彈指成今昔。雙魚何處。飄搖尺素難覓。　又是雪霽明窗。爐溫小閣。殘臘餘今夕。想到南枝初破蕊。一點新春消息。穩臥湖林。鬢絲無恙。肯便問吟箋。甚時花底。玉尊同醉春碧。

儲長源云。淡存詞删削靡曼。獨抒性靈。於宋人不沾沾襲其面貌。而能吸其神髓。一語之工。令人尋味無窮。余按淡存與位存、遂佺（朱雲翔。字遂佺。元和人。有蜨夢詞。）工力相等。於秋一集。卓有聲譽。而律以沈著兩字。尚未能到。一覽便知清人之詞。然其用力亦勤矣。宜興多彥二史儲任。皆負清才。承紅友之律。而能以妍麗語出之。至周介存。遂得獨闢奧竅。自抒偉論。其於陽湖。洵可揖讓壇坫。不得以附庸目之也。淡存他作如臨江仙云。砧聲今夜月。燈影昔年情。高陽臺云。何因得似紅襟燕。認朱樓飛入伊家。西子妝云。相思一點落誰家。嘆匆匆欲留難住。皆佳。惟買陂塘云。花開常怕春歸早。那更幾經煙雨。祝英臺云。眼看紅紫飄殘。薔薇開也。尚留得春光幾許。則摹倣稼軒。太覺形似矣。

（17）過春山　字葆中。吳縣人。諸生。有湘雲遺稿二卷。

倦尋芳　過廢園見牡丹盛開。有感。

絮迷蝶徑。苔上鶯簾。庭院愁滿。寂寞春光。還到玉闌干畔。怨綠空餘清露泣。倦紅欲倩東風挽。聽枝頭、有哀音淒楚。舊巢雙燕。　漫佇立、遙臺路杳。月珮雲裳。已成消散。獨客天涯。心共粉香零亂。

月共花前今夕洒。洛陽春色匆匆換。待重來、只有斷魂千片。

湘雲筆意騷雅。為吾鄉詞家之秀。論其品格。雅近樊榭。吳竹嶼稱其詞如雪藕冰桃。沁人醉夢。此言是也。余謂湘雲詞。聰秀在骨。咀嚼無厭。其人獨立不羣。當時壇坫。皆未嘗附和。所謂不隨風氣者是也。吾鄉詞人至多。論不附聲氣。獨行其是者。僅葆中一人而已。葆中詞如明月生南浦云。幾點萍香鷗夢穩。柳棉吹盡春波冷。又回首桃源仙路迴。一聲欸乃川光暝。瑞鶴仙云。悽惻。雨冷春晚。天低雲深。空懷孤潔。荷衣未葺。天涯愁倚巖石。念幽人去後。峯南峯北。多少啼猿嘆客。暗傷心欲薦江蘺。夜涼露白。皆不事雕琢。以氣度勝者。是之謂大雅。

（18）張惠言　字皋文。武進人。有茗柯詞。琦附

木蘭花慢　楊花

儘飄零盡了。誰人解當花看。正風避重簾。雨迴深幕。雲護輕幡。尋他一春伴侶。只斷紅相識夕陽間。未忍無聲墜地。將低重又飛還。　疏狂情性算淒涼。耐得到春闌。便月地和梅。花天伴雪。合稱清寒。收將十分春恨。做一天愁影繞雲山。看取青青池畔。淚痕點點凝斑。

皋文詞選一編。埽靡曼之浮音。接風騷之眞脈。直具冠古之識力者也。詞亡於明。至清初諸老。具復古之才。惜未能窮究源流。乾嘉以還。日就衰頹。皋文與翰風出。而溯源竟委。辨別眞僞。於是常州詞派成。與浙詞分鑣爭先矣。皋文水調歌五章。旣沈鬱。又疏快。最是高境。論者輒以爲疏於律度。洵然。然不得以此少之。如首章云。難道春花開落。又是春風來去。便了卻繁華。花外春來路。芳草不曾遮。次章云。招手海邊鷗鳥。看我胸中雲夢。蔕芥近如何。楚越等閒耳。肝膽有風波。三章云。珠簾捲春曉。胡蝶忽飛來。遊絲飛絮無緒。亂點碧雲釵。腸斷江南春思。黏着天涯殘夢。賸有首重回。銀蒜且深押。疏影任徘徊。五章云。曉來風。夜來雨。晚來煙。是他釀就春色。又斷送流年。熱腸鬱思。全自風騷中來。所以不可及也。茗柯存詞。止四十六首。可謂簡而又簡。仁和譚仲修。擬爲評註。而迄未能就。甚可惜也。弟琦。字翰風。與皋文同撰宛鄰詞選。雖町畦未盡。而奧窔始開。其所作諸詞。亦深美閎約。振北宋名家之緒。如南浦云。驚回殘夢。又起來、清夜正三更。花影一枝枝瘦。明月滿中庭。道是江南綺陌。卻依然小閣倚銀屏。悵海棠已老。心期難問。何處望高城。忍記當時歡聚。到花時、長此託春酲。別恨而今誰訴。梁燕不曾醒。簾外依依香絮。算東風吹到幾時停。向鴛衾無奈。啼鵑又作斷腸聲。妍麗流轉。雅近少游。宜其負盛名於江南也。其子仲遠。序同聲集有云。嘉慶以來名家。皆從此出。信非虛語。周止庵益窮正變。潘四農又持異論。要之倚聲之學。至二張而始尊。此可爲定論耳。

（19）周濟 字保緒。荊溪人。有止庵詞。

渡江雲 楊花

春風眞解事。等閒吹徧、無數短長亭。一星星是恨。直送春歸。替了落花聲。憑闌極目。蕩春波萬種春情。應笑人春糧幾許。便要數征程。 冥冥車輪落日。散綺餘霞。漸都迷幻景。問收向紅窗畫篋。可算飄零。相逢只有浮萍好。奈蓬萊東指。弱水盈盈。休更惜秋風吹老蒓羹。

著柯詞選出。倚聲之學日趨正鵠。其甥董晉卿亦能顯美。止庵又切磋於晉卿而持論益精。其言曰。愼重而後出之。馳騁而變化之。胸襟醞釀。乃有所寄。又曰。詞非寄託不入。專寄託不出。一物一事。引伸觸類。意感偶生。假類必達。斯入矣。萬感橫集。五中無主。赤子隨母笑啼。野人緣劇悲喜。能出矣。至其所撰詞辨。及宋四家詞筏。推明張氏之旨而廣大之。此道遂與於著作之林。與詩賦文筆。同其正變也。止庵自作諸詞。亦有寄旨。惟能入而不能出耳。如夜飛鵲之海棠、金明池之荷花。雖各有寓意。而詞涉隱晦。如索枯謎。亦是一蔽。余謂詞本於詩。當知比興。固已。究之尊前花外。豈無即景之篇。必欲深求。殆將穿鑿。皋文與止庵雖所造之詣不同。而大要在有寄託。尚蘊藉然而不能無蔽。故二家之說。可信而不可泥也。

（20）項鴻祚　字蓮生。錢塘人。有憶雲詞四卷。

蘭陵王　春晚

晚陰薄。人在酴醾院落。秋千罷、還倚瑣窗。花雨和煙冷銀索。近來情緒惡。遮莫青春過卻。罥衣減、沈水白薰。酒病經年怯孤酌。　低低燕穿幕。任簾綠綃紅。心事難託。柳絲繫夢輕飄泊。嘆衾鳳羞展。鏡鸞空掩。思量睡也怎睡着。恨依舊寂寞。　妝閣閉魚鑰。怕唱到陽關。簫譜慵學。夜占蛛喜朝靈鵲。祗目斷千里。錦帆天角。玲瓏簾月。照見我。又瘦削。

蓮生詞甲乙丙丁藁。意學夢窗。集中擬體至多。其才力固高人一等。持律亦細。惟其措辭終傷滑易。余始喜讀之。與郭頻伽等。繼知頻伽不可學。遂屏不復觀。獨愛憶雲矣。又見同時詞家推崇甚至。譚仲修云「有白石之幽澀。而去其俗。有玉田之秀折。而無其率。有夢窗之深細。而化其滯。殆欲前無古人」

黃韶甫曰。「憶雲詞。古豔哀怨。如不勝情。猿啼斷腸。鵑淚成血。不知其所以然也。」初不知一入其彀。意境必薄也。蓋蓮生天資聰俊。故出語能沁人心脾。且律度諧合。澀體諸詞。一一經鑪錘。無不諧妥。於是論頻伽則嚴。論憶雲則寬。實則詞律之細。倜郭不如項。而詞品之差。則相去無幾也。（集中如河傳云。梧桐葉兒風打窗。南浦詠柳云。且去西泠橋畔等。卜算子云。也似相思也似愁。減蘭云。只有垂楊不放秋千影過牆。百字令云。歸期自問。也應芍藥開矣。諸如此類。皆徒作聰明語。與南北曲幾不能辨。）其丁稿自序云。不為無益之事。何以遣有涯之生。亦可哀其志矣。以成容若之貴。項蓮生之富。而詞皆悲豔哀怨。所謂傷心人別有懷抱也。

（21）蔣春霖　字鹿潭。江陰人。有水雲樓詞二卷。

揚州慢　癸丑十一月二十七日。賊趨京口。報官軍收揚州。

埜幕巢烏。旗門噪鵲。譙樓吹斷笳聲。過滄桑一霎。又舊日蕪城。怕雙燕歸來恨晚。斜陽頹閣。不忍重登。但紅橋風雨。梅花開落空營。　劫灰到處。便遺民見慣都驚。問障扇遮塵。圍棊賭墅。可奈蒼生。月黑流螢何處。西風黯鬼火星星。更傷心南望。隔江無限峯青。

嘉慶以前詞家。大抵爲其年、竹垞所牢籠。皋文、保緒。標寄託爲幟。不僅僅摹南宋之壘。隱隱與樊榭相敵。此清朝詞派之大概也。至鹿潭而盡埽葛藤。不傍門戶。獨以風雅爲宗。蓋託體更較皋文、保緒高雅矣。詞中有鹿潭。可謂止境。譚仲修雖尊莊中白、陳亦峯亦崇揚之。究其所詣。尚不足與鹿潭相抗也。詞有律有文。律不細非詞。文不工亦非詞。有律有文矣。而不從沉鬱頓挫上着力。或以一二聰明語見長。如憶雲詞類。猶非絕塵之技也。鹿潭律度之細。既無與倫。文筆之佳。更爲出類。而又雍容大雅。無搔頭弄姿之態。有清一代。以水雲爲冠。亦無愧色焉。復堂論水雲曰。文字無大小。必有正變。必有家數。水雲詞固清商變徵之聲。而流別甚正。家數頗大。與成容若、項蓮生。二百年中。分鼎三足。咸豐兵事。天挺此才。爲倚聲家老杜。而晚唐兩宋一唱三嘆之意。則已微矣。（篋中詞五）余謂復堂以鹿潭得流別之正。此言極是。惟以成項二君並論。則鄙意殊不謂然。成項皆以聰明勝人。烏能與水雲比擬。且復堂既以杜老比水雲。試問成項可當青蓮、東川歟。此殆偏宕之論也。鹿潭不專尚比興。木蘭花、臺城路。固全是賦體。即一二小詞、如浪淘沙、虞美人亦直言本事。絕不寄意帷闥。是眞實力量。他人極力爲之。不能工也。至全集警策處。則又指不勝僂。如木蘭花慢云。雲埋蔣山自碧。打空城只有夜潮來。又云。看莽莽南徐。蒼蒼北固。如此山川。鉤連。更無鐵鎖。任排空檣艣自回旋。寂寞魚龍睡穩。傷心付與秋煙。又甘州云。避地依然滄海。隨夢逐潮還。一樣貂裘冷。不似長安。又云。引吳鉤不語。酒醒玉犀寒。總休問杜鵑橋上。有梅花且向醉中看。南雲暗。任征鴻去。莫倚闌干。淒涼犯云。疏燈暈結。覺霜逼簾衣自裂。唐多令云。哀角起重關。霜深楚塞寒。背西風歸雁聲酸。一片石頭城上月。渾怕照舊江山。皆精警雄秀。決非局促姜張範圍者。可能出此也。

（22）周之琦　字稚圭。祥符人。嘉慶十三年進士。官廣西巡撫。有金梁夢月詞。（應在鹿潭前）

三姝媚　海淀集賢院

交枝紅在眼。蕩簾波香深。鏡瀾痕淺。背盡春工。占勝游、惟許等閒鶯燕。步屧廊回。奩褪粉、蛛絲偸罥。小影竛竮。冷到梨雲。便成秋苑。　容易題襟吹散。又酒逐花迷。夢將天遠。馬繫垂楊。但翠眉還識。舊時人面。暗數韶華。空笑我、櫻桃三見。剩有盈盈胡蝶。西窗弄晚。

夢月詞渾融深厚。語語藏鋒。北宋瓣香。於斯未墜。（黃韻甫語）余謂稚圭詞。託體至高。誠有如韻甫之言者。近時論者與鹿潭並稱。似尚非確當。鹿潭集中。無酬應之作。夢月則社課特多。即此而論。已不如水雲矣。且悼亡諸作。專錄一卷。雖元相才多。未免士衡辭費。至心日齋十六家詞選。截斷衆流。金鍼暗度。縱不如皋文、保緒之高。要亦倚聲家疏鑿手也。

（23）戈載　字順卿。吳縣人。諸生。官國子監典簿。有翠薇花館詞三十九卷。

蘭陵王　和周清眞韻

畫橋直。明鏡波紋縐碧。輕煙繞、歌榭舞樓。一派迷離點春色。東風偏故國。吹老關津怨客。長隄畔。千縷翠條。時見流鶯度金尺。　萍蹤半陳迹。記側帽題襟。香靄瑤席。天涯今又逢寒食。嘆攜手人遠。倦游難再。飛花飛絮散舊驛。送潮過江北。　悲惻。亂愁積。對孤館殘燈。無限淒寂。青門望斷情何極。午倚枕尋夢。怕聞鄰笛。那堪窗外。更細雨。夜半滴。

清代詞集之富。莫如迦陵。順卿翠薇詞。乃更過之。而泥沙不除。亦與迦陵相等。集中佳構。如山亭宴（秋晚游天平山）。霜葉飛（落葉）。垂楊（題吳伊人白門楊柳圖）。春霽（柳影）。露華（苔痕）南浦（春水秋水二首）。步月（春夜閒步）。惜紅衣（皇甫墩觀荷）。瑣寒窗（秋晚）。秋宵吟（題籜石老人秋葉圖）等作。精心結撰。文字音律。兩臻絕頂。宜其獨步江東。一時無與抗衡也。順卿論詞律極精。於旋宮八十四調之旨。研討至深。故其自稱。在能辨陰陽。能分宮調。又白石旁譜。當時詞家。不甚明瞭。順卿能一一按管。數百年聚訟紛如。望而卻步者。一旦大暢其理。此誠絕頂聰明也。惟集中平庸蕪淺諸作。觸目皆是。讀者亦以其守律之嚴。恕其行文之劣。無怪爲謝枚如所譏也。

（24）莊棫 字中白。丹徒人。有蒿庵詞。

高陽臺 長樂渡

長樂溪邊。秦淮水畔。莫愁艇子曾攜。一曲西河。曾前往事依稀。浮萍綠漲前溪徧。問六朝遺跡都迷。映頗黎。白下城南。武定橋西。 行人共說風光好。愛沙邊鷗夢。雨後鶯啼。投老方回。練裙十幅誰題。相思子夜春還夏。到歡聞先已淒淒。更休提。柳外斜陽。煙外長隄。

中白與譚復堂並稱。其詞窮極高妙。爲道咸間一作手。平生論詞宗旨。見於復堂詞序。其言云。夫義可相附。義即不深。喻可專指。喻即不廣。託志房帷。睠懷身世。溫韋以下。有迹可尋。然而自宋及今。幾九百載。少游、美成而外。合者鮮矣。又或用意太深。義爲辭掩。雖多比興之旨。未發縹緲之音。近世作者。竹垞擷其華。而未芟其蕪。茗柯遡其源。而未竟其委。又曰。自古詞章。皆關比興。斯義不明。體製遂舛。狂呼叫當。以爲慷慨。矯其弊者。流爲平庸。風詩之義。亦云渺矣。（譚復堂詞序）先生此論。實具冠古之識。非大言欺人也。其詞深得比興之致。如蝶戀花四章。即所謂託志房帷。睠懷身世也。首章云。城上斜陽依綠樹。門外斑騅。過了偏相顧。玉勒珠鞭何處住。回頭不覺天將暮。回頭七字。感慨無限。下云。風裏餘花都散去。不省分開。何日能重遇。凝睇窺君君莫誤。幾多心事從君訴。聲情酸楚。卻又哀而不傷。次章云。百丈游絲牽別院。行到門前。忽見韋郎面。欲待回身斂作顰。近前卻喜無人見。心事曲曲傳出。斂顰身回。見得非常周折。下云。握手忽忽難久戀。還怕人知。但弄團團扇。強得分開心暗戰。歸時莫把朱顏變。韶光匿彩。憂讒畏譏。可爲三歎。三章云。綠樹陰陰晴晝午。過了殘春。紅萼誰爲主。宛轉花旛勤擁護。簾前錯喚金鸚鵡。詞殊怨慕。所遇不合也。故下云。回首行雲迷洞戶。不道今朝。還比前朝苦。悲怨已極。結云。百草千花羞看取。相思只有儂和汝。怨慕之深。卻又深信不疑。非深於風騷者。不能如此忠厚。四章云。殘夢初回新睡足。忽被東風。吹上橫江曲。寄語歸期休暗卜。歸來夢亦難重續。決然舍去。中有怨情。下云。隱約遙峯窗外綠。不許臨行。私語頻相屬。過眼芳華眞太促。從今望斷橫江目。天長地久之情。海枯石爛之恨。不難得其纏綿沈著。而難得溫厚和平耳。故先生之詞。確自臯文、保緒中出。而更發揮光大之也。

（25）譚廷獻　字仲修。仁和人。有復堂類稿。詞附。

金縷曲　唐棲月夜懷勞平甫。

木葉飛如雨。繞空舟、惟聞暗浪。悄無人語。蓬背新霜侵衣袂。冷壓釭花不吐。料此際微吟閉戶。三徑蕭蕭蓬蒿滿。記往前裙屐歡誰補。春去也。惜遲暮。　飄零我亦泥中絮。歎明明入懷月色。夜深還去。芳草變衰浮雲改。況復美人黃土。算生作有情原誤。莫倚平生丹青手。看尋常顏面皆行路。衰與樂。等閒度。

仲修詞取徑甚高。深達源委。窺其胸中眼中。非獨不屑為陳朱。抑且上溯唐五代。此浙詞之變也。仲修之言曰。南宋詞敝。瑣屑餖飣。朱厲二家。學之者流為寒乞。枚庵高朗。頻伽清疏。浙詞為之一變。余謂吳郭二子。不足當此語。變浙詞者。復堂也。其蝶戀花六章。美人香草。寓意甚遠。余最愛玉枕醒來追夢語。中門便是長亭路。又慘綠衣裳年幾許。爭禁風日爭禁雨。又語在修眉成在目。無端紅淚雙雙落。又一握鬢雲梳復裹。半庭殘日怱怱過。又連理枝頭儂與汝。千花百草從渠許。又遮斷行人西去道。輕軀願化車前草。此等詞直是温韋。決非專學南宋者可擬。而又非迦陵、西堂、龍輕、李佐輔也。所錄篋中詞二集。搜羅富有。議論正大。其論浙詞之病。尤爲中肯。余故謂變浙詞者復堂也。

（26）王鵬運　字幼遐。臨桂人。有半塘詞稿。

齊天樂　秋光

新霜一夜秋魂醒。涼痕沁人如醉。葉染新黃。林凋暗綠。柰色猶堪描繪。危樓倦倚。對一抹斜陽。冷鴉翻背。悵觸愁心。莫煙明滅斷霞尾。　遙山青到甚處。淡雲低雁影。都化秋水。蟹斷燈疏。雁汀月小。酒盡鮫人清淚。孤檠綻蕊。算夜讀秋窗。尚饒滋味。秋落江湖。曙光搖萬葦。

幼遐早歲官中書。與上元端木埰、吳縣許玉瑑、臨桂況周頤。更疊唱和。有薇省同聲集之刻。其時子疇、鶴巢。年齒已高。夔笙最年少。繼而子疇、鶴巢相繼徂謝。幼遐又以直諫去官。客死吳下。獨夔笙屑涕新亭。棲遲海澨。而身亦垂垂老矣。廣西詞境之高。實王況二公之力也。四印齋詞刻。尚在京師時僅有東坡樂府至戈順卿詞林正韻耳。其後日益增刊。遂成巨製。晚年又自訂半塘定稿。體備衆製。無一不工。近三十年中。南則小坡。北則幼遐。當時作者。未能或之先也。朱文漚尹從半塘游。而專力夢窗。其所詣尤出夔笙之上。學使歸後。即息影吳門。嘗與小坡往返酬和。極一時盍簪之樂。迨辛壬以後。身經喪亂。詞不輕作。（朱丈嘗謂理屈詞窮。此雖戲言。亦寓感喟焉。）又值小坡作古。吟侶益稀。適夔笙寓滬。數過從談藝。春江花月。捆及倚聲。無非汐社遺民之淚矣。因論幼遐。并及朱況。藉見三十年來詞學之消息焉。

（27）鄭文焯　字叔問。漢軍。有瘦碧冷紅、比竹餘音、苕雅諸集。晚訂樵風樂府。

薄樓春　秋感次瀾夢華同年韻

聽吳謳消魂。正江城角冷。雨驛燈昏。記得殘鵑啼徧。亂山紅存。明鏡老。如花人。寄故裙遙遙烏孫。念獨洒誰呼。寒煙自語。愁滿一簾靡。

滄波苑。客林曠。漸題香秀筆。不點歌尊。最憶煙沉荒戍。月孤長門。碪杵急。悲從笛。賦楚萍飄飄無根。怎說與黃華。西風淚痕。吹滿巾。

叔問於聲律之學。研討最深。所著詞源斠律。取舊刻闕表。一一釐正。又就八十四調住字。各注工尺。皆精審可從。至其所作詞。鍊字選聲。處處穩洽。而語語纏綿宕動。清末論詞筆之清。無逾叔問者矣。道咸以來。六十年中。南國才人。雅詞日出。審音訂律。獨有翠薇。而孫月坡掉鞅詞壇。分題唱和。不欲爲箏琵俗響。叔問以承平貴冑。接繼其武。虎山、鄧尉間。時見吟履。較枚庵、頻伽。相去不可道里計也。先是湘中王壬秋以文字雄一世。自負詞筆不亞時彥。及見叔問作。遂斂手謝不及。始壹意於選詩。故湘社詞人。如程子大、易實甫弟兄、陳伯弢諸。咸類首請益。而叔問臨文感發。不少假借。宦隱吳皋。聲溢四字。晚近詞人之福。未有如叔問者也。小城聲字。浅鶴寄音。握手笑言。一如昨日。人琴俱杳。能無慨然。